Enrico Bernard

LA VORAGINE

prefazioni di

Ermanno Rea
Gianfranco Bartalotta

interventi di
Silvia Acocella, Maricla Boggio, Paolo Ferrari,
Mario Moretti, Luigi Maria Lombardi Satriani

rassegna stampa e blog
Raffaele Aufiero, Giulio Baffi, Fortunato Campanile,
Franco De Ciuceis, Stefano De Stefani, Stefano Duranti Poccetti,
Pietro Favari, Paolo Petroni, Aggeo Savioli,
Giorgio Serafini, Giorgio Taffon

BeaT

Il "senso" delle cose nella Voragine di Bernard.

di Ermanno Rea

Quando ci muoviamo nell'ambito dell'Assurdo, e nel caso della *Voragine* di Enrico Bernard siamo in questo contesto, c'è sempre qualcosa di criptico da decifrare. *La Voragine* è uno scavo, che si tratti di un paradosso non c'è bisogno di dirlo: ad un operaio viene ordinato di scavare una fossa, lui scava finché non tocca il fondo. Da qui una serie di guai e peripezie per il malcapitato operaio reo di aver compiuto onestamente e letteralmente, cioè fino al fondo, il proprio dovere. La premessa stessa ci introduce in una dimensione iperbolica, in una dimensione assurda: uno scavo immotivato diventa un evento fortemente simbolico poiché la *Voragine* non può che simboleggiare il vuoto. Ma che cosa rappresenta il vuoto per l'uomo? È l'incapacità di rispondere ad alcune domande di fondo: chi sono io? Perché vivo? L'uomo nel realizzare il viaggio verso il centro della sua coscienza trova un intoppo: appunto il vuoto, la morte, la finitezza intesa come il non sapere, come il rovesciamento della certezza kantiana che mettendosi in discussione diventa una specie di incertezza. Noi non siamo fondamentalmente certi di nulla perché c'è quell'intoppo che ci impedisce di chiudere il cerchio dell'autocoscienza. *Io sono* - ma poi ad un certo punto mi fermo sul limite di questo baratro, perché non so e non posso andare oltre, non so più dire *chi sono, come sono* e *perché sono*. E che cos'è la *Voragine*, se non questo vuoto, questa incertezza e questo non sapere? A me pare che già la parola stessa *Voragine* evochi, anzi implichi quello che è già il vero grande dramma dell'uomo moderno. Tant'è che volendo fare dei richiami colti a questo proposito, potrei dire che alcuni filosofi ritengono che in origine gli uomini si riconoscono come simili in virtù del sentimento del vuoto, sono uniti in comunità dal fatto di non sapere nulla del proprio destino e del senso della loro presenza: questo fa dunque nascere il senso della comunità, il nulla cui siamo assoggettati. Noi ci mettiamo insieme sapendo di avere in comune un vuoto, una *Voragine* da riempire, una inconsapevolezza che ci rende gli uni simili agli altri.

Il testo di Bernard, già dall'efficace titolo *La Voragine*, ci pone di fronte ad un urlo squassante che emerge dal vuoto delle nostre coscienze. Ma è soltanto il vuoto filosofico, esistenziale, o c'è dell'altro? Ecco allora che il *buco* di Bernard via via si allarga attraverso anelli concentrici ed elenca una serie di insensatezze, stravaganze, *non sense* inquitanti. In primis l'insensatezza centrale, fondamentale: quella del comando e dell'ordine, cioè della direzione in cui ci muoviamo ed agiamo. Il significato del potere e del comando. Il testo infatti pone questo interrogativo: che cos'è il potere, che cos'è il comando? Su questo punto naturalmente Bernard pone dei problemi: un Capo che non è il capo, un uomo che è consapevole della sua limitatezza e che dice: io non comando nulla, comando solo te. E il mio potere inizia e finisce con te, io non sono a mia volta che un Signor Nessuno, un anello appena sopra di te. Gli ordini arriveranno, o non arriveranno? Non si sa. Il vuoto è quindi orizzontale e verticale, investe la condizione umana da tutte le parti. Se questa è la condizione umana, se il vuoto e l'insensatezza e ciò che sostanzialmente ci governa, è chiaro che poi si prospetta una visione di tipo fondamentalmente pessimistico in cui esplode il teatro dell'assurdo. Il linguaggio stesso di Ori e del suo Capo si fa insensato o meglio ogni senso si fa illegittimo. E qui, in questo farsi insensato, illegittimo, si apre ad una serie incalzante di paradossi, di sberleffi, di ironie.

Un altro elemento che mi ha colpito perché sottolinea questa condizione - e qui c'è, bisogna riconoscerlo, un elemento di critica, di denuncia politica che sopravanza il teatro dell'assurdo - Ori è l'ultima ruota del carro. Non basta che sia umiliato nei suoi diritti fondamentali, al lavoro, sul reddito, e così via, ma deve essere umiliato in ciò che lui ritiene un punto nevralgico del suo esistere, cioè la sua onorabilità affettiva, familiare. Perché in realtà il Capo che cosa gli dice? Il mio potere in fin dei conti serve solo a fottermi tua moglie, a darti questa ulteriore umiliazione. Ori reagisce senza nessuna particolare violenza, è una sorta di umiliata rassegnazione o di rassegnata degradazione.

Una "morale"? Certo, che c'è. Anche se lo spettatore, spaesato, si fa di minuto in minuto più impaziente, inquieto, smanioso che essa si dichiari apertamente, gli dica: la morale sono io, sciocco, come hai fatto sinora a non riconoscermi? Gli uomini di teatro (quelli di razza, ovviamente) sanno bene come prendere al laccio il pubblico, come tenerlo sulla corda, con il fiato sospeso. Insomma, la morale è che al mondo non esiste alcuna morale, in quanto siamo tutti prigionieri dell'insensatezza. Soltanto che non vogliamo riconoscerlo. E pur di non riconoscerlo non esitiamo a cacciarci in ogni tipo di guaio, fino a sfidare il ridicolo. Dice Ori, manovale d'infimo rango e personaggio chiave di questo movimentato dialogo parafilosofico: «Gli ordini non arrivano... così uno non sa che fare. E si domanda: e se non dovessero arrivare mai?»

Per Ori gli ordini che non arrivano sono una trasparente metafora di quell'inafferrabile "senso delle cose" che turba da sempre la nostra coscienza di esseri appartenenti al mondo della finitezza.

Credo che uno dei nodi principali (non il solo, per carità, ma neppure l'ultimo) di quest'opera significativamente intitolata *La Voragine* (da leggersi tutto in maiuscolo, come a rendere la parola ancora più maestosa e inquietante, mostruosa!) sia racchiuso proprio in queste poche battute pronunciate non senza una vena di disperazione.

Ma che cosa è, o meglio che cosa intende rappresentare Bernard attraverso l'immagine della *Voragine*? La risposta è ovvia: quel gran vuoto che è la vita, quell'abisso privo di senso che tutti vor-remmo prima o poi colmato ma sul quale una parola rivelatrice non sarà mai pronunciata. Da nessuno.

Una metafora del nulla che ci schiaccia, dunque? E perché no? Una metafora che ci pone di fronte alla crudezza di una realtà fine a se stessa; una metafora che sa farsi sberleffo, irriverenza, scurrilità; che sa trascinarci con disinvoltura nel baratro dell'assurdo. Tanto, al di là delle apparenze, non ci sono che loro, le ombre, il grande vuoto pneumatico della *Voragine*, e ci sono le sofferenze e le umiliazioni di Ori per forza di cose senza alcuna prospettiva di riscatto.

Eppure, questo dialogo del nulla, come lo si potrebbe alternativamente intitolare, forse proprio per il suo pessimismo radicale ha una straordinaria forza di trascinamento: irrita, commuove, impietosisce, turba, allarma. Insomma mette addosso quello scompiglio che soltanto i grandi testi sanno suscitare. Ori e il suo "Capo" si trasformano rapidamente da personaggi-simbolo, esseri convenzionali, in uomini in carne e ossa con i quali lo spettatore vorrebbe interloquire, ora indispettito, ora esilarato (la farsa non minaccia forse da vicino l'assurdo tanto quanto l'assurdo minaccia costantemente la farsa?).

Realtà e paradosso nella *Voragine* di Bernard.

di Gianfranco Bartalotta

La *Voragine* è un testo fondamentale nella produzione drammaturgica di Enrico Bernard, una pièce che si ricollega al Teatro dell'Assurdo. In particolare a temi derivati da Beckett, Pinter ma soprattutto da Ionesco. I personaggi della *Voragine* si differenziano, in particolare, sia da quelli beckettiani che pinteriani. I vagabondi di Beckett (si pensi a *Waiting for Godot*) sono alienati in un mondo deserto, pre-razionale o post-atomico in cui si sentono soli e irrimediabilmente perduti: non hanno più memoria del loro passato e persino degli incontri appena avvenuti. Però, si aiutano nonostante tutto e la presenza di una corda con cui potrebbero impiccarsi in ogni momento della giornata. In Vladimiro ed Estragone c'è una spontanea solidarietà nelle azioni quotidiane che permette loro di vivere (come in *Happy days* o in *Fin de Partie*). Uno dei due non riesce a togliersi una scarpa e l'altro si appresta ad aiutarlo, si rannicchiano per difendersi dalle intemperie della vita. Insomma, sono personaggi che mostrano un pessimismo con un barlume di speranza dovuto al contatto fisico e linguistico che permette loro, pur nell'assoluta immobilità, di sopravvivere aspettando Godot. Altro discorso per i personaggi di Pinter, più minacciosi e pericolosi l'uno per l'altro, come nel caso dei due sicari di *The Dumb Waiter*. Ma il senso di "minaccia" è presente in quasi tutte le opere del drammaturgo inglese, come l'inquietudine e il mistero in quella di Bernard.

I personaggi della *Voragine*, sono certamente più vicini a quelli di Ionesco (*La Cantatrice Chauve*, *Les Chaises*, *La Leçon*...) e sono pervasi, come loro, di una glaciale e inquietante follia: ripetono in maniera meccanica e schematica parole, azioni e atteggiamenti che sembrano preordinati, come da copione. Il Capo, ad esempio, è un Avatar meccanico che produce la parola distanziandosi da essa nello stesso istante in cui la pronuncia, autocostruendosi linguisticamente come Capo per accentuare attraverso la ripetizione l'effetto di presenza. L'altro personaggio, l'operaio Ori, mostra invece una leggera umanità, a differenza di quella pressoché inesistente del Capo, ma anche lui riproduce meccanicamente la sua funzione, la sua posizione subalterna. Qual è, allora, il gioco linguistico e semantico dell'autore? In fondo potremmo leggere soltanto due pagine e capire la situazione e il senso dell'opera. Il gioco della ripetizione e dell'auto-creazione del ruolo gerarchico del personaggio (Il Capo), attraverso la proliferazione, porta alla sua negazione. Il rapporto tra l'autore (Bernard) e il suo personaggio, ricorda quello tra Faustus e Mefistofele del dramma di Marlowe. dove il primo cerca di salvarsi dall'inferno attraverso un linguaggio proliferante che "sale" verso il cielo ("... rise, rise again and make perpetual day"), mentre fisicamente è risucchiato sempre di più nella botola elisabettiana. Così, Il Capo, è il potere che si sgretola mentre si autocelebra. Tutto si ripete, in *Vortice*, ma tutto è stranamente diverso da prima. La parola in Ionesco svanisce, si sgretola, qui invece come sostiene Lombardi Satriani è un'ancora di salvezza (specialmente per Ori) anche se porta alla contraddizione e alla negazione del presupposto (è il caso del Capo). Questo per far capire che in fondo il gioco di potere non cambia mai, la giostra gira sempre allo stesso modo e "il calcolo dei dadi più non torna".

Alla base del dramma di Bernard vi è senz'altro una visione negativa e quasi apocalittica del mondo che rimane indecifrabile. La voragine è certamente fisica, ma è soprattutto simbolica: può rappresentare una voragine sociale, politica o ideologica, ma è anche la voragine dell'anima umana che sprofonda in se stessa fino a non trovare più una via d'uscita. E poi l'uso seriale degli oggetti rinvenuti nella voragine. Una specie di gioco di prestigio continuo, un fenomeno da baraccone: un pallone che rimbalza fuori di essa, elettrodomestici vari, un cielo di cacche di mosche, peti a richiesta come a dimostrare che nella voragine si può trovare di tutto ma è impossibile viverci. Un *surplus* che diviene emblema del mondo globalizzato e metafora dell'impossibilità di capirlo in quanto ad ogni elemento, si contrappone in modo parossistico il suo opposto. È la dinamica dell'esistenza umana soprattutto nella società contemporanea in cui il paradosso diviene realtà quotidiana. Nella vita si può trovare di tutto: un pallone, una lavatrice, una scarpa... e si può cadere nella profondità di una voragine senza riuscirne a capire il senso.

LA VORAGINE

In tristitia hilaris, in hilaritate tristis

(Giordano Bruno)

LAMENTO AUTOBIOGRAFICO DELL'OPERAIO
- ESPERTO FANCAZZISTA -
ORESTE CIRIOLA,
DETTO "ORI" DAGLI AMICI
E PARENTI PIU' O MENO STRETTI,
IL QUALE,
ESSENDOSI LETTERALMENTE ROTTO
LE SCATOLE
DI TUTTO E DI TUTTI,
SI STA LENTAMENTE CONVINCENDO CHE
LAVORARE STANCA
E CHE SAREBBE MEGLIO,
MOLTO, MA MOLTO MEGLIO,
RESTARSENE IN CASSA MALATTIA
A TEMPO POSSIBILMENTE
INDETERMINATO.

I

Scattare!

Il Capo tiene d'occhio Ori. È un pezzo che gli sta addosso. Ori fa il furbo, pensa il Capo. Oppure è cretino. Perché mai si da tanto da fare? Chi gli ha chiesto di farsi venire le vesciche alle mani col manico della pala?

Il Capo ha ordinato a Ori di scavare una buca: tutto qui. Invece, quella testa di rapa ti scava una Voragine che non finisce più, che esagerazione!

- Che buco! Sembra... lasciamo perdere - borbotta il Capo all'indirizzo di Ori mordendosi le labbra (si è autocensurato, ma intendeva *'a fessa e soreta!,* pittoresco epiteto nel nobile dialetto partenopeo).

Effettivamente il Capo non ha tutti i torti. Ori dapprima ha scassato il manto stradale col martello pneumatico. Poi ha dato giù col piccone menando colpi, neanche fosse Re Artù alle Crociate. Infine ha preso la pala e, una spalata dopo l'altra, è scomparso dalla testa ai piedi dentro la fessa.... (brutto lapsus del Capo, si legga *la fossa).*

Accidenti, è l'amletico dubbio del Capo, chi diamine glielo ha fatto fare? E dove caspiterina vuole arrivare?

Il Capo sospetta che Ori sia stato inzufolato, istigato dai Sindacati, ma non capisce a che scopo, visto che i cosiddetti difensori dei lavoratori, maledetti!, servono a far lavorare il meno possibile gli scansafatiche come Ori, non a farli sgobbare più dello stretto necessario come vuole la pubblica utilità. Magari stanno solo cercando di fargli acquisire diritti, maturare arretrati, contributi figurativi, bisogna stare in campana. Altrimenti per quale motivo dovrebbe sudare sette camicie, se non espressamente richiesto dalla Direzione?

Direzione?, si lamenta Ori tra sé e sé continuando a scavare. Quale Direzione del cavolo? Qui nessuno si dirige un accidente. Ti mettono una pala in mano e ti dicono "scava", e tu scavi, e nessuno ti dice di smettere. E tu non smetti. E vai avanti cercando di compiere al meglio il tuo dovere, affinché nessuno possa rimproverarti accusando la tua classe operaia di essere solo una massa di fannulloni come te. Venissero un po' loro a darsi da fare... voglio proprio vederli!

Ma ecco: la pala di Ori improvvisamente incontra uno strato duro, impenetrabile. Ori allora prende il piccone e mena uno, due, tre colpi che spaccherebbero come una zucca fradicia lo strato di cemento del *caveau* di una banca. Ma la terra non si smuove: neppure una scalfittura. I colpi provocano solo una lontana eco che si ripercuote come un tuono sotterraneo.

E se fossi arrivato allo strato di ferro che racchiude tutta la merda infuocata del pianeta, come si chiama?... il magma ecco! Ma no, si rassicura subito, non posso aver scavato tanto. Poi, fossi giunto alle porte dell'Inferno, potrei sempre cuocermi un paio di salsicce alla brace. È pur vero che Ori, in qualsiasi occasione, pensa alla pagnotta o alla padella. Mangiare gli da il senso dell'esistenza e del tempo che passa. Lo scorrere delle cose è per lui solo una perenne attesa del pasto successivo: la colazione anticipa lo spuntino che precede il pranzo che viene prima della merenda cui segue la cena e il rito del divano col digestivo davanti a qualche monnezza in tivvù.

L'intoppo della pala, del piccone e del martello pneumatico che non riescono a penetrare, lo scombussola.

Vuoi vedere che aveva ragione mia moglie a dire che sono diventato moscio... e che non riesco più a trapanare come ai vecchi tempi, cioè quando non ero ancora così vecchio e stanco, insomma, quando la punta del trapano era di diamante e il manico duro come quello di una scopa? Ora mi toccherà saltare il pranzo a causa di quest'impiccio, porcaccia la miseriaccia lurida e bastarda!

Allora Ori lancia un grido, non sapendo come potersi parare altrimenti le chiappe, nel disperato tentativo di passare la palla (e la pala) a chi di dovere nel più classico *scaricabarile* di cui si sente sempre parlare in questo cantiere:

- Ehi, Capo! Ho toccato qualcosa di duro! Ehi, ehi, abbiamo toccato il fondo. Sentito? Abbiamo toccato inavvertitamente il fondo... il fondo, accidenti! Non era mai successo prima d'ora... proprio a me doveva capitare! Che giornataccia... Quando si dice una giornata di merda! Non gliene frega niente a nessuno... -

Il Capo si è assentato un attimo per espletare un bisogno. Quando sente le grida di Ori è costretto a stringere la prostata, a rinfoderare l'uccello sgocciolante, a tirarsi su la lampo acchiappandosi nella cerniera un pezzo di pelle dello scroto e ad accorrere, dopo aver emesso un bestiale urlo di dolore, sul bordo della Voragine da cui spunta sconsolata e mortificata la testa di legno di Ori che sembra il cucù di una pendola scarica:

- È successo, Capo. -

Il Capo cade dalle nuvole:

- Cosa, Ori, mannaggia a te? -

Ori non sa come riferire del disastro al suo diretto superiore. Vorrebbe prenderla alla larga, girarci intorno, ma gli sfuggono i termini tecnici ed è scolasticamente a corto di metafore e perifrasi. Non può fare altro, allora, che abbassare la testa e ammettere candidamente:

- Abbiamo accidentalmente toccato il fondo. -

- Accidenti a te, Ori - gli fa eco il Capo.

- Non se la prenda con me, Capo. -

- Ah no? E con chi dovrei prendermela, allora, secondo te? - lo apostrofa il Capo.

- Beh, è stata lei, la Voragine insomma, a farsi toccare il fondo... -

- La Voragine si sarebbe fatta toccare il fondo da te, puzzone, fetente e luridone che sei? Ma figuriamoci! -

Ori non sa come cavarsela: vorrebbe semplicemente sprofondare nella Voragine. Ha solo la forza di ammetere:

- Volevo solo dire che abbiamo toccato il fondo, Capo. -

Il Capo lo scruta severamente con un occhio serrato e l'altro spalancato, la pupilla quasi fuori dall'orbita come a volerlo studiare al microscopio:

- È un pezzo che ti tengo d'occhio, sai? E non mi piaci, Ori, no che non mi piaci. Non mi piaci affatto. -

A questo punto ad Ori sovviene la bella pensata di suggerire:

- Si affacci nella Voragine, vedrà che disastro. -

Il Capo sporge la testa nella Voragine. In fondo al cratere non riesce però a scorgere nulla, neppure se c'è un vero e proprio fondo.

Bleffa: - Già, vedo... Mannaggia! Bel guaio. Sei sicuro che sia proprio il fondo? -

- Caspita! È duro come una pietra. Stia a sentire... Ragazzi, fate sentire il fondo al Capo. -

La Voragine emette un sinistro rumore simile ad una pernacchia. Una pernacchia? pensa il Capo, ho udito bene?

- Allora, che ne pensa? -

Il Capo è alquanto interdetto.

- Pare proprio che sia il fondo. Ma non mi stupisco... dico, non più di tanto. Scava scava, ci si doveva arrivare prima o poi, no? -

- Siamo qui per questo! - cerca di rassicurarlo.

Il Capo è sconcertato. Tergiversa come può scuotendo ripetutamente il testone, non sa più a che santo votarsi.

- Più giù di così non potevamo andare, vero? -

- Direi proprio di no. Quando si tocca il fondo, c'è poco da stare allegri. Oltretutto, adesso sarà dura risalire. -

- Ma non si potrà neppure cadere più in basso - si consola il Capo.

- Sempreché non ci sia un doppio fondo - obietta Ori pentendosi immediatamente di aver messo in dubbio le certezze del Capo. Certezze che ben poco, anzi nulla hanno di certo, ma che sono sempre meglio di niente al momento.

Il Capo infatti intuisce che Ori, come suo solito, pensa e raglia come un mulo e, tanto per dir qualcosa, assume un'aria marziale e taglia corto: - Doppio fondo? Fesserie. -

- Se lo dice lei! -

- Piuttosto, si vede niente di buono laggiù? -

- È buio pesto, Capo. -

- Nessuno spiraglio? Sicuro? -

- Ce ne saremmo accorti. Uno spiraglio, uno qualsiasi, non passa di certo inosservato nella Voragine, Capo. -

- Lo avreste subito richiuso, vero Ori? -

- Sì, Capo. Richiuso, senz'altro. Lo giuro: niente spiragli. -

- Mi raccomando. Non devono esserci spiragli. -

Ori scatta comicamente sull'attenti menandosi il manico della pala, che non sa maneggiare come un moschetto d'ordinanza in dotazione ad un soldato ben addestrato, sulla fronte.

- Agli ordini, Capo! ahi... accidenti, mi uscirà un bel ficozzo, diranno che mi stanno spuntando le corna... che qualcuno si sta spupazzando mia moglie... -

- *Ab amico cave!* - è il pomposo e latineggiante commento del Capo che non sta a perdere tempo a spiegare l'allusione.

- Già! - fa però Ori come se avesse capito l'antifona.

- Bene, così mi piaci. Obbediente e disciplinato. -

Frase che, questa volta, Ori traduce subito dentro di sé con: *cornuto e mazziato*, altro che obbediente e disciplinato. Tuttavia resta per qualche istante ridicolmente impalato sull'attenti, salvo afflosciarsi di colpo come un *soufflé* mal riuscito:

- Ha altri ordini, Capo? -

Silenzio imbarazzato del Capo che non coglie al volo le implicazioni della domanda apparentemente semplice di Ori e farfuglia:

- Boh! Dovrei averne? -

- Direi proprio di sì. Un Capo che si rispetti ha sempre ordini da impartire. Che devo fare, allora? -

Il Capo finalmente intuisce la trappola dialettica di Ori e reagisce da par suo:

- Il tuo lavoro, cribbio! Cioè obbedisci, e basta. Senza far tante storie... -

Ori scuote il testone, gli sfugge qualcosa.

- A cosa, obbedire? - replica intuendo che farebbe meglio a stare zitto, bocca cucita e occhi bassi, insomma sì, a non provocare discussioni inutili e controproducenti per il suo già catastrofico stato di servizio.

- Agli ordini, imbecille! - sbotta il Capo su tutte le furie.

- Ma quali ordini? È un pezzo che non ne arrivano più! -

- L'ordine è, per il momento, di mantenere l'ordine. Poi si vedrà. Come dice il proverbio: ogni cosa a suo tempo. Oppure devo pensare che hai fretta di cambiare qualcosa... per esempio sovvertire l'ordine sociale: sarai mica uno sporco sovversivo, Ori? Uno di quelli col passamontagna nero, un noglobal, un terrorista... un *black block*? -

All'operaio Oreste Ciriola non frega un cavolo di passare per sovversivo o antagonista del sistema capitalistico. Il suo partito, come allude il suo stesso cognome (*omen nomen* direbbe il Capo nel suo latino macheronico assai, ma esibito come uno *status symbol*, un segno di appartenenza ad una casta superiore, almeno culturalmente parlando, questa è la differenza che ci separa, a me che so *up* e a te che sei *tera-tera* come si dice a Roma, che ci distanzia non in senso orizzontale bensì verticale: non scordarti mai che tu eri il ciuccio dietro la lavagna ed io il primo della classe!), insoma il suo partito, tornando ad Ori, è quello della pagnotta: alias *er partito de chi magna beve e rotta* (rutta), espressione popolaresca che secondo una pittoresca espressione un po' troppo trasteverina potrebbe anche essere declinata col poco signorile termine di *mignotta*. Fortuna vuole che il Capo conosca anche un altro antico proverbio italico che calza a pennello al nostro caso: *Franza o Spagna basta che se magna*.

- Fosse per me... Sa dove li avrei mandati gli ordini? 'affan... Capo! - Beh, più chiari di così si muore.

- Silenzio! - s'indispone invece il Capo che non sopporta quando Ori si mette di traverso ai suoi ragionamenti e gioca a fare il bastiancontario, il signornò, a minacciare di stendersi sopra i binari per non far passare il treno del progresso della Voragine.

Ori non accetta di buon grado l'intimazione al rispetto dello *status quo* e delle cose così come stanno, perché stanno messe male, le cose: non gli va proprio giù di essere considerato una palla al piede, un peso sociale da sopportare e supportare a suon di iniezioni di incentivi come un malato terminale. Se dunque abbassa per un istante gli occhi è per rialzarli subito, ancora più infuocati e colmi di rabbia di prima: ma che ci sto a fare qui dentro? Che operaio sono se non opero perché non so che fare? Non danno ordini, ecco, poi la colpa è mia!

- Posso almeno imprecare? -

- E perché mai? Si può sapere di che ti lamenti? -

- Di tutto un po', Capo. -

- Ti pare una bella cosa, lamentarsi? -

- No, Capo, certo che no. -

- Vedi che ho ragione io? -

- Lei ha sempre ragione, Capo. Però... - Ori si gratta la testa. Dai radi capelli, appicciicati con la brillantina al cranio, cade un grumo di terra e polvere mista a candida forfora. Ha le scarpe sfondate e la tuta da lavoro scucita proprio in mezzo alle natiche, come se vi fosse passato un uragano, anche se ad onor del vero qualcosa del genere è presumibile che abbia perforato la stoffa dall'interno all'esterno.

Il Capo lo guarda dall'alto in basso con aria schifata e scandisce le sillabe come se parlasse ad un deficiente:

- Qual è il problema? O dovrei dire il tuo *modus scioperandi*?-

Ori smette di stuzzicarsi la pelata con le unghie sporche.

Anzi, non capisce come si fa a non capire. Per lui è tutto così chiaro! Possibile che l'evidenza non risalti subito agli occhi anche di chi, in teoria, dovrebbe saperne più di lui in fatto di voragini, per il semplice motivo di sovrintendere agli scavi? Allora cerca di spiegarsi come può a parole sue stupendosi di se stesso e della chiarezza che riesce ad esprimere:

- Quando si è toccato il fondo, beh... uno comincia a domandarsi: e ora, ci grattiamo la pancia? E gli ordini non arrivano... E uno non sa che fare. E si domanda: e se non dovessero arrivare? Fin quando potremo grattarci la pancia? -

Il Capo però non ammette dubbi: - Basta così! Niente se e niente ma, ci manca solo che ti metti a gufare. Gli ordini arriveranno. Puntualmente, non te lo assicuro, ma sul fatto che arrivino non ci piove! -

- Le previsioni del tempo non ci azzeccano mai, Capo! -

- Sei scettico, Ori? -

- In altre occasioni avrei anche fatto a meno degli ordini. Quando c'era ancora tanto da scavare, ad esempio, si sentiva solo un ordine: *scava-scava!* Ma ora che abbiamo toccato il fondo e non sappiamo più se domani potremo continuare scavare e ci avremmo bisogno di ordini immediati, di certezze circa il nostro futuro, siamo in balia dei "si dice" che non si concretizzano in chiavi di lettura del presente. Le sembra giusto? -

Naturalmente il Capo si domanda da dove diavolo salti fuori nella boccaccia di questo impiastro di manovale un'espressione complessa come *chiavi di lettura*. L'avrà sentita, si da subito la spiegazione, in qualche trasmissione, naturalmente senza capirne il significato metaforico! Meglio sorvolare sulla questione linguistica, non è il caso di infierire sul poveretto che ripete pappagallescamente parole non sue, che non appartengono al suo repertorio, alla sua ottusa mentalità talmente terra-terra che è costretto a scavarla per tutta la vita, finché ne rimane di terra da scavare sotto i suoi piedi da buzzurro incallito.

- Potevi obbedire prima, quando c'era qualcosa da scavare e, di conseguenza, c'erano gli ordini. Ora che non ci sono, vorresti obbedire. Ma ormai è troppo tardi. -

Ad Ori non sembra vero di poter tirare la sua conclusione, peraltro lungamente covata nel buio della Voragine, quando bisognava scavare in mezzo ai liquami e ai topi di fogna... e il Capo non si faceva di certo vivo là sotto, anzi!

- Allora posso anche farci a meno del Capo, ecco! -

- A meno di me? Sei impazzito? Qui c'è un maledettissi-missimo bisogno di me! -

Ori finge di non capire il significato del superlativo superassoluto profferito dal Capo che si da tante arie.

- Invece no - protesta Ori che si è ormai imbarcato su una brutta rotta di collisione aziendale.

- Ah ah! Attento! Uomo avvertito... -

Ori non si trattiene più e svuota il sacco come un fiume in piena: - Non c'è bisogno di nessun Capo quando il Capo stesso non ha più ordini da impartire. Infatti, se lei non comanda, io non posso obbedire e, di conseguenza, lei non è più il mio Capo. Non è niente, insomma, neppure un buon amico, un conoscente o un... che so? un compagno di merende o un tifoso della mia stessa squadra di calcio... Niente, ha capito? Niet! Null! Nisba! Lei è... è... - tartaglia facendosi tutto rosso - solo un Capo... comico, ecco! -

Il Capo lo fissa come se volesse mangiarselo con gli occhi. Sta decidendo sul da farsi, quali provvedimenti disciplinari adottare. Il sorriso dipinto sulla faccia da schiaffi di Ori gli agevola peraltro il compito, altamente spiacevole se avesse dovuto agire nei confronti di un collaboratore subordinato rispettoso della gerarchia aziendale, di pronunciare la sentenza definitiva senza possibilità di appello:

- Se la pensi così, sei licenziato. -

- Oh, bella! E perché? -

- Per insubordinazione. -

- Che significa? -

- Significa che ti rifiuti di obbedire, scemo! -

- No. È lei che si rifiuta di dare ordini. -

Ci risiamo, pensa il Capo mordendosi rabbiosamente il già martoriato labbro su cui scarica il suo malcelato nervosismo da Capetto dimezzato dagli eventi, da Duce disarcionato da cavallo. Ori vuole mettermi in difficoltà al cospetto dell'intero cantiere della Voragine. Devo mantenere la calma e il sangue freddo per rispondergli a tono. Odio essere messo alle corde da un sotto-posto!

Il Capo allora sbatte i tacchi per darsi un contegno marziale e inappellabile e sentenzia:

- L'ordine è di non obbedire ad alcun ordine, visto che non ci sono altri ordini. Va bene così? Sei contento, zuccone che non sai essere altro? -

Ma Ori non gliela fa passare liscia una simile baggianata e persevera nella sua fastidiosa azione di punzecchiatura da zanzare tigre:

- Eh, no! Troppo comodo fare il Capo così. -

- Anche tu però vorresti obbedire solo quando fa comodo a te. E ciò non è giusto, Ori, dal momento che la società non può permettersi il lusso di stare al tuo servizio, di correre dietro ai tuoi capricci e di porre riparo ai tuoi pasticci. -

- Almeno - qui il ragionamento dell'operaio arriva alle dolenti note - c'è qualcuno più in alto di lei in grado di dare ordini? -

Il Capo cerca di non perdere le staffe: l'interrogativo di Ori non fa una piega, ma gli fa venire il prurito.

- Spero proprio di sì, perdinci! Ora che avete... cioè, che abbiamo, visto che stiamo sulla stessa barca, toccato il fondo, resto anch'io in un certo senso in attesa di ordini; e la situazione, credimi, è imbarazzante anche per me. -

- Sarà.... - sospira Ori col tono di chi vuole interrompere una conversazione. Infila un braccio nella Voragine per prendere il cestino della merenda nascosto in un anfratto appositamente scavato. Da un mucchio di terra estrae un fiasco di vino bianco che aveva sotterrato affinché si conservasse fresco al riparo del sole cocente. Si siede e si predispone a consumare lo spuntino sotto gli occhi allibiti del Capo che sbotta in un applauso:

- Bravo, complimenti. Nel pieno di una situazione altamente critica tu pensi solo a riempirti la pancia. -

- Però a pancia piena si riflette meglio - replica Ori.

E senza attendere che il Capo si riorganizzi in difesa per ripartire in contropiede, aggiunge il carico da novanta:

- Lei ci crede agli ordini, Capo? -

- Fai certe domande del cavolo, Ori! -

- Beh, forse non si doveva arrivare a toccare il fondo, forse dovevamo fermarci prima, ecco. La penso così, ecco. -

Il che è inaudito, secondo il Capo.

- Qualcuno ti ha forse messo la pala in mano e ti ha detto "va e tocca il fondo"? -

- No - ammette Ori cominciando a mangiarsi con gli occhi

la visione del panino farcito a quattro strati.

- Quali erano esattamente gli ordini? - lo interroga il Capo mettendo contemporaneamente gli occhi sul panino di Ori.

- Scavare, scavare, scavare. -

- E tu hai scavato? -

- Eccome! Senta che calli! Quando mi prendo l'uccello in mano per sgrullarmelo mi sembra di metterlo fra due guanciali di carta vetrata! -

- Lo vedi? Sei tu che hai maldestramente toccato il fondo per imperizia o per eccesso di zelo fino a farti stupidamente venire la carta vetrata... cioè, i calli alle mani. Ammetti di aver esagerato, Ori? -

- Se mi si fa scavare come una talpa senza mai un contrordine, è chiaro che prima o poi sarei arrivato al fondo. -

- E perché ci sei arrivato così presto? -

- Perché è finita la terra sotto i piedi, Capo. -

- E non potevi accorgertene in tempo, prima che finisse? - continua a redarguirlo come uno scolaretto, un operaietto alle prime spalate.

- Me ne sono accorto, quando ho appunto toccato il fondo - insiste Ori sulla linea difensiva.

- Non potevi solo sfiorarlo, 'sto maledetto fondo? -

- Insomma, Capo, non cerchi scuse: se siamo arrivati a questo punto non è certo per colpa mia. -

- E neppure mia! - è l'isterica conclusione del Capo.

- Sarà... Ma adesso, mi consenta, ci ho un languorino.-

Il Capo non manifesta contrarietà vedendo che Ori stende una tovaglietta macchiata di unto e pomodoro su un bidone arrugginito come se fosse una tavola calda.

- Anch'io soffro di languore addominale. Che mangi, Ori? -

Il Capo allunga l'occhio. Ori è sul chi vive. Minimizza la portata della sua iniziativa, potrebbe andare a finir male, come al solito, per lui e soprattutto per le sue provviste alimentari.

- Niente. -

Il Capo naturalmente in certi casi, quando si tratta di cibarie, è più furbo di Rommel soprannominato la Volpe del Deserto.

- Come, niente? Cos'è quello? Fammi assaggiare! -

E allunga le mani per rovistare nelle provviste alimentari

del suo dipendente.

- Accidenti a lei, mai che si porti il suo cestino... -

- Preferisci che ti appioppi un incarico urgente che richieda l'immediato intervento della squadra composta soltanto da te? -

Ori non ha alternative, una volta che il Capo ha adocchiato il suo maritozzo nel cestino c'è poco da fare per salvare la merenda:

- Vuol favorire, per caso? -

- Se proprio insisti... Solo un morso, tanto per gradire... -

Solo un morso? Il Capo affonda le ganasce nello spuntino di Ori come una pala meccanica nella ghiaia da costruzione:

- Ci vada piano! Ha perso gli ordini, ma non l'appetito eh?-

Il Capo si pappa capra e cavoli sotto gli occhi terrorizzati dell'esterrefatto Ori: Polifemo in confronto a lui è un timido dilettante dello scofanamento a sbafo. Non contento, l'essere immondo si scola il fiasco di vino ed emette un rutto che sembra un barrito, prima di aggiungere con aria tronfia:

- Lo sai che dovresti ringraziarmi? -

Ori è praticamente rimasto a bocca asciutta:

- Davvero? Ma bravo, il Capo! Non me ne ero accorto! -

- Il tuo panino non era gran che: ti ho risparmiato la sofferenza di doverlo mangiare per non dispiacere la tua signora che te l'ha maldestramente preparato. Aveva uno strano retrogusto che non mi spiego... - le parole del Capo hanno il sapore dell'unto scivoloso che gli cola sul mento.

- Io non mi spiego nemmeno il gusto, visto che non l'ho assaggiato! - si lamenta Ori con l'acquolina alla bocca.

- Smettila di sbraitare. Lasciami in pace... Ora, caro Ori, ci vuole un bel riposino... -

Dopo mangiato il Capo sbadiglia, fare un pisolino digestivo è una sua necessità fisiologica. Sua però non mia, pensa Ori che non ha mangiato niente.

- Come? Ci ha il coraggio di mettersi a ronfare? -

- Beh? Che c'è di male? Se tu fossi al mio posto, non te la prenderesti forse una "pausa di riflessione", eh? -

- Sarà... - allarga le braccia Ori .

Al Capo salta la mosca al naso, non ne può più delle allusioni di Ori, zompa in piedi come un grillo stufo di far la serenata e deciso a passare alle vie di fatto.

- Senti, Ori, con questa espressione che riciccia di tanto in tanto fuori dalla tua boccaccia, mi stai veramente rompendo le scatole. Che diamine significa "sarà"? -

- Non se la prenda, Capo, fa Ori conciliante: se lei dice che è una pausa di riflessione, io dico che sarà una pausa di riflessione. Punto e a capo. -

Ciò dicendo disegna con un dito nell'aria un punto interrogativo per poi chiudere il movimento con l'indice a marcare il punto di arrivo, insomma, come a significare: le chiacchiere stanno a zero, sono finite. Il mio panino sta nella sua panza, amen.

Il Capo tuttavia reagisce a quel dito puntato dritto contro le sue viscere.

- Nel senso che non lo è o che lo è, una pausa di riflessione? -

La risposta del manovale è categorica, senza ombra di peli sulla lingua.

- Per me, lei cerca solo di prendere tempo, ecco, in mancanza di ordini! -

Il Capo adesso ricomincia a spazientirsi.

- Ripeto per l'ennesima volta: l'ordine è di aspettare ordini. Intesi? Hai capito? O preferisci finire in esubero? -

Di fronte a quella parola, *esubero*, che evoca ancestrali spettri di giornate passate in casa a far niente davanti alla tivvù mentre la moglie sbraita in cucina "aggiusta quello, Ori, corri a fare la spesa, muovi il culo fannullone", Ori si arrende:

- E va bene, aspettiamo!, tanto... -

Ma non fa in tempo a finire la frase che gli arriva la sciabolata tra capo e collo.

- Io, aspetto, caro te! Tu vai nella Voragine e rimettiti al lavoro. Uno qualsiasi. Marsch! -

Ori sembra rassegnato:

- D'accordo... vado nella Voragine... tanto mi scappa da pisciare, Capo. -

Il Capo non crede alle sue stesse orecchie e tantomeno ai suoi stessi occhi quando si accorge che Ori si sbottona sguaiatamente la patta in prossimità della Voragine.

- Cosa pensi di fare, Ori? -

- La pipì, Capo. -

- Nella Voragine? -

- Dove, sennò?

- Sei un troglodita, Ori.... Adesso ho capito da dove viene il tuo nome: da orina, altro che Oreste. Fai schifo! -

- Perché, a lei non scappa mai, Capo? -

Il Capo urla e si dimena come un robot impazzito in preda ad un raptus da cortocircuito:

- Non nella Voragine, Ori. Non nella Voragine! -

Ori mantiene la calma, non reagisce al Capo che lo minaccia di percosse sventolandogli il pugno chiuso sotto il naso. Cavolo, non è il tipo da farsi venire la diarrea ogni qual volta i superiori alzano un po' la voce. E se vogliono usare il pugno chiuso per minacciare la classe operaia, facciano pure. Sappiano però, questi signori, che si tratta di un falso storico, perché il pugno chiuso è simbolo della lotta di classe, non di repressione delle più giuste istanze personali come la piscia che scappa quando scappa. Comunque il Capo, pensa Ori, fa due fatiche: una ad incazzarsi e l'altra a scazzarsi. Così, con aria candida benchè ipocrita, Ori sfida nuovamente il Capo con una delle sue minchiate.

- Cosa ha che non ci si può pisciare dentro? -

Il Capo è ancora elettrizzato. Ha forse infilato i piedi tra i cavi scoperti dell'alta tensione?

- Ma è la nostra Voragine, capisci? Un po' di rispetto, cavolo! Non è la nostra culla, okkei, ma probabilmente sarà la nostra tomba. -

Una volta evocata, la Vecchia Signora li costringe pensare per un istante alla morte. E ciascuno dei due ai funerali dell'altro. Ori si immagina le esequie del Capo, il cui feretro abbandonato da tutto e da tutti, si avvia solitario in un giorno di pioggia e vento verso il camposanto dell'Eterno Riposo: nessuno si ricorderà di lui, nessun rimpianto e nessuna nostalgia. Il Capo invece s'immagina l'estremo saluto ad Ori, il corpo del quale giace composto per l'ultimo viaggio nella camera ardente mentre lui e la vedova piuttosto allegra del suo miserabile scassavoragini fanno baldoria, zozzerie e capriole in camera da letto alla faccia del caro estinto... Così va il mondo, che notoriamente non è perfetto!

- Anche lei coi "sarà", eh, Capo?! - continua a stuzzicarlo Ori toccandosi scaramanticamente le zone proibite.

Il Capo tuttavia non accenna a placarsi né a soprassedere.

- Io sono autorizzato a pormi dei seri interrogativi. Io, sì, porco mondo! -

Allora Ori non ne può più di fare da zerbino e replica senza mezzi termini.

- Beh! Io ci piscio sopra ai suoi interrogativi. Ed anche al suo mondo schifoso! -

Il guanto della sfida, a questo punto non più soltanto dialettica, verbale, ma anche e soprattutto fisica, è lanciato. Il Capo lo raccoglie da par suo:

- Ori, stavolta ti spacco la faccia. Perché questa non è semplicemente insubordinazione, è maleducazione vera e propria! Senza contare che non si può oltraggiare la Voragine e pisciarla... cioè, passarla liscia: fatti sotto! -

Fare a botte col Capo? Ad Ori non sembra una buona idea. Se lo manda kappaò, rischia di essere licenziato per eccesso di legittima difesa. Se prende un sacco di botte, non è all'altezza del compito e va quindi esodato quanto prima. Allora tira metaforicamente fuori un coniglio dal cilindro, per sviare il discorso e prendere tempo in attesa che gli venga un'idea migliore per allentare la tensione.

- Ehi, Capo, guardi un po' che cosa è venuto alla luce mentre orinavo nella sua Voragine!

Il Capo non vuol sentire storie:

- Non cambiare discorso. Esci da lì e battiti da uomo, se ne sei capace! -

- Dica prima lei: è capace di battere a macchina? -

Il Capo fraintende l'escamotage del suo impiegato e lo prende alla lettera.

- Che macchina? Ci battiamo qui, sul posto, non c'è bisogno di andare a Las Vegas! Casomai, poi, ci si va in areoplano, non in macchina!, se proprio vuoi dare un senso commerciale al nostro imminente incontro di pugilato. -

- Una macchina da scrivere - precisa Ori. - L'avrà buttata nella Voragine qualche giornalista passato alla televisione. -

- Non fare congetture, Ori. Capace che nella Voragine ci trovi pure un televisore. Ciò non significa, grazie al Cielo, la fine della civiltà. -

- O un frigorifero. Ciò non significa che sia pieno. -

Il Capo sembra piuttosto meravigliato della scoperta quando Ori gliela mostra in tutto il suo decadente e arrugginito splendore.

- Guarda guarda: una macchina da scrivere che riciccia fuori nell'epoca del computer... Funziona? -

Ori perplesso si gratta la zucca:

- Non ce lo so. Veda un po' lei - dice passando la patata bollente a chi di dovere.

- È tutto bagnato 'st'aggeggio. Accidenti a te, Ori! -

- Porti pazienza. S'asciugherà, prima o poi. -

L'anticaglia, nonostante sgoccioli l'orina di Ori, attira l'attenzione del Capo che prova a battere un tasto che fa partire come una catapulta in miniatura una goccia giallo paglierino che centra Ori in un occhio.

- Hai ragione, è proprio una macchina da scrivere. -

- E a che serve - s'interroga Ori - a farmi la doccia? -

- Scemo, te lo dice il nome stesso: a scrivere. -

- E pensare che ci ho pisciato sopra! -

- Inavvertitamente, spero. -

- A me, però, scappava da pisciare, non di scrivere. Né tantomeno di leggere. Leggo solo sul cesso, quando il bisogno mi chiama di brutto. Leggere aiuta infatti a concentrarsi sui propri bisogni corporali, Capo. Purchè non si leggano racconti erotici corredati magari da fotografie, dal momento che in questo caso i diversi bisogni corporali entrerebbero in contrasto tra loro annullandosi a vicenda. È un'impresa cacare col pisello dritto, glielo assicuro! -

Ma il Capo non sente ragioni.

- Pensi come scavi, Ori: da paleolitico. Anteponi i bisogni primari a quelli intellettuali... Preferisci la carta igienica a quella stampata... -

Ori continua però ad arrampicarsi sugli specchi.

- E non è un punto a favore della nostra civiltà, l'igiene? -

- Ma la civiltà, prendi appunti, è nata con l'invenzione della scrittura, non della carta igienica! Possibile che tu, babbeo, non sappia riconoscere un fondamento della civiltà da un gadget promozionale? -

Ori è così costretto a fare i conti con la propria ignoranza.

- Allora ho rinvenuto un reperto archeologico. Quanto potrà valere? - insiste ingenuamente.

- Non farti illusioni. Questo oggetto è di proprietà della

Direzione della Voragine - subito lo disillude il Capo.

- Ma l'ho trovato io, porca miseria! - si lamenta Ori facendo tira e molla finché non si becca un papagno sul grugno dal Capo che lo costringe a mollare la presa.

- Poche storie! Ciò che si trova nella Voragine è della Voragine. *Dura lex sed lex!* E aggiungo: *Ipse dixit,* cioè qui parlo solo io! -

Ci risiamo col latino! Il tono del Capo non ammette repliche. Alchè Ori fa la voce grossa:

- Maledetta Voragine, ci caco sopra io! -

Il Capo è indignato, lo prende per il bavero con aria minacciosa:

- Ma come? Ti ha dato lavoro per tanto tempo, ti ha dato una macchina da scrivere per esprimerti intellettualmente, e tu ti permetti di mandarla al diavolo? -

Ori si sente messo con le spalle al muro, del resto, nonostante il minaccioso aspetto di operaio armato di pala, è un pezzo di pane come rappresentante della protesta popolare, un pusillanime per dirla tutta, solo l'idea dello scontro fisico, di un corpo a corpo col Capo gli fa accapponare la pelle, che schifo. Se la cava così:

- Quante storie! -

- Sei una bestia, ecco che cosa sei! - rincara la dose l'aggressore.

Ori però ha i suoi buoni motivi, le sue ragioni. Il lavoro si è bloccato, perché è finita la Voragine; e la macchina da scrivere se l'è cuccata la Direzione della Voragine stessa, anche se non si dirige più un bel niente, dato che non ha più ordini. E per quanto concerne la libertà d'espressione... lasciamo perdere! Nella Voragine la parola *libertà* è in effetti solo un timido *flatus voci*: si dice, ma non si pensa come si dovrebbe da uomini liberi, *liberamente*. Al contrario...

Le allusioni di Ori al sistema democratico all'interno del cantiere della Voragine fanno però saltare nuovamente i nervi al Capo:

- Mo' ti scrivo un paio di ordinucci da farti venir la pelle d'oca, cretino! -

- Ordini? Di cosa sta parlando, Capo? - non si capacita Ori.

- Che ne so... quelli che arriveranno, forse. Io li anticipo... -

- E se dovessero arrivare per posta, cioè già scritti?-

- Allora li riscrivo. -

- Ne vale la pena, Capo, riscriverli? -

Le insinuazioni di Ori a proposito della mancanza di ordini meritano una ponderata risposta da parte del Capo.

- Se poi dovessero arrivare a voce, per telefono, insomma dall'alto, qualcuno dovrà pure scriverli, cioè metterli nero su bianco, perché tutti gli ordini devono essere nero su bianco. Ed io, che ho il senso del dovere, ce li metto prima nero su bianco. Qualcosa in contrario? No? Strano, da te mi aspetto sempre una difficoltà, un contrattempo, una contraddizione o addirittura la proclamazione dello sciopero personale! -

Ori non coglie il salace spirito del Capo a proposito dello sciopero che naturalmente può essere generale, ma non personale, poiché se si assenta solo Ori, non si tratta di uno sciopero della categoria con tanto di bandiere rosse al vento e comizio, ma di assenza ingiustificata che mette il lavoratore pelandrone, fannullone e fellone sul banco degli imputati che passano sotto la definizione di *furbetti del cartellino*. Quindi risponde candidamente prendendo in contropiede il Capo che già stava per dissotterrare l'ascia di guerra:

- Per metterli nero su bianco deve metterci prima un foglio dentro. -

Solo allora il Capo si avvede del contrattempo. Per scrivere con gli strumenti dell'era pre-elettronica ci vuole un foglio di carta. Ori sorride perché ha colto il Capo in fallo, così che a questi non resta che minimizzare il *qui pro quo* (ancora'sto latino, pensa Ori!).

- Thò, scrivevo senza foglio nel rullo! Una copia cartacea senza carta è da ridere, non si legge niente. Comico... comico intendo che tu abbia ragione, una volta tanto! -

Ori si compiace, ha finalmente avuto ragione, una piccola ragione, una ragione assolutamente parziale nel contesto generale, ma una cacca di mosca di ragione, in questa fase storica, dai Ori!, è sempre meglio di niente, cioè di un calcio in culo, quello che prendi sempre.

- Ho ragione io, Capo? Sarebbe la prima volta che più o meno ufficiosamente mi si attesta qualcosa di positivo. -

- Non devi sorprenderti. Il mio motto infatti è: da a Cesare quel che è di Cesare... e ad Ori, naturalmente, quel che è di Ori. Cioè nulla! -

- Grazie, Capo. Non nutrivo dubbi al riguardo. -

- Dovere, Ori, dovere. Anche se può essere maledettamente controproducente essere troppo ligi alle regole. -

- Suona strano, detto da lei. Non dovrebbe farle rispettare le regole, invece di incitare ad eluderle? -

- Fatta la legge trovato l'inganno, dice il proverbio! -

- Trovato l'inganno, fatta la legge! - gli fa stupidamente eco Ori da quell'ingenuo sempliciotto che è, pensa il Capo.

Il cantiere è come se fosse abbandonato da Dio e dal diavolo. Non vola una mosca, al di fuori delle voci dei due che bisticciano spaccandosi a vicenda i capelli in quattro, otto, sedici, trentadue...

Crateri e mucchi di terriccio e sabbia come la superficie lunare. Le scavatrici hanno l'aria di mostri preistorici con le fauci spalancate e le dentature aguzze pronte a scagliarsi sulla preda. Le gru arrugginite sembrano enormi pennuti in bilico su una zampa. Ma tutto è sospeso, immobile, in attesa di qualcosa, di qualsiasi cosa. Un'immagine satellitare svelerebbe la presenza di soli due addetti ai lavori sul cantiere, Ori e il Capo. Il primo con un casco arancione e il secondo con un casco blu: visti dall'alto sono come i puntini lampeggianti di un videogame demenziale. Non c'è da segnalare nessun'altra presenza umana. Mucchi di ferraglie accatastate, cumuli di cemento indurito, ma non si sente lo stridìo del frullino che taglia la pietra o il martello pneumatico che si apre la strada nella crosta terrestre.

Il Capo abbassa la voce. Non vuol farsi sentire da orecchie indiscrete. Vabbè che in giro non c'è nessuno, però non si sa mai... meglio essere prudenti!

- Rifletti: se tu avessi prolungato ad oltranza i lavori di scavo per guadagnare tempo, adesso ci sarebbe ancora una Voragine da finire. E ne avremmo entrambi tratto vantaggio. O no? -

Ma Ori è più testardo di un mulo:

- Se non mi fossi sbrigato, mi avrebbe licenziato. O no? -

- Ma se tu avessi fatto solo finta di sbrigarti, io avrei fatto solo finta di licenziarti, ti avrei messo per un po' in cassa integrazione e poi avremmo ricominciato a scavare da qualche altra parte, senza dare troppo nell'occhio. Un cantiere qua, uno là... Avremmo salvato le apparenze, adempiuto alle formalità e ciccia! -

Ori si gratta la sua, di ciccia:

- Invece? -

- Invece, tu l'hai presa maledettamente sul serio: di uno scavo qualsiasi, di un semplice scasso, hai fatto un'incolmabile Voragine che rischia di farci sprofondare sotto il peso delle nostre reciproche responsabilità civili e penali, se non addirittura politiche. -

Ori non si da per vinto:

- Uffa! L'ordine era di scavare una Voragine ed io l'ho scavata. -

- Però ci hai preso gusto a scavare. E le hai toccato il fondo, alla Voragine. Perciò non mi resta che licenziarti in tronco, mi spiace - è la mesta conclusione del Capo.

Ori non crede alle sue orecchie. Si guarda intorno, c'è un vuoto assoluto, silenzio, non si vede né si sente anima viva. Non è presente alcun rappresentante della classe operaia, all'infuori di lui. Per quanto grande sia la Voragine, per quanto sconfinato il cantiere, lui risulta al momento l'unico portatore sano di pala e piccone. Il che gli fa presagire che il Capo stia solo giocando a far la voce grossa del padrone.

- Mi licenzia lei a me?... È la sua ultima parola? -

- Sì, povero Ori. Ma tu non abbatterti. Non darti mai per vinto, Ori. Non disperare, caro. E buona fortuna! -

Il Capo sta bleffando così abilmente che Ori per un istante ci casca come un pollo.

- Si metta una mano sulla coscienza: alla Voragine ho dato tutte le mie forze dedicandole i migliori anni della mia vita. Per questo le ho toccato il fondo! -

Il Capo gli parla allora col cuore in mano, come un padre farebbe col figlio un po' bamboccione.

- Possibile che tu non ti renda conto della gravità della situazione? -

- Che situazione? - sgrana gli occhi candidamente.

Per un istante il Capo studia Ori per capire se quell'insulso manovale, che peraltro non vale una cicca come operaio, possa essere capace di coglionarlo. Poi, quando intuisce che un operaio che sta perdendo il posto è un essere in balia degli eventi e rappresenta una minaccia inconsistente, se non proprio inesistente, tira un sospiro di sollievo e spende due parole per spiegare bene la suddetta *situazione economica* attuando la tattica del *mal comune, mezzo gaudio.*

- Ori, è inutile, tutto inutile: la Voragine è stata ultimata e gli ordini non arrivano. Io stesso non so che fine farò. Credimi: mi sono dato da fare, ho cercato di inventarmi il lavoro, di darmi da solo degli ordini, ma senza risultati apprezzabili. Quindi, non ci resta che sbaraccare tutto... Cercati un'altra occupazione, dammi retta, caro... - conclude amaramente il Capo, sospirando.

Ori percepisce un tremito nella voce del Capo, come se anche lui fosse preso alla gola, pur non volendolo coscientemente ammet-tere, da un senso di vuoto e di spaesamento per l'immediato futuro.

- E lei che farà? - si preoccupa Ori realizzando così intuitivamente che il suo destino e quello del Capo sono indissolubilmente legati da un sottile filo, cui sono entrambi aggrappati per non cadere nel baratro della dosoccupazione.

Il Capo allarga le braccia:

- Resterò qui, in prima linea, a sorvegliare la nostra Voragine, cos'altro potrei fare? -

Ciò detto il Capo si pianta con le mani sui fianchi in cima al cumulo di terra che Ori ha appena spalato. Sembra uno scalatore giunto sulla cime dell'Everest.

Improvvisamente la Voragine appare ad Ori per ciò che veramente è: un profondo ed inutile buco in cui non c'è nulla. Senonchè un lampo di genio brilla nei suoi occhi.

- Ho un'idea! -

- Tu? - si meraviglia il Capo non abituato ai lampi di genio fa parte del suo sottoposto.

- Sì - annuisce con convinzione Ori. - Le sembrerà strano, ma è così: ho una fottutissima buona idea... -

Il Capo è scettico, ma sa di non aver nulla da perdere.

- Sentiamo. Tanto per non farti andare in giro a sparlare di me, saresti capace di raccontare che non ti sono voluto stare a sentire. Dimmi la tua buona idea... -

Sembra facile farsi venire buone idee nella Voragine! E anche se te ne viene una, ci pensano *loro* a fartela passare!

Ori lascia trascorrere qualche istante di silenzio per dare maggior risalto ed importanza alla sua folgorante soluzione.

- E se la richiudessimo, questa fottuta Voragine? Ci ha pensato? Tanto è solo un buco... -

Il Capo tentenna, riflette: un'idea balordissima, altro che buona!, rappresenta però pur sempre un'ideuzza, soprattutto quando non se ne hanno altre di riserva. Senonchè si pone un serio interrogativo: abbiamo fatto tanta fatica ad aprirla, per poi richiuderla?

Ma Ori replica a botta sicura:

- Aperta, rappresenta un pericolo: qualcuno potrebbe caderci dentro e rompersi l'osso del collo. Le pare bello da parte nostra? -

- Anche questo è vero - è costretto ad ammettere il Capo grat-tandosi il cuoio capelluto e mordendosi ancora il labbro per l'imba-razzo della scelta: scelta di fronte alla quale lo ha posto quel fesso di Ori con le sue dannate chiacchiere.

Ori sente di avere la pala dalla parte del manico. Se qualcuno dovesse farsi male, la responsabilità finirebbe per ricadere interamente sulla Direzione dei lavori, cioè su di lei. E continua ad alta voce:

- Potrà averne delle noie, mi creda. Se non addirittura delle conseguenze professionali piuttosto serie: pensi alla carriera, sarebbe rovinata. Per sempre! -

- Perdindirindina, esclama il Capo messo sempre più alle stret-te da Ori che esige una decisione rapida, una scelta di campo, una presa di posizione per uscire dall'impasse. Cominci ad avere ragione un po' troppo spesso, Ori!, è amaro per il Capo doverlo ammetterlo. Certo, se fossi io a comandare dall'alto, darei disposizioni, cioè ordini in questo senso. Ma purtroppo il mio ruolo è limitato: non posso scavalcare la gerarchia. Proprio no. Almeno credo... -

- Però, sarebbe la cosa più ragionevole in questo momento - continua a stuzzicarlo Ori intuendo che le certezze del suo diretto superiore stanno vacillando come canne al vento.

- Scommetto che chi è preposto a farlo, sarà di questo avviso - cerca di cavarsela il Capo ricominciando a grattarsi la zucca pelata su cui gli si forma, come un cavolo spuntato d'improvviso in un terreno incolto, un impertinente ciuffetto.

- Non "sarà", Capo: è senz'altro. Stavolta ci metto la mano sul fuoco! -

L'entusiasmo di Ori quasi quasi riesce a contagiare il Capo, che allora si sbilancia con un "sì, sì..." che si trasforma subito in un "però" che ha tutta l'aria di significare "pensandoci bene".

- No, non posso assumermi questa responsabilità, è troppo grossa per me. Anticipare gli ordini! Niente da fare! Sapessi almeno chi è che comanda potrei richiedere un ordine di servizio! -

- Insomma: che ha intenzione di fare? - si spazientisce Ori.

- Si aspetta un altro po'- tergiversa il Capo. - Poi si vedrà. Chi vivrà, vedrà. D'accordo? Resta inteso che, nel frattempo, sei comunque sospeso dallo stipendio. Poi mi renderò meglio conto se dovrò confermare o meno il tuo licenziamento. -

- Capo, le si sta annacquando il cervello! -

Il Capo, percependo che la sua autorità è messa sempre più in discussione, ostenta calma e sangue freddo tanto per darsi un contegno. Posa confidenzialmente una mano sulla spalla di Ori:

- Ti ripeto per l'ennesima volta che comprendo ampiamente il tuo stato d'animo, il tuo disagio, ma fatti coraggio! Non disperare, l'ordine arriverà in tempo, contaci. -

- Sempre che l'ordine non sia di licenziare - si lamenta Ori che si sente quasi franare sotto il peso del Capo che lo sta affossando col braccio che penzola apparentemente amichevole ma che all'improvviso si stringe come un cappio al collo.

- Sai che spasso! Sarebbe una bella presa per i fondelli! - ride il Capo pregustando la malvagità degli ordini che potrebbero arrivare da un momento all'altro: carboni ardenti, giaciglio di spine, un week end con la suocera eccetera eccetera.

Ori si sottrae alla presa del Capo. Meglio non pensarci. Come dice l'andante:

- Fin che la barca va... -

- Lasciala andare, Ori! Sediamoci sul bordo della Voragine e fumiamoci una sigaretta tanto per stimolare i neuroni e sollecitare i polmoni con qualche innocua tossina... Tanto con le sostanze nocive che si respirano nella Voragine, che vuoi che sia una fottuta sigaretta? -

Ori e il Capo si siedono con le gambe penzoloni all'interno della Voragine. Il panorama è sconfortante: non si vede praticamente nulla. Ma Ori la prende col suo solito ottimismo da classe subalterna, costretta giocoforza a individuare almeno un lato positivo nelle cose più deprimenti, tanto per non abbattersi fino a farsi sopraffare dalla disperazione e dal nichilismo che lo spingerebbero a gettarsi nella Voragine, come Empedocle nel cratere dell'Etna.

- Bello, qui. Non trova? -

Il Capo non condivide. In fondo la Voragine non gli è mai piaciuta. Un lavoro come un altro, quello di fare il Capo qui. Ma non potrebbe mai mentire a se stesso: se solo non ci fosse la Voragine a rendere l'aria malsana, pestilenziale con le putride emanazioni dei suoi nauseabondi liquami... puah, che schifo!

- A me, invece, è proprio la Voragine a piacere del panorama. -

- Non ti capisco, Ori. Cioè, capisco che hai bisogno della Voragine per tirare avanti la tua grama esistenza terrena, con tutto il terreno che ti tocca spalare per pagare le fottute scadenze mensili. Ma da qui a considerare la Voragine come un esempio di panorama ideale, ce ne corre, sai? -

- Lo so. Ma si tratta, purtroppo, di una deformazione professionale. Nella Voragine potrei quasi dire di esserci nato e, probabilmente, ci creperò. La Voragine si fa sempre più fonda, ma per me è come se fosse sempre la stessa Voragine della mia infanzia, una Voragine buia e angosciosa priva di qualunque spiraglio, un buco nero, una caverna sul cui fondo si stagliano le ombre di... di... - balbetta sempre quando si emoziona e un nodo gli si stringe alla gola - di una irraggiungibile realtà superiore... -

Ori lascia la frase in sospeso affinché il Capo possa aggiungere la sua constatazione al proposito.

- Irraggiungibile per chi si accontenta; per chi, come te, non vuole raggiungerla, Ori. E se ne resta sul fondo della caverna.-

È la prima volta che Ori e il Capo entrano in confidenza, al di là della catena gerarchica, per ritrovarsi faccia a faccia, a tu per tu, forse non come due vecchi amici, ma come uomini in grado di comprendersi e rispettarsi a vicenda, pur nella distinzione dei rispettivi ruoli. Ori allora parla dal profondo del cuore.

- Lei conosce gli ordini meglio di me, Capo: chiudere ogni spiraglio, ogni via di fuga, impedire qualsiasi possibilità, tarpare le ali, segare gli scalini, tagliare le gambe e scavare, scavare, scavare... Non ho mai avuto altra scelta... -

- È triste, Ori. -

- Ammetto di aver coltivato qualche recondita speranza. Spesso mi sono detto: vuoi vedere che la Voragine serve per gettare solide basi, le fondamenta dell'avvenire? -

- Ne dubito, Ori -

- Anch'io, Capo. Era solo un'idea. -

- Un'idea senza senso. Lasciati servire: io sono più anziano e ci ho più esperienza di te, Ori: ho visto tante voragini e poche, anzi pochissime fondamenta. Sarà pessimismo, ma purtroppo è così. -

- Sarà, Capo! -

- Sarà quel che sarà, Ori. -

Si leva una tenue brezza quasi a suggello di questo idilliaco momento di comunione e di solidarietà umana, in cui due esseri così diversi tra loro si trovano a stretto contatto di gomito a scrutare nell'abisso cupo del loro destino comune: la fossa. Polvere sei e polvere tornerai, pare voler loro ricordare l'alito di vento che solleva in un vortice ascensionale le scorie dei secoli depositatisi sul fondo della Voragine, messa da poco a nudo dalla vorace pala di Ori. *Memento mori*, sembra suggerire l'attimo fuggente al silenzio che viene improvvisamente interrotto da un comando diffuso a tutto volume dall'altoparlante (*auto*-parlante nello strampalato lessico di Ori) del cantiere.

Scattare!

Ori e il Capo si guardano impauriti: sentito?

- Eccome, Ori. Mi ha quasi sfondato i timpani. -

- Sarà stato un ordine? -

- Bella domanda - cincischia il Capo. - Purtroppo devo ammettere che non lo so. -

- A me sembrava un ordine - si perita di sentenziare Ori che, non avendo responsabilità, voce in capitolo né tantomeno conoscenza diretta della materia, può dire ciò che vuole senza paura di essere smentito dai fatti.

Ori tuttavia può fare la figura del minchione, come e quando vuole. Ma non il Capo, lui proprio no. Il Capo, data la sua posizione, è costretto a procedere coi piedi di piombo, lasciando aperte tutte le possibili opzioni.

- Anche a me sembrava un ordine. Ma, in definitiva, non si può mai sapere. Se noi si ubbidisce e non era un ordine, come la mettiamo, eh?, quando poi arriva quello ufficiale, con tutti i santi crismi, bolli e timbri? -

- Ma lei, Capo, non sa distinguere un ordine? -

- Un ordine da un altro, sì. Ma un ordine in quanto ordine... è più difficile. Mi spiego: in un certo senso, gli ordini si riconoscono subito, è vero. Ti dicono di fare una cosa o di non farla... Insomma, uno sa subito cosa fare e cosa non fare, in teoria sembra facile... -

- Già, in teoria... ma in pratica, come la mettiamo?

- Bene - cerca di concludere Ori che si accontenterebbe volentieri della presappochistica risposta del Capo, solo per non essere costretto a complicarsi troppo la vita.

- Ma ora, lo ammetto, sono un po' incerto sul da farsi, - continua il Capo suscitando il disappunto di Ori che ritiene di aver già avuto abbastanza rogne da stamattina. - Insomma, non sono sicuro del contenuto dell'ordine che ci è pervenuto, sempre che di ordine si sia trattato. E un ordine che ti lascia nell'incertezza, forse non è un ordine vero e proprio. -

- E che cos'è allora? - chiede ingenuamente Ori.

- Questo è il punto. Magari, sì: è un ordine, e se dice "scattare" noi si fa male a non scattare. Ma comunque non è un ordine come si deve, e ad un ordine non formalmente chiaro si può disubbidire, almeno credo... -

- Dunque, che facciamo? - è l'amletico enigma della Classe Operaia degnamente rappresentata da quello scansafatiche di Ori.

- Lasciami pensare - dice il Capo picchiettandosi la fronte col pugno come se volesse far uscire il succo da una noce di cocco. Si scatta o non si scatta? Se scatto quando non devo scattare perché ho creduto di dover scattare ma in realtà non dovevo, poi scatta la reprimenda. La quale scatta lo stesso se non scatto e invece dovevo scattare. Che fare?

Ori è imbarazzato dal fatto che i colpi che il Capo si infierisce sulla fronte con le nocche, rimbombano come se la zucca del suo Diretto Superiore fosse completamente vuota. Decide allora di interrompere quella scena, imbarazzante anche per lui che passa per subalterno di un simile capoccione. Tanto dalla testa del Capo non può venir fuori un accidente: inutile perdere altro tempo e aspettarsi qualche colpo di genio.

- Capo, scusi, a che servono gli ordini? -

Su questo specifico argomento, però, si da il caso che il Capo abbia le idee stranamente chiarissime.

- Ad obbedire. Un ordine viene impartito perché qualcuno lo esegua. Non farmi perdere il filo del mio ragionamento interiore. -

- Che bisogno c'è di ragionarci tanto sopra? -

- Allora, perché mi chiedi il da farsi, se già lo sai che fare? -

- È l'imbarazzo della scelta: si scatta o non si scatta? -

- Non farmi incazzare, Ori! Ripeto, se fosse un ordine non avremmo problemi a decidere in un senso o nell'altro. -

- A destra o a sinistra? -

- Quelli non sono sensi, bensì direzioni. Ed è qui che sorge la prima logica obiezione. Abbandonando il centro, lasciando la Voragine in balia di se stessa, sai che cosa succederebbe? Comincerebbe a regnare il disordine, altro che ordine! E un ordine che porta al disordine deve essere bilanciato da un apposito contrordine secondo la ben nota legge del contrappasso. Chiaro? -

- Quindi non si scatta? - continua a macerarsi Ori che non ci ha capito ancora un piffero.

- No, che non si scatta - tuona il Capo. - Non si può scattare, visto che scattando obbediremmo all'ordine, ma... saremmo da considerare negligenti nei confronti del contrordine che sta certamente per arrivare. -

- Ne è sicuro? - Ori assume un'aria diffidente.

- Fidati - è la conferma ufficiale del Capo.

- Allora, d'accordo: non si va da nessuna parte? -

- No. Si resta al centro, in attesa di ordini più precisi concernenti la Voragine. Che sempre una paurosa Voragine resta... -

- Se lo dice lei... - Ori aggrotta le sopracciglia e raggrinza la fronte, come si legge nei migliori romanzi in commercio, lasciando intuire, al di là della piccola polemica letteraria che potrebbe seguire da questo suo atteggiamento libresco, che nutre qualche serio dubbio sulla capacità del Capo di risolvere la questione presto e bene.

- Sì, lo dico io. E la mia parola deve bastarti. -

Ori è irritato. Sinceramente, dopo il momento di solidarietà aziendale in cui si erano ritrovati abbracciati idealmente sull'orlo della Voragine, adesso non si aspetta da lui un simile atteggiamento autoritario. Proprio quando sono finalmente entrati in confidenza, riuscendo a manifestarsi le reciproche angosce convenendo circa l'illusorietà dell'esistenza, ecco che riciccia fuori quel maledetto tono da superiore nella catena gerarchica. Fosse almeno capace di comandare come Dio comanda, perdinci!

Il Capo si è invece pentito di aver dato confidenza ad un subordinato, di avergli rivelato frammenti della propria intimità, nonchè le sue preoccupazioni professionali che, forse, avrebbe fatto meglio a tenere per sé. Non si sa mai. In caso di licenziamento, Ori potrebbe servirsene per ricattarlo, cercando di metterlo in cattiva luce agli occhi della Direzione della Voragine che certamente esigerà un rapporto dettagliato. Il Capo allora cerca di depistare l'attenzione su un argomento di secondaria importanza, nella speranza che Ori non abbia mentalmente registrato il suo pensiero: sigaretta? e accompagna la domanda retorica, ché in realtà è un ordine bello e buono, con due dita della mano portate alle labbra.

- No, grazie, ho le mie - fraintede Ori la richiesta del Capo che tutto voleva e poteva essere, tranne che un atto di generosità. Una sigaretta offerta da quel taccagno, figuriamoci, cascherebbe il mondo.

- Giustappunto, passami una delle tue, se non ti dispiace. -

- Ti pareva! - si lamenta Ori. Ma poi aggiunge come un bue mansueto porgendogli il pacchetto semivuoto: favorisca...

- Dammi del fuoco, caro... - lo rincuora il Capo accartocciando il pacchetto dopo aver estratto l'ultima cicca. - Fammi accendere. -

Il Capo aspira a pieni polmoni prima di emettere una sbuffata di fumo direttamente in faccia ad Ori che si sente ingiustamente preso in giro.

- Era l'ultima, Capo: facciamo a metà, se non le dispiace. -

- Dove sta scritto - obietta il Capo - che si debba fare a metà? Sul pacchetto si legge solo che il fumo nuoce gravemente alla salute. Quindi ringraziami: se sopravviverai al tuo licenziamento, sarà anche un po' merito mio che ti ho costretto a fumarne una di meno regalandoti un giorno di vita lavorativa in più. -

- O magari un giorno di sofferenza in più, visto come vanno le cose. -

- Tanto peggio per te! -

Ori la prende male: non è giusto, non mi sta affatto bene! sbotta sollevando la pala, più per mettersela sulle spalle e andarsi a fare gli affari suoi da qualche altra parte, che per ostentare intenzioni minacciose. Il che però non toglie che una bottarella in testa gliela mollerebbe volentieri allo scoccone che si ciuccia le sue cicche.

Il gesto di Ori provoca comunque un effetto inatteso: il Capo alza istintivamente un braccio, come a proteggersi dalla pala che il subalterno agita minacciosamente davanti al suo grugno. Thò, pensa Ori, ha paura di me! Una volta tanto il Capo mi teme. Che gioia e che sollazzo! Si caca sotto!

- Che vuoi fare con quella pala? Darmela in testa? Mettila subito giù, chè potresti pentirti di un simile gesto inconsulto - tuona il Capo.

Ma Ori digrigna i denti come un cane a cui si è sottratto l'osso dalle fauci. Non sembra proprio che voglia desistere dalla sua rabbiosa intenzione di farsi giustizia da sé, senza passare per la trafila burocratica relativa ai reclami, che comunque non vengono mai presi in seria considerazione, per abuso di potere da parte del Capo. Ori intuisce che se vuole spaccare una buona volta la testa al Capo con la pala, ovvero spaccare la pala in testa al Capo, deve agire subito, immediatamente, questo è il momento giusto per schiacciarlo come uno scarafaggio!

- Scusi Capo, ma quando ci vuole, ci vuole. -

Il Capo allora si raggomitola con le braccia sulla testa per attutire l'imminente impatto, senonchè, proprio nel momento in cui Ori sta per menare giù la mazzata, dall'alto giunge nuovamente un imperioso *"scattare!"* che paralizza l'operaio.

Il Capo si ricompone, mentre Ori resta come pietrificato nella posizione di attacco appena assunta.

- Visto cos'hai combinato coi tuoi "no, non ci sto!", capoccione!? -

- Si scatta, Capo? - si ricompone Ori.

- Ti ho già detto di no, Ori. Ti prego vivamente di non insistere. -

Ori getta la pala nella cavità della Voragine: non me ne va mai bene una! Non faccio in tempo a decidermi all'azione che devo subito tirare i freni inibitori e continuare a fare finta di niente.

Il Capo è disposto a dimenticare l'accaduto: l'atteggiamento minaccioso di Ori è ormai acqua passata, solo un brutto ricordo nella storia dei rapporti sindacali, una futile ripicca aziendale meritevole più di un cicchetto che di un rapporto alla Direzione della Voragine. Però il Capo ci tiene a precisare:

- Adesso che ci siamo finalmente dati una linea di condotta, non possiamo rimangiarci tutto per pigrizia mentale o per semplice timore di risultare scomodi a qualcuno. Santoddio! Siamo d'accordo sul fatto che l'ordine debba presentarsi con semplicità e chiarezza, senza mezze misure o zone d'ombra, per poter essere considerato un ordine vero e proprio. Giusto? -

- Giustissimo! - concorda Ori che farebbe di tutto per arruffianarsi nuovamente il Capo e fargli dimenticare il precedente accenno di ribellione.

- Allora non possiamo scattare al secondo "scattare", senza essere prima stati costretti a spiegare perché non siamo scattati al primo "scattare", neh! -

- Già, perché non siamo scattati? -

- Perché non c'era niente da scattare. Almeno, abbiamo deciso in tal senso. Ed ora dobbiamo attenerci a questa interpretazione, se non vogliamo cadere in grave contraddizione col nostro precedente comportamento, che allora sì, sarebbe inspiegabile... non so se mi spiego, Ori. -

La dialettica non è il forte di Ori. Non ci si raccapezza nelle cose troppo teoriche. Lui è uomo di pala. Pala e piccone. O martello pneumatico. Non di fioretto né di pensiero. Scrolla proletariamente la testa. Ma in quella scrollata di capo, il Capo scorge un gesto di complicità morale, di solidarietà tra colleghi.

- Così imparano ad impartirci ordini insensati - sentenzia il Capo convinto di esprimersi anche a nome e per conto di Ori che invece non ha ancora capito un cavolo di quello che sta succedendo. Ecco allora che ad Ori non resta che manifestare qualche semplice barlume di vita interiore, fingendo di avere una propria opinione in merito.

- Permetta, però, gli ordini non si discutono. Punto! - disegna nuovamente in aria il suo fantomatico segno interrogativo fissando il succo del discorso con l'indice puntato contro il Capo.

- Gli ordini non si discutono? Detto da me è una cosa seria, detto da te è una fesseria - lo censura subito il Capo.

Ori non ci sta, rivendica il diritto di dire la sua, anche se non riesce a profferire un concetto più alto di un ragionamento di un moccioso di tre anni: - Perché? -

- Come perché? - Il Capo questa volta non gliela fa passare liscia: - Ehi, ti sei già montato la testa? Hai dimenticato che il

Capo, qui, sono io? Tocca a me giudicare quali siano gli ordini effettivi e quali no... quali ordini, cioè, necessitino di ulteriori dettagli al riguardo o addirittura quelli che sono sfacciatamente inapplicabili o controproducenti. -

- Basta che dopo non mi venga a rinfacciare che sono stato io che non sono voluto scattare. -

Il ragionamento di Ori non farebbe una piega, ma...

- Sei scattato, forse? No. E allora che vai cercando? Tu, comunque, hai disubbedito. -

- Dietro sua precisa raccomandazione - precisa Ori.

- Ma se io ti dico di buttarti al fiume, tu che fai?, ti ci butti? - e giù una crassa risata da parte del Capo che sente il sapore del trionfo finale. Il gusto della vittoria, come quello della raggiunta supremazia assoluta di una classe sull'altra, è così dolce, uno zuccherino che si scioglie in bocca.

Mentre la sconfitta è molto amara, sa di merda!

La questione del fiume necessita di un'attenta riflessione da parte di Ori. Poi però la sua povera testa di cavolo partorisce un concetto leggermente un po' più compiuto.

- Adesso capisco: vuol farmi prendere in castagna. Lei scatta consigliandomi di non scattare e io ci faccio la figura del lavativo restando al palo. Ma non ci casco, e scatto prima di lei. -

- Allora scatto anch'io, buffone. -

Ori si mette in posizione ai blocchi di partenza, pronto allo scatto.

- Che fai, Ori, dove vuoi scattare? -

- Non lo so, Capo. Me lo dica lei. -

- E che ne so, io? -

- Avere un Capo e non avere ordini è la cosa peggiore che possa succedere ad un operaio - piagnucola Ori.

- Perché? -

- Perché tocca obbedire senza sapere a che cosa. Si corre e si scatta tutto il santo giorno, ma poi tutto resta come prima. Tale e quale! -

- Intanto obbedisci a me. Questo è il tuo compito. -

Ciò detto, il Capo si volta su se stesso, come a voler chiudere la discussione, e fa per allontanarsi cercando di darsi un contegno autorevole. Ma dopo uno, due e tre passi impettiti viene raggiunto dall'immacabile replica di quella testa calda di Ori:

- Lei non è un ordine, Capo. -

Il Capo si ferma. Si volta lentamente. Perbacco! La sfacciataggine di Ori che continua ad annuire come un ebete gli fa frullare palle e cervello.

- Bada, non si può obbedire ad un ordine senza un Capo. -
Ori sa già la risposta.

- Però non si può neanche obbedire ad un Capo senza ordini. -

- Chi ti dice che non ce li abbia? -

- Glielo ripeto: se li avesse, li avrebbe già impartiti. -

- Il guaio con te, è che cerchi sempre il pelo nell'uovo. -
Ori lo guarda con un'espressione di sfida che non ammette repliche.

- No! Il guaio, per lei, è che io ho ragione da vendere, altroché! Solo che lei non vuole ammetterlo. -

Il Capo è, per usare un termine pugilistico, all'angolo e non sa come uscirne. Adesso cominciano a mancargli gli argomenti, non solo quelli validi (diciamolo, già da tempo esauriti) ma perfino i puri e semplici argomenti. Allora si barcamena: - Sì, sì, ma con calma, eh?, con molta calma, ci siamo capiti? Ci stai prendendo troppo gusto a passare dall'altra parte della barricata. Ad avere ragione. Sta al tuo posto, intesi?! A cuccia! -

Ori non si perde d'animo.

- Visto che devo fare la cuccia come un cane, perché non mi tira un osso? So anche fare la guardia, ma almeno mi faccio rosicare un maledettissimo osso... -

- Aspetta gli ordini, santo Cielo. Se ti diranno di fare il cane, sei autorizzato a farlo. Anche a scodinzolare a chi ti tira un osso e a dare pane e salame a chi ti tira la coda. Contento? -

- E ad alzare la gamba? -

- Lontano dalla Voragine, però. -

- È un ordine, Capo? -

- Va a farti fottere, Ori. -

Ori è quasi dispiaciuto di aver messo in imbarazzo il Capo: in fin dei conti sempre del suo Capo si tratta! Così tenta una mediazione.

- Ce l'ha forse con me? Che le ho fatto? Scherzavo a proposito del cane e dell'osso! -

Il Capo gli fa il muso. Sta per scoppiare in lacrime. La

scena è talmente pietosa che volentieri soprassediamo...

- Mi hai messo nei guai, cretino. "Ehi Capo, abbiamo toccato il fondo, ha altri ordini?". E dove li vado a prendere, io, gli ordini, eh?, pezzo d'idiota! Hai messo in discussione il mio ruolo, col tuo comportamento insulso, fatto vacillare la mia *leadership*. Non dovevi farlo, Ori, non dovevi chiedermi degli ordini che non arrivano. Non ce li ho gli ordini, capito?, non ce li ho! E non so come uscire da questa situazione incresciosa. Ed anche frustrante per me, che ti credi? Sono stanco, Ori, di fare il Capo. -

- Lei è stanco di comandare ed io mi sono scaciottato, come si dice dalle mie parti, di ubbidire. Siamo pari, Capo. -

- Sì, siamo pari, Ori, - conviene mestamente il Capo.

Il vento alza una nube di polvere dalla Voragine. In mezzo al turbine, Ori e il Capo vorrebbero gettarsi le braccia al collo, così investiti e quasi spazzati via dall'improvvisa tempesta di sabbia come sono, per tenersi saldamente uniti in modo da opporre resistenza alla furia degli elementi. Che bello sarebbe, non avercela più l'uno contro l'altro, pensano entrambi. Certo, fino ad un istante prima, sembravano essere sul punto di strozzarsi a vicenda. Ma, dopo aver rischiato di mettersi le mani addosso, ora non vorrebbero più separarsi, bensì restare uniti come due fusti che si fondono in una sola vegetazione generando da due alberi concorrenti un'unica pianta anelante al cielo.

Un colpo di vento più forte e carico di granelli di sabbia, li costringe a socchiudere gli occhi. Allora non percepiscono subito l'improvvisa quiete dopo la tempesta, il silenzio sovrumano che sembra impadronirsi del vuoto della Voragine, attraversata fino ad un istante prima dalla corrente d'aria che, così rapidamente come si era levata dalle viscere della terra, si placa di colpo. Ori fa per muoversi. Si gratta un orecchio per scrollarsi dall'orfizio la sabbia e la polvere, riuscendo però a perforare col dito mignolo solo la prima crosta di cerume che fa da tappo alle scorie soffiate dalla bufera. Ecco però, come un flash che ferma l'imagine di Ori intento a scaccolarsi l'orecchio e il Capo a grattarsi la zucca, che arriva perentorio e agghiacciante l'Ordine dall'Alto che mancava da tanto, forse troppo tempo e alla potenza del quale i timpani si erano disabituati:

Scattare!

Si scuotono mollando l'abbraccio cui si erano abbandonati in un momento di comprensibile debolezza umana.

- Accidenti, Capo, non dovevamo rilassarci, dovevamo stare più sul chi vive. Prevedere, prevenire, combattere se necessario.-

- Bastardi! Ci lasciano un po' di briglia sciolta e poi, all'improvviso, tirano le redini con forza inaudita. -

- Già! Non si fa in tempo a godersi un po' di sana anarchia, di autarchico caos, quando all'improvviso dal disordine spunta l'ordine di scattare. Le sembra giusto? -

- No, Ori, no che non mi sembra giusto! Scattare rode anche a me. Non se ne parla neppure. -

- Io non scatto. -

- Io neppure. -

Scattare! insiste invece la voce. Sempre più autorevole, sempre più imperiosa, sempre più prerentoria.

- Maledizione! Stavolta fanno sul serio, Capo! -

- Davvero! Pare che lassù, in alto, molto in alto, si comincino a fare le cose in grande. Era ora, porco mondo! -

- Ci caliamo le braghe e scattiamo, Capo? -

-Scatta, Ori, scatta! -

II

Nella Voragine.

Come un serpente che striscia nell'erba, Il Capo si avvicina silenziosamente ad Ori che se ne sta seduto sull'orlo della Voragine, assorto nelle sue riflessioni circa il senso del tempo che passa e del suo stipendio che si esaurisce come la sabbia in una clessidra. Le sue riflessioni, come si può intuire da questi brevi cenni, sono altamente filosofiche. Il Fannullone per antonomasia (a detta del Capo) si sta infatti domandando quanto segue: insomma, se gli strumenti del mio lavoro hanno nomi come *malepeggio* (la piccozza che serve per picchiettare e smussare), oppure *cazzuola* (ossia il secchio per preparare il cemento), come potranno mai essere, beh non dirò buoni, ma quanto meno accettabili i prodotti del sudore della mia fronte? Saranno sempre *malepeggio,* o quanto meno delle *cazzuole* di nome e di fatto. Per non parlarle del *girabacchino* che serve per sollevare i pesi. Eppoi, boh?, che c'entra l'abbacchio?

Così assorto nei pensieri l'operaio non si accorge che il Capo è in agguato, (c'è quando non deve e scompare quando invece potrebbe servire) dietro le sue spalle.

\- Beh, che cosa sta succedendo qui? -

\- Niente, Capo. -

\- Come, niente? - s'inasprisce il Capo.

\- Pensavo ai fatti miei - ammette Ori.

Il Capo con un'espressione esagitata e gli occhi fuori dalle orbite si morde una mano e impreca.

\- Mannaggia a te, ti pare il momento? Tutti abbiamo i fatti nostri, ma non li mischiamo con quelli degli altri: è un cantiere non un circolo dopolavoristico, capito? -

\- Comunque, è solo una piccola pausa sigaretta - spiega finalmente Ori.

\- Pausa sigaretta? - si sorprende il Capo. - Hai già goduto della pausa cappuccino, la pausa aperitivo, la pausa pranzo, la pausa caffè e ammazzacaffè. Quante cavolo di pause ti vuoi concedere in un giorno feriale? -

\- Io me la prendo lo stesso - insiste testardamente.

\- Però rinunci in cambio alla ricreazione, vero? -

- D'accordo, la salterò. Tanto non c'è più nulla da fare. -

- Come dici, Ori? - s'inalbera il Capo non credendo alle sue orecchie.

- Dico semplicemente che ho appena finito di scavare la Voragine: guardi che buco. -

- Finito? -

- Finito! - scandisce Ori il risultato delle sue fatiche.

Il Capo scoppia in una sarcastica risata.

- Quanto sei ingenuo, Ori! -

- Perché, Capo? - si meraviglia l'operaio alzandosi faticosamente col puntello del manico della pala che, più che uno strumento di lavoro, pare essersi incarnata nella sua mano fino a diventare una protuberanza, neppure la peggiore, del suo corpo.

- Perché una Voragine non si finisce mai di scavarla: più la scavi e più essa si avvicina a ciò che dovrebbe essere: fonda. -

- Beh, io l'ho finita. -

Sguardo attonito del Capo: quando?

- Poco fa. -

- Non potevi avvertirmi? -

- L'avrei fatto, però mi sono appisolato. -

- Quindi io, nella tua lista di priorità, verrei dopo la pausa sigaretta? Mi fa proprio piacere! -

- Anche dopo la pausa caffè! -

A questo punto il Capo pensa di scombinare i comodosi piani di Ori.

- Che ne diresti di scendere giù a dare un'occhiatina, tanto per stare sicuri che sia veramente finita? -

Ori non batte ciglio.

- Se proprio insiste: si accomodi pure. -

- Vai pure avanti tu, Ori - propone il Capo subdolamente - io ti seguo immantinente... -

- No. Niente *immantinente*, né robe del tipo "armiamoci e partite". Fossi matto! Ci è cascato una volta mio nonno e si è ritrovato in guerra nel gelo della Siberia con gli stivali di cartone e lo schioppo scarico circondato dall'Armata Rossa. -

- Smettila di contraddirmi. Lo sai che non ti conviene. Scendi nella Voragine. È un ordine. E quando io ti do un ordine, tu devi ubbidire, volente o dolente. Ossia immantinente. Cioè subito, seduta stante, su due piedi e senza borbottare le tue solite frasi sconnesse. Intesi? -

Ori non si lascia di certo intimidire così facilmente, e ripete:

- Prima lei, Capo. Si accomodi pure. -

E al tono canzonatorio aggiunge un ampio gesto.

Il Capo salta su tutte le furie pestando la terra imbufalito e piccato come un toro nell'arena.

- Per la fica secca di tua nonna! Perché prima io? -

- Ha la precedenza - risponde con calma serafica Ori. - "Capo" sta per "colui che viene prima". Infatti prima vengono i capi come lei e poi... e poi i poveri... i cosi come me. -

- Che viene prima, non che scende per primo nella Voragine - precisa il Capo. - Altrimenti il coso... il coglione sarei io. Documentati! Così è scritto nel mio regolamento e nel tuo contratto di assunzione: Ori scende sempre per primo... Punto. -

Stavolta è il Capo a disegnare nell'aria il simbolo del punto esclamativo, per cui è il turno dell'operaio a ritrovarsi col dito minacciosamente spianato contro.

Ori sospira. Il suo destino di subalterno, gira e rigira, riciccia sempre fuori. Per cui sintetizza:

- Che scende per primo e risale inesorabilmente per ultimo, scommetto. -

Sul volto del Capo si dipinge un ghigno mefistofelico.

- Visto che qualcosa la sai? Ora impara anche cosa significa essere Capo. Una fatica, Ori, che non ti dico. -

- Me lo immagino. Io, purtroppo, so solo cosa significa essere Ori! - si lamenta mestamente sentendo tutto il peso della sua condizione di pezza da piedi.

Ma il Capo è implacabile, non molla la presa, ora che ha affondato le zanne nella carne viva del suo sottoposto.

- Davvero? E cosa significherebbe *essere Ori*, secondo te? Su, coraggio! Illuminami pure. Sorprendimi, se ne sei capace, con qualcosa di intelligente che chiarisca chi sei a te e perché lavori nella Voragine a me. Illuminami. -

- Essere Ori significa... signfica... beh, se mi si accende la lampadina glielo dirò.

- Allora dovevi fare l'elettricista specializzato, Ori, e non il manovale generico. Ad uno come te infatti non si sa mai cosa chiedere: luce? Acqua? Gas? Opere in muratura? Giardinaggio? Sei buono solo a scavare voragini. Questa è l'amara verità della tua inutile condizione esistenziale - sbuffa. - Non sai far nulla! -

Certe volte il Capo fa girare i due residenti in mezzo alle zampe che cominciano a frullare come atomi impazziti nelle brache di Ori.

- Scusi, Capo, cosa intende lei per "condizione esistenziale"? -

- Sto parlando di te, stupido, della tua vita. Non capisci? -

- Non si impicci della mia vita, sono fatti miei! - protesta Ori geloso della propria *privacy*.

- M'impiccio perché professionalmente sei il ritratto della tua esistenza superficiale di asino matricolato. -

Ori guarda il Capo con aria interrogativa. - Cioè? Come sarebbe a dire? -

- Tu sai un po' di tutto così così, e niente veramente bene - prosegue il Capo. - Insomma ti arrangi come puoi sia nella vita che nel mestiere. Disastro storico! Catastrofe umana! Pasticcione infernale! -

- Chi, io? - si stupisce Ori.

- Sì, Ori, proprio tu. Apprendi disordinatamente, qua e là, qualche nozione nella speranza di saper rispondere ad un quiz milionario o di riuscire a risolvere un serio problema tecnico con qualche sonora quanto semplicistica martellata. Il che però pregiudica il tuo rendimento lavorativo. Già, perché se usi la pala, sei meglio con la zappa. Se usi la zappa, sei meglio con la vanga. E se poi uno ha la bruttissima idea di metterti in mano addirittura un misero cacciavite, per qualche riparazione urgente, allora ti dimostri impareggiabile solo col seghetto. Scavi voragini ma... ahimè, purtroppo sei tu stesso un'inarrestabile frana. -

- Mi si rimprovera l'eccessivo attaccamento al dovere? -

Il Capo è come una zanzara tigre, sa benissimo dove pungere.

- Vergognati. Non si fa così. In fin dei conti ne va dell'interesse comune: tuo, che scavi, e mio, che ti do l'ordine di scavare. È imbarazzante doverti continuamente coprire le spalle, parare il sedere per non finire io stesso, a causa della tua scempiaggine umana e artigianale, col culo per terra! E che figura ci faccio, io, con la Direzione della Voragine quando mi scavi una Voragine del genere laddove andava praticato appena un forellino nell'asfalto per far passare solo due misere condutture di scarico? Perché di fogna doveva trattarsi. -

Ori soppesa le parole prima di pronunciarle.

- Lei è proprio sicuro di essere un Capo che si rispetti? -

- Che domande! Certo che lo sono! -

- E allora, dia il buon esempio, come prescrive la legge non scritta del buon senso. -

- E come potrei dare il buon esempio ad uno come te? -

- Semplice: scendendo prima di me nella Voragine - è la logica conclusione di Ori.

- Questo secondo te sarebbe "dare il buon esempio"? -

- Oh sì - conferma Ori.

- Povero ciuccio, quanto sei ingenuo. Le cose non sono così semplici come credi. Perché, mio caro, non sono io a tirarmi indietro. Scenderei volentieri prima di te, non fosse altro che per dimostrarti che non ho paura del buio. È piuttosto la coscienza di esserti indispensabile in qualità di primo tuo referente, a farmi procedere coi piedi di piombo. Comprendi? Lo faccio per il tuo bene a non scendere per primo. Dovresti ringraziarmi. Eh, ma purtroppo la gratitudine non è di casa nel tuo cuore duro come pietra... Dopo di te, Ori... -

Ori, ormai con le spalle al muro, sente di non avere vie di scampo.

- Poche storie, scavafosse: io ho il dovere di ispezionare la Voragine come tu hai il preciso dovere di darmi il via libera per l'ispezione. -

- Facciamo almeno a testa o croce per chi scende per primo? -

La proposta suscita un sorriso beffardo.

- Neanche per sogno - si oppone infatti il Capo. - Non intendo affidarmi alle bizzarrie del caso, Ori. E tantomeno al gioco d'azzardo. Inoltre, dico che se tu che l'hai scavata non vuoi precedermi, significa che sei tu stesso il primo a non fidarti del tuo lavoro. Hai lavorato secondo le mie direttive? -

- Ma certo, ci mancherebbe! -

- Non è che ti sei inventato qualcosa di strano là sotto? -

- Inventarmi qualcosa io? E chi me lo fa fare! -

- Bene! Dimostrami allora la tua buona fede andando in avanscoperta. Marsch! -

- No, no, e poi no. Ho paura del nulla, Capo. -

- Non avrai scavato tanto, spero - si meraviglia il Capo. -
Al nulla non ci sei sicuramente arrivato. Quindi: scendi immediatamente nella Voragine! -

- Ma chi me lo fa fare a me!? - protesta Ori il suo malcon-
tento.

Il Capo ha sempre una risposta pronta:

- La catena gerarchica che trasmette gli ordini, ecco chi te
lo fa fare. I capi comandano e gli operai semplici come te...-

- La prendono dolorosamente e silenziosamente in quel
posto - si lamenta Ori senza mezzi termini come sua abitudine.
Così dicendo fa per sporgersi oltre l'orlo della Voragine, ma si
paralizza al cospetto del vuoto sottostante. Sbianca in volto.

- Beh, che c'è nella Voragine? - cerca di spronarlo il Capo.
- Perché impallidisci? Hai sempre l'aria del cencio sudicio, ma stavolta sembri lavato in candeggina! -

- Porco mondo, Capo, quant'è fondo! -

- Non prendertela col mondo, Ori, ché non ti ha fatto
ancora nulla di veramente brutto, doloroso. I calcinculo veri
devono ancora venire, sentirai che botte! -

- Ancora? Bella consolazione! Chissà cosa deve farmi
ancora, il mondo, per completare l'opera di demolizione di un
essere umano. Si accanisce contro di me da una vita. Mai uno
spiffero di speranza, uno spiraglio di luminoso futuro. Sa cos'è per
me il domani? -

- Posso immaginarlo. Una cambiale in scadenza. Ori,
risparmiami queste banalità! Ripeto che, tutto sommato, nessuno ti
sta ancora demolendo a dovere. Il mondo ha infatti deciso di darti
solo un primo, piccolo assaggino della sua cattiveria. Ti si sta
lavorando di fioretto, Ori: le bombe vere devono ancora caderti
sulla zucca! -

- Sto solo maledicendo il giorno in cui sono nato. -

- Potevi pensarci prima. Ora è troppo tardi. Va, Ori, va
pure: hai la mia benedizione aziendale e tutta la mia comprensione
umana e professionale. Che vuoi di più? -

- Insisto: la mia unica colpa è quella di essere venuto al
mondo - si duole Ori srotolando la scaletta nella Voragine. - Vorrei
non esserci dovuto venire, se poi mi tocca calarmi nella fossa
prima che sia giunto il mio turno! -

- Ori, che pizza!, ci sono venuto anch'io. E come me, altri miliardi di esseri umani che se la prendono più o meno giustamente con chi li ha creati. Inutile, però, farsi la bocca amara, rosicarsi il fegato, le cose stanno così, punto. -

- Okkei. Sto per scendere. -

- E allora scendi. Che aspetti? Non abbiamo tutto il giorno da perdere. -

- Sono assicurato, Capo? -

- Non rompermi i coglioni, Ori. Assicurati tu piuttosto di esserti assicurato alla fune... Scendi. Capisco il tuo bisogno di sicurezze e ammortizzatori sociali. Ma il troppo storpia. -

- Se mi rompo l'osso del collo, storpio ci resto io. -

- Ce l'hai il caschetto sulla pelata? Sì? E allora è tutto in regola. Qualsiasi cosa accada, non potrà essere statisticamente considerata un ennesimo caso di omicidio bianco, bensì un banalissimo incidente sul lavoro di cui è piena la cronaca quotidiana. Non farti impressionare, Ori, da quello che succede negli altri cantieri: qui comando io. -

- È proprio questo a preoccuparmi, Capo. -

- Se ti dico che non ti succederà nulla, non dovrebbe teoricamente succederti nulla. Fidati. -

- Vada a raccontarlo ai miei creditori. Se si fidano loro... -

- Quanto la fai lunga, cagasotto! - sbuffa il Capo non potendone più dell'assurdo contenzioso.

Ori allora devia il discorso verso altri lidi, tanto ha capito che non c'è niente da fare:

- Non sono io a dilungarmi, è la scaletta ad essere lunga! -

Ma il Capo non lo lascia in pace e affonda il dito nella piaga:

- È lunga adesso perché hai scavato troppo prima.

- E ci ho pure troppi creditori, Capo. Quasi quasi mi conviene nascondermi per sempre qua sotto. -

- Non dire fesserie. I creditori verrebbero a chiedermi tue notizie - lo zittisce il Capo.

Il corpo di Ori, appeso alla scaletta di corda, ciondola come un impiccato o come il pendolo di un orologio a cucù sbalestrato all'interno della Voragine.

- Cucù a me? -

- Era un'iperbole, Ori. -

- Meglio che non le chieda cos'è un'iperbole: ho un pessimo presentimento in proposito. -

- Non preoccuparti, le iperbole sono solo giri di parole, non sono pericolose. Comunque, iperbole a parte, quando arrivi al *dunque* fammi un fischio come si deve. -

- Al *dunque*? -

- È un modo di dire, bestia! - Lo apostrofa il Capo scandalizzato. - Non conosci i modi di dire? -

- Non è una questione di lingua, Capo, bensì di linguaggio. Non siamo sulla stessa lunghezza d'onda, per questo stentiamo a sintonizzarci bene nell'ambito della comunicazione verbale. Adoperiamo insomma codici espressivi distinti ancorché simili. Io parlo da Ori e lei da Capo. -

Il Capo sente subito puzza di bruciato: qui gatta ci cova! Certi discorsi sono inauditi in bocca ad uno spalaterra: codici espressivi, sì lallero! Andasse a raccontarlo ad un altro!

- Questa qui non è farina del tuo sacco. L'hai sicuramente appresa nel corso di qualche riunione sindacale. Ma devi capire che si tratta soltanto di parole di cui non comprendi bene il significato e che ti sono state sobillate ad arte per confonderti ancora di più le tue già meschine idee. -

- Veramente mi ha confuso più lei col suo stupido *dunque* - obietta puntigliosamente Ori che non ci sta a passare sempre per scemo di guerra. Ultima ruota della carriola, che poi ne ha solo una ed è pure sgonfia se non bucata, d'accordo. A tutto c'è limite, però...

Il Capo sgrana gli occhi sorpreso da un simile affronto che ritiene gratuitamente lesivo della sua dignità professionale.

- Stupido, il mio *dunque*? Questa me la segno... Comunque, per tua norma e regola, intendevo quanto segue: non appena arrivi sul fondo, cioè al *dunque*, al culmine della tua discesa, fammi un fischio. Hai capito adesso? Un puro e semplice fischio. Fischio! Fondo e fischio! Chiaro? Hai capito bene il concetto o devo farti un disegnino? -

- Va bene un fischio alla pecorara? -

- Un fischio qualsiasi, porco cane! - s'indispone il Capo. - Ti metti due dita sotto la lingua, trattieni il fiato e poi lo sputi fuori come se avessi un moscerino in gola! -

Ori continua a far cenno di sì come un mammalucco:

- Fischio... al cane... Capito. -

- Non hai capito un emerito cacchio, Ori. È a me che devi fare un fischio e non al cane. A me, intesi? -

- A lei, ricevuto... Ora scendo un altro po'... pian pianino... al fondo m'avvicino! - scherza col fuoco.

Il tempo però passa, scorre, anzi si consuma, come lo stipendio di Ori che finisce prima della fine del mese, e non succede niente. Il Capo si affaccia nella Voragine per controllare a che piano degli inferi è giunto Ori.

- Insomma, ci sei arrivato a questo cavolo di fondo, sì o no? -

Ori si guarda intorno, scorge solo macerie, rifiuti tossici, lattine di birra, bidoni che perdono liquami nauseabondi e fosforescenti.

- Sì, Capo... è disperante qua sotto. -

Il Capo allora chiede spiegazioni in merito al cosiddetto *Stato dell'Arte*, cioè a che punto siamo? Perché non fischi come testé stabilito? Testé nel senso di poco fa, ci siamo capiti o devo rinfrescarti la procedura?

- Non mi esce il fischio alla pecorara perché mi tremano le labbra. È vero che l'ho scavata io, ma l'oscurità della Voragine fa sempre cagare sotto. Comunque, mi sono attenuto ai suoi ordini, ho fischiato come un pettirosso... *Fiù fiù...* -

Le conoscenze ornitolociche di Ori son poca cosa.

- I pettirossi cinguettano, non fischiettano, imbroglione! Tra un fischio alla pecorara e un cinguettio da pettirosso c'è una bella differenza, Ori. *Fiù-fiù...* accidenti! Pretendi che quassù giunga un così timido richiamo? Sai perché si chiamano pettirossi? Perché quando emettono il loro richiamo sessuale arrossiscono dalla vergogna. -

- Ma io non stavo emettendo un richiamo sessuale, stavo solo richiamando la sua attenzione. -

- Ci mancherebbe solo che tu richiamassi la mia attenzione con un volgare richiamo sessuale, magari nella speranza che abbocchi e mi metta a cinguettare a mia volta al tuo indirizzo. Non metterti in testa strane idee, neh! -

Ori non ne può più. È stato spedito sul fondo di una Voragine in cui non si vede niente, non si sa bene a far che. Maledetti tutti i capi e chi ce li ha messi!

Dall'alto della Voragine, il Capo registra le parole di Ori.

- Ho sentito benissimo: ora ti faccio rapporto. Hai detto che tutti i capi sono "fessi". -

- Ho detto "messi", non "fessi", Capo. Anche lei infatti sarà stato assunto da qualcuno... È con lui che ce l'ho, sì: con chi ce l'ha messa sopra di me, non certo con il mio superiore diretto, cioè lei. -

- Vedi quanto sei stupido? Io ti sto sopra non perché qualcuno mi ha messo sopra di te, ma perché tu sei sceso sotto di me. Hai fatto tutto da solo, cocco bello di mamma tua! -

- Beh non ci sono certo sceso di mia volontà, questo è poco ma sicuro. -

- Ti ho forse spinto laggiù? No, caro Ori, io ti ho semplicemente convinto facendo uso di tutta la mia intelligenza tattica che supporta la mia alta autorità. La mia superiorità numerica. Sono uno, come te. Ma valgo doppio in confronto a te. Perché non usi il cervello: se non sai o non puoi fischiare, chiamami con la voce. Pronto, Capo? Sono arrivato! -

- Mi aveva detto lei di fischiare - si lamenta.

- Ma se io ti dico di buttarti nella Voragine, tu che fai, ti ci butti? -

Il silenzio che segue la provocazione del Capo puzza di insurrezione sotterranea da parte di Ori.

- Adesso torno su e la prendo a cazzotti! -

- No, ora che sei giù non c'è bisogno che torni su. Non devi dimostrarmi niente. Evita atti di forza, come quello di uscire dalla Voragine senza autorizzazione, di cui poi potresti pentirti amaramente. Casomai scendo io per abbassarmi al tuo più modesto livello. Reggimi la scaletta. Ora scendo a controllare. -

- A me non l'ha retta nessuno quando sono sceso io. Mi sono sentito talmente campato in aria da dubitare della mia stessa coscienza di classe. Perché un operaio senza coscienza di classe è come un acrobata ubriaco che penzola nel buio, ecco. -

- Quando si risale, risalgo prima io. Così siamo pari. E il regolamento è rispettato. Contenta la tua coscienza di classe? O continua a gridare allo scandalo sociale? -

- Bel regolamento: è stato sicuramente scritto da uno che vuole comandare, come lei. -

- E che vuoi dire con questo? Che non è abbastanza imparziale? -

- Voglio dire che, giragira, siamo sempre noi a rimetterci. -

- Non lamentarti, Ori. Non stuzzicare la Voragine coi tuoi piagnistei pseudoidelogici. E poi quella della coscienza di classe è una favola a cui non crede più nessuno. Nemmeno tu. Gli operai come te si sono imborghesiti, si sono piazzati armi e bagagli nella Voragine e sostengono di trovarcisi pure bene. Contenti loro... -

- Chi si contenta gode, Capo...! -

Il Capo si cala lentamente lungo la scaletta. Tanto lentamente che essa ciondola nella semioscurità della Voragine facendolo sembrare più un prosciutto in fase di essiccazione che non un'autorità territorialmente competente.

- Tu non ti ci trovi bene nella Voragine, Ori? -

- Non lo so, sono appena arrivato: devo prima provare come ci si sta qui sotto. -

- Siamo qui per questo, caro: per ispezionare, provare, collaudare ed approvare la Voragine. Niente da obiettare? -

- No, non ancora. -

- Meglio così. -

- Però... -

- Cominciamo coi però? -

- Come non detto, Capo. -

Giunto a pochi centimetri dal fondo della Voragine, il Capo si lascia andare posandosi sul terreno con un lieve salto che fa cadere una nuvola di polvere e terriccio dall'alto.

- Eccomi qui, al tuo fianco, bestione. Orbene... Questo, dunque sarebbe il fondo della Voragine? -

- Dunque - annuisce Ori.

- Dunque, cosa? Sei scemo? -

- Lei può dire dunque, ed io no? -

- Macchè dunque e dunque! Ragguagliami piuttosto, idiota! Raglia, pezzo d'asino! -

Ori strabuzza gli occhi. Non capisce.

- Ti ho mandato in avanscoperta sì o no? -

- Sapesse quante volte ce l'ho mandata io a lei, Capo! -

Il Capo non raccoglie la provocazione.

- E tu che cosa hai scoperto in avanscoperta, disgraziato, pecorone, fannullone che non sei altro? -

Ori ci pensa su per qualche istante.

- Che altro dire, se non che non è stata una buona idea quella di scendere nella Voragine? -

- Non avevamo altra scelta, si giustifica il Capo. E poi qui sotto, dai, non si sta tanto male. Non trovi? -

Ori scruta inutilmente nel buio.

- Boh, non si scorge un piffero. -

- Peccato: mi sarebbe piaciuto vedere com'è fatta una Voragine dentro. E devo sinceramente ammettere che questa oscurità, questa totale assenza del benché minimo spiraglio di luce comincia ad essere perturbante anche per me. -

- Faccia con comodo. Io nel frattempo posso tornare su all'aria aperta? -

Il Capo lo guarda sospettosamente.

- Perché tanta fretta? Hai forse qualcosa da nascondere? -

- Chi? Io? -

- Temi che mi accorga che hai eseguito l'opera a cazzo di cane, per dirla con un eufemismo ? -

Ori confonde nuovamente *eufemismo* per una qualche pratica erotica più o meno lecita, risponde per le rime.

- Ma Capo, potrebbero esserci dei bambini in ascolto. Una Voragine non si sa mai dove vada a sbucare, potrebbe essere sotterraneamente collegata con qualche asilo nido in superficie dove la sua espressione potrebbe suonare stonata, fuori luogo, cafona. -

- Allora mi scuso con l'ipotetico asilo in ascolto. E mi correggo: temi forse che mi accorga che hai eseguito l'opera non a cazzo di cane, sottolineo il NON, bensì in fretta e furia, alla carlona, lo scavo della Voragine? -

- Il buco c'è, eccolo, è tutto suo. Lo analizzi, lo valuti, lo soppesi, lo penetri... no, cancelli il *penetri*, e poi mi dica. -

- Ma se l'hai ammesso pure tu che non si vede niente! -

- Appunto, non si riesce a scorgere la fine. Che vuole di più!? -

- Si fa presto a dire buco. Ma c'è buco e buco. Per esempio... -

Il Capo è interrotto da uno strano rumore, come se la Voragine avesse un intestino e si fosse messa a digererire qualcosa. O forse qualcuno? S'insospettisce:

- Ehi! Cosa sono questi rumori? Che mi rappresentano? -

- Non lo so, forse un rigurgito... - ipotizza Ori.

- Un rigurgito? De-della vo-Voragine? – balbetta spaventato il Capo. - Non sarà mica una cosa viva, 'sto buco del cavolo? -

- Non saprei... Beh, ora almeno capisce perché non volevo scendere per primo - borbotta Ori con un sorrisetto di soddisfazione.

Questa la dice lunga sulla coglionaggine di Ori.

- E perché mi hai fatto scendere per secondo, dopo di te? Perché non mi hai avvertito dei pericoli incombenti? Mi sarei risparmiato un paio di mutandoni da lavare, se permetti. -

- Perché lei è il Capo e deve pur capacitarsi, cioè rendersi conto di cosa succede nella Voragine. -

- La Voragine, è di mia competenza, per quanto concerne l'ordine dei lavori, i turni e gli avvicendamenti del personale. Ma l'interno della Voragine è più propriamente opera tua e ricade dunque (qui il *dunque* ci vuole) sotto la tua diretta responsabilità. Se la Voragine infatti dovesse... facciamo pure quante corna vuoi... improvvisamente crollare, chi credi che ci vada di mezzo? Io che mi sono fidato di te o tu che hai goduto della mia incondizionata fiducia? Rispondi, da quel manovale che non vale un fico secco che sei! -

Ori, più che interdetto e ammutolito dalla feroce disamina del Capo, è irresponsabilmente indifferente ed esclama un indisponente *boh!* che fa arricciare i peli nelle narici del Capo.

Il poveretto infatti ne ha fin sopra i capelli di questo atteggiamento a metà tra il disfattismo storico e il menefreghismo atavico, sbotta:

- Cavernicolo troglodita, sei fatto proprio ad immagine e somiglianza di questa fottuta Voragine, anzi, sai che ti dico? Siete fatti uno per l'altra! E non approfittarti dell'oscurità per toccarmi il sedere! -

Questa volta Ori rifiuta esplicitamente qualsiasi coinvolgimento personale nella vicenda.

- Non sono stato io, Capo. -

- E di chi è questo tentacolo secondo te, della Voragine? -

- Non lo so, Capo: mio comunque non è. Forse è la tana di una piovra... sì, ecco di un mostro marino. -

- E dov'è il mare, cretino!? -

- Non lo so, Capo. Sotto, forse? -

- Se non lo sai tu come e dove è fatta la Voragine, che l'hai scavata con le tue mani! Dovresti conoscerla come le tue saccocce, altrochè! -

- Ho solo contribuito all'impresa. Da solo, non ci sarei mai riuscito. La mia conoscenza della Voragine è limitata alla fase di sterro vero e proprio. Ma una Voragine così non si costruisce per caso: dev'esserci alla base un progetto preciso, un senso, un'idea che a me non può che sfuggire nella sua complessità. Io ho solo eseguito a puntino le sue direttive. Lei mi diceva di scavare e io scavavo. -

- Almeno adesso puoi renderti conto d'aver un po' esagerato! Certo, hai eseguito il tuo compito coscienziosamente, lo vedo, pertanto meriteresti un solenne encomio. Tuttavia... tuttavia, brutto masturbatore di manici di pala, hai finito prima del previsto, mettendomi nei guai. -

Il Capo sta nuovamente per scoppiare in lacrime, trattiene a stento un pianto isterico, come se un grido di diperazione gli stesse per esplodere in gola. Vaffanculo, Ori!

- Spiacente - si scusa Ori chinando una volta tanto il cocciuto e orgoglioso testone proletario.

- Spiacente un corno che hai in testa! Che se ne fa la Direzione della Voragine di una Voragine terminata in anticipo? -

- Qual era il termine previsto per l'ultimazione, Capo? -

Il Capo però non ha risposte. Traccheggia come suo solito quando non sa che dire. La tira per le lunghe.

- Non mi hanno mai comunicato i termini di consegna. Ti sembrerà strano ma è così. Vedi, io sono un capo piccolo, un capetto, perché sto solo sopra di te. -

- Ma io un capetto già ce l'ho, e sta sulle mie spalle, Capo.-

- Quella si chiama capa ed è pure tosta come una pietra. -

- È vero. Io le cose non le mando certo a dire - ammette.

- Io invece sì. È il mio compito. Per esempio: dite ad Ori di scavare. Ditegli di smettere... -

Ori ha sempre qualcosa da replicare. È nella sua disgraziatissima natura di *capatosta* non perdere l'occasione di rompere i cosiddetti.

- Di smettere veramente non me l'ha mai mandato a dire. Se ne è dimenticato, Capo. Ed io ho continuato, imperterrito, giorno e notte, a scavare trascurando perfino i miei doveri coniugali. -

- Allora è colpa tua, Ori, se la Voragine si è trasformata

nella tana di un mostro tentacolare e tua moglie ti ha cornificato col mio tentacolo personale. -

Ori sopporta, è una vita che sopporta tutto, corna e bollette, bollete e corna. Anche questa volta cerca di ingoiare il rospo come ha sempre fatto e come fa da sempre, è una vita che manda giù, ingoiando rospi e bocconi amari (visto che i panini buoni che si porta da casa se li cucca il Capo con la scusa del *semplice assaggino*). Pur di non scendere più in basso nella scala sociale, in cui peraltro è già all'ultimo posto, Ori è disposto a tutto.

- Pensavo di far bene. Di mettermi in luce ai suoi occhi.... per l'aumento dello stipendio, Capo. -

- E ci sei riuscito, Ori, eccome! Era un tale piacere vederti scavare che mi sono detto: quello lì ha la pala nel sangue. Però mi è passato di mente di avvertirti che era ora di smettere, perché avevo ben altro da fare con la tua dolce metà. -

- E io mi sono spellato a sangue le mani per niente, cretino che non... sono altro! -

- Sono solo escoriazioni superficiali. Guarda piuttosto che hai combinato alla Voragine. È uno sfregio alla crosta terrestre, perdinci! -

- Lei non sa quant'è dura la crosta terrestre, Capo. -

- Il problema è che ti ci sei messo di buzzo buono invece di scavicchiare, come ho fatto io con la tua consorte! Ah ah ah... -

Ah, ma allora il lupo perde il pelo ma non il vizio di sfottere! Ori stavolta ha una reazione orgogliosa... perché basta, non se ne può più con questo dannato scaricabarile. Sorprendentemente invece sorvola sull'allusione piuttosto pesante alla fedeltà di sua moglie e alle relative corna che gli ornerebbero la fronte imperlata di sudore. Così non trova niente di meglio che piagnucolare all'indirizzo del suo datore di lavoro; il quale peraltro sostiene, ma va a sapere se è la verità, di non avere più lavoro da dargli, ma solo chiamate di responsabilità, aperture di indagini a suo carico, preoccupazioni e contumelie varie.

- Scavicchiare? Mi viene da piangere, Capo. -

- Ti serva di lezione, se e quando ci sarà da scavare un'altra Voragine. -

- Un'altra Voragine? No, Capo, io ho già dato, basta. -

- Hai già dato, sì, ma troppo indefessamente.... -

- Indefessamente, Capo? -

- Non ti offendere, neh! -

- Chi s'offende! Per così poco: figurarsi! Indefesso è il minimo storico - è il mesto *mea culpa* di Ori.

- Mi fa piacere Ori che tu riconosca i tuoi errori. Fai ammenda e pentiti di essere quello che sei: inutile a te stesso e alla società dei consumi in cui sei nato. -

- L'unico errore che mi riconosco è quello di non aver scavato una via di fuga dalla Voragine: una scappatoia sociale in grado di agevolare ed ammortizzare la mia fuoriuscita! -

- Povero Ori, non cercare scappatoie laddove non ci sono. Non possono esserci, perché se ci fossero non sarebbe più una Voragine brutta come la Morte, ma un Luna Park. A proposito, sei mai entrato in un tunnel dell'orrore? -

- Con mia moglie, Capo. Si chiama matrimonio. -

- Sinceramente capisco la tua condizione esistenziale di operaio sull'orlo dell'abisso, cioè della Voragine della disoccupazione incombente, con tutte le conseguenze familiari del caso: perdita di stima, senso di smarrimento dell'identità personale, sentimento di vuoto interiore, isolamento umano e sociale, carenza di attività sessuale e conseguente timore di perdere le proprie funzioni riproduttive... -

- Cioè? - fa Ori smarrito.

- Cioè tua moglie minaccia di non farti più scopare qualora tu dovessi perdere il posto nella Voragine. *Chi non lavora non fa l'amore,* ricordi la canzone? Tuttavia, devi imparare a fare buon viso a cattivo gioco. Insomma, tieni assolutamente separate le carriere di marito e padre dalla tua sorte di maldestro operaio. Non mischiare, insomma, la vita privata con le faccende professionali, il sacro col profano... Dacci un taglio, Ori! -

- Non è facile distaccarsi dalle proprie disgrazie umane. Uno è sempre psicologicamente coinvolto e condizionato dall'ambiente che lo circonda e dalla consorte che sbraita ad ogni bolletta che non si riesce a saldare. -

- Se è per questo, c'è anche la Voragine a circondarti con le sue pareti. Ma non mi sembra che tu abbia intenzione di prenderla molto sul serio. Come se fossi immune dal pericolo di crollo che stiamo esperendo qui sotto. -

- Che vuol dire *esperendo?* -

- Non lo so, mi è uscita così come mi è venuta. -

- La stessa cosa è successa a me con la Voragine. -

- E se ti crolla addosso? -

- E se non sa il significato delle parole che dice? -

- Quindi non hai paura che crolli la Voragine? -

- Come lei pronuncia senza temere parole di cui non conosce il significato. -

- E non temi di essere travolto e sotterrato vivo? -

- E lei non ha paura di essere frainteso? -

- *Verba volant, facta manent* - lo provoca il Capo col suo maledetto latino appiccicaticcio da banchi di scuola che Ori traduce non letteralmente (*Le parole volano i fatti restano*), ma un po' più macheronicamente: *l'erba vola...* e chissà che altro pasticcio linguistico gli salti in mente.

L'inferiorità linguistica, del resto il Capo la usa come strumento di dominio sulla sua maestranza, per questo fa ricorso al latino piuttosto che al volgare parlato, fa sorgere in Ori il desiderio di dire finalmente la sua, di potersi esprimere liberamente, come se nello spicchio di cielo incastonato nel cratere da cui si sono calati fosse apparsa una fugace ma scintillante stella cometa.

- Vorrei tanto poterla riempire! Lavorerei gratis giorno e notte se ricevessi, non dico l'ordine, ma semplicemente un permessino in tal senso. La sua stessa esistenza, so di dire una cosa grave ma è la pura verità, rappresenta un'offesa alla mia intelligenza. -

Il Capo lo guarda interrogativamente:

- Di che parli? -

- Della mia intelligenza... Lasci perdere, Capo! Non può capire - sospira Ori, rendendosi amaramente conto che le sue rozze espressioni linguistiche non convinceranno mai il suo interlocutore meglio attrezzato, culturalmente parlando.

Il Capo ritiene che sia venuto il momento di fare chiarezza su certe strane idee che manifesta il buzzurro.

- Non posso capire, disgraziato?! Credi che io non veda quello che c'è nella Voragine, cioè che non c'è nulla? Pensi che l'idea stessa della Voragine soddisfi le mie ambizioni umane e le mie aspirazioni professionali? Ma certo, come no! Uno da giovane si fa un mazzo tanto per studiare, si laurea con lode, mette su famiglia, educa i figli, li iscrive a loro volta a scuola e a ginnastica assicurandogli merenda e paghetta settimanale solo per mettersi qui a scavare o far scavare a te un maledetto buco sotto terra in cui non c'è nulla? Bella prospettiva! No, caro, le cose non stanno così. Avrei altro da fare io... -

- A chi lo dice, Capo! -

- La Voragine sotto i piedi ti si apre piano piano: tu all'inizio non vedi altro che il cielo stellato, magari di tanto in tanto oscurato da qualche nube, ma niente di grave, s'intende. Le nubi tanto prima o poi si dissolvono e tornano a risplendere gli astri verso i quali ti senti nuovamente e con maggior forza proiettato. Ideali, Speranze, Sogni, Illusioni! Sì, stupide e vuote illusioni. Perché all'improvviso ti risvegli dalla sbornia. Dove ti trovi? Ecco, ne hai un esempio, in una Voragine, in cui dal buco da cui sei entrato speranzoso, a stento riesci a scorgere una minima parte di quel cielo che ammiravi in gioventù. Prendi me: ho sognato di diventare astronauta per volare negli immensi spazii siderali e attraversare il cosmo per lasciare il segno della mia esistenza nell'universo infinito, invece guarda a che mi sono dovuto abbassare... a questa terribile *finitezza* umana e terrena, insomma... a calarmi le brache per cacare in questa Voragine. Ecco il segno che lascio ai posteri, un pugno di polvere, un mucchietto di merda essiccata! -

Come parla bene il Capo! Ori per un istante non sa se provare un po' di compassione per quell'essere insulso che gli sta davanti col berretto calato sulla fronte come un soldatino di cartapesta, oppure se non sarebbe cosa utile e buona sbottare in una risata a quattro ganasce tanto per fargli abbassare la cresta. Lui astronauta, figurarsi, casomai zavorra! Capisce però che non è il momento di dare colpi, di mollare stangate, meglio volare basso, cercare di capire cosa frulla nella testa del suo diretto superiore. Assume un tono confidenziale, da vecchio amico in vena di confidenze.

- È una confessione, Capo? -

Il Capo si avvicina all'orecchio di Ori. Fa segno con l'indice di fare silenzio.

- Sst! Acqua in bocca, Ori. Non si trattava di una presa di posizione ufficiale, bensì di uno sfogo personale che deve assolutamente restare *inter nos*, tra noi. Capito? Questa conversazione non ha mai avuto luogo! Acqua o vino in bocca, mi raccomando. -

- Io comunque la penso allo stesso modo. -

- Allora capisci perché non posso darti né l'ordine né tantomeno il permessino di ricoprire la Voragine? La Voragine è ormai un dato di fatto assodato e incontrovertibile. Io ti ho detto di scavarla. Tu l'hai scavata. Ed ora c'è. Cosa fatta, capo ha. -

- E lei sarebbe il Capo? -

- Esatto. E tu sei l'operaio. -

- Cioè quello che la prende sempre in quel posto, tanto per cambiare! -

- O per gradire, non si sa mai. Ma poi, che ti lamenti? Si può sapere che ti manca? -

- Un ordine inverso, Capo. Come prima ordinava di scavare, ora dovrebbe semplicemente ordinarmi di riempire. Riempi, ecco, al posto di scava, ed io riempio. Tutto qui. Poi, a cose fatte, a bocce ferme, gliene riscavo un'altra dalle dimensioni più confacenti alle nostre esigenze. -

La proposta è inaccettabile, a detta del Capo.

- Scemo! Perché dovrei fartela riempire se l'hai appena scavata? E perché fartela riscavare se l'hai appena riempita?   -

- Ma noi non si riscava la stessa Voragine, piuttosto se ne apre una nuova per riempire quella vecchia. E se qualcuno, per caso, dovesse chiederle: "state scavando?" Lei potrà rispondere tranquillamente con la coscienza professionale a posto: "sì, stiamo scavando! Eccome se stiamo scavando!". -

- Se invece mi chiedono "cosa state scavando?", entrando cioè nei particolari, che gli rispondo, eh? Che la precedente Voragine era stata scavata male e che stiamo correndo ai ripari riscavandone un'altra? No, Ori, pensiamoci bene prima di compiere atti irreversibili che potrebbero mettere a repentaglio i risultati fin qui conseguiti in tanti anni di onesta carriera. La Voragine, per ora, resta dove e come è. -

Ori ha molti difetti, primo fra tutti la cocciutaggine. Ma in certi frangenti il difetto si trasforma in pregio e può essere utile allo scopo di rifondare tutto.

- Ma Capo, se non prendiamo adesso una decisione storica, quella di riempirla, non ne usciremo più fuori. Essa si allargherà sempre di più. Ci farà sprofondare nei suoi meandri, nel suo *nonsense*... dico bene?, - si accerta Ori dopo aver pronunciato quel parolone che ha sentito o letto da qualche parte, e insiste: - un *nonsense* per ora soltanto nascosto da un fondo che sembra solido, ma che presto si rivelerà una trappola di fango e merda! -

- E *nonsense*... cioè merda sia, allora, cribbio! Questa

Voragine batte tutte le altre precedenti voragini per stupidità e scarsità di valori. È diventata uno schifo di Voragine di cui è veramente difficile capire il senso profondo. Ma era destino, Ori, che ti riuscisse così. Perché tu la Voragine ce l'hai purtroppo nel sangue. La disprezzi tanto perché te la porti dentro da quando sei nato. Tu rappresenti a te stesso un eterno vuoto interiore. -

- Veramente, la mia nascita è stata la prima e ultima volta che sono uscito da una Voragine! -

- Lo dicevo, Ori, che sei un gran figlio di vacca! -

- Prego? -

- La Voragine nel tuo inconscio infantile rappresenta la grande bocca/vagina che ti ha partorito e in cui vorresti tornare. Apriti, Ori, aprimi il tuo cuore: è così? Sii sincero... -

- Dico semplicemente che questa Voragine poteva riuscire meglio di quello che è diventata. Per questo va riempita e rifatta. -

- Rifatta! E perché vorresti rifarla? -

- Perché qui mancano i fondamenti. -

- Che ne sai tu di fondamenta? -

- So che quando mancano è un casino. -

- Insinui che la Voragine sia infondata? -

- Sì. -

- Però mi risulta che l'abbia scavata tu. -

- Ma io l'ho scavata, non l'ho fondata. -

- Ricapitoliamo allora: Qual è la tua funzione operativa qui dentro? Rispondi, disgraziato. -

- Scavare - conferma Ori.

- E tu hai scavato? -

- Capperi se ho scavato! -

- Ora vediamo se e come hai scavato, visto che ti lamenti dello scavo che tu stesso hai praticato. Cominciamo a prendere le misure della Voragine... In fondo siamo scesi qui sotto per ispezionare, controllare, misurare e riferire. -

- A chi?- è il dilemma che Ori non può fare a meno di porre al suo superiore.

- A chi di dovere - è la laconica risposta del Capo.

Ori ha ancora il coraggio di ribattere:

- Come fa a riferire a chi sta sopra se non la tirano prima su? -

- Complimenti Ori: bella domanda. Sarai un operaio, ma

non sei scemo come sembri. -

- E la risposta? - lo incalza Ori.

Il Capo sorride con aria di sufficienza. Figuriamoci! dare fondamenti ad una Voragine che, come lascia intendere il termine stesso, non può che esserne priva! Minacciosa, fatiscente, pericolante e sempre sul punto di collassare e inghiottire tutto e tutti. Altrimenti non si chiamerebbe Voragine, ma *stanza d'albergo*, o *ristorante*, o *discoteca*, o ancora *pizzeria*. Insomma sarebbe un luogo di svago e non di morte e sofferenza come in realtà sembra essere: un cimitero vivente... (è un ossimoro, ma il Capo decide che è inutile dirlo ad Ori che non capirebbe) almeno finché qualcuno riesce a viverci dentro.

- Che bella prospettiva! - si lamenta Ori.

- Dare senso compiuto alla Voragine è come cercare una logica o un disegno divino nelle tue scorregge, Ori, che sono aria come i tuoi discorsetti da sedizioso lavoratore a cui non va mai bene nulla: la pala è troppo corta, la carriola troppo pesante, il mattone troppo storto, la legna troppo fradicia e la Voragine sempre troppo profonda. -

- Sì, però l'ho scavata io, almeno questo io l'ho fatto. -

Il Capo non raccoglie la provocazione di Ori. La sua attenzione è attratta dalla cerniera lampo anteriore della tuta da lavoro dell'operaio.

- Sta fermo, Ori, non ti muovere, per carità! -

Ori sussulta, ha paura. Non sa perchè, ma stringe le chiappe. Il Capo stigmatizza subito i suoi timori.

- Smettila, Ori. Non c'è niente da temere. Mi serve solo un paletto. E pare che tu sia ben fornito, checché ne dica la tua signora. -

Ori non si fida.

- Perché proprio il mio? -

- Devi solo farmi da punto di riferimento per le misurazioni, cagasotto. -

- Io devo farle da punto di riferimento? Che onore! - si compiace Ori. Sotto sotto preferirebbe essere esonerato dall'incarico di fungere da paletto per le misurazioni. Ma qualcuno deve pur farlo. Per cui estrae il "punto di riferimento", il paletto richiesto, mettendosi sull'attenti: - Va bene così? -

Il Capo non risponde. Si è messo in testa di misurare la

Voragine. Un'impresa sicuramente più ardua del previsto.

- Uno, due, tre... a quanti passi sono arrivato? -

- Tre. Soddisfatto, Capo? -

Il Capo allarga le braccia in segno d'impotenza.

- Cribbio, è veramente immensa, gigantesca... Sono sudato fradicio. E non sono neppure arrivato a metà! Ma a che cavolo serve? -

- Adesso viene proprio lei a chiederlo a me? È una vita che domando spiegazioni a lei circa natura e motivo della Voragine! -

- Io ti ho solo ordinato dall'alto di scavarla. Ma sei stato tu a metterci materialmente le mani. Tu ci hai più esperienza diretta di me, Ori, ecco perché ti chiedo delucidazioni in proposito. E rimettiti dentro il paletto, non mi serve più. Ci rinuncio a misurare una cavità del genere con un paletto, scusami se te lo dico, del tutto insufficiente allo scopo, e sottolineo scopo, come del resto ti avrà già fatto ampiamente notare tua moglie. A prima vista sembra un paletto come si deve, ma quando lo pianti per terra si scioglie come un pezzo di ghiaccio al sole. -

- Purtroppo brancolo anch'io nel buio - ammette mestamente Ori richiudendosi la lampo della tuta da lavoro e fingendo di non capire i doppi sensi del discorso.

Ma il Capo non si da per vinto.

- Come? potrebbero chiederci dall'alto, avete scavato tanto e avete dato tanti ordini di scavare senza neppure sapere lo scopo, il motivo, la natura dello scavo? E che, siete diventati tutti scemi a scavare in queste condizioni? -

- Io un senso per le mie fatiche ce l'ho: si chiama salario, Capo: pura sopravvivenza. Ma lei, sa perché mi ha ordinato di scavare? -

Ecco, ci risiamo! Il Capo si sente punto sul vivo. Siamo ancora a questo punto? Al punto di partenza? Eh no, non ci sto!

- E come faccio? Credi che sappia perché mi arriva l'ordine che devo impartirti? Nessuno mi dice niente, Ori. La parola d'ordine è: scavare!, ed io ti ordino appunto di scavare. Quello che per te è un ordine astratto, lo è anche per me. Solo che tu, mettendolo in pratica, puoi renderti conto del motivo, del fine, dello scopo... insomma, del senso per cui ti viene imposto di scavare. Per te è facile fartene una qualche ragione. Scavi un buco nero e, mano a mano che procedi e perfori, capisci il *perché* e il *per come*. Se non altro, la Voragine, il buco, il foro o quanto altro è un prodotto non alienato del tuo lavoro e ti da pure di che vivere, anche se a stento. Ma per me è diverso, perché la Voragine non è mia: non possiedo la terra dove è scavata, non possiedo lo spazio vuoto da essa creato e neppure posso dire di essermi realizzato spiritualmente come te nella sua costruzione. Essa mi è indifferente, mi risulta anonima, estranea. È solo una stupida, vuota Voragine senza alcuna pubblica utilità, dal momento che se non fossi il tuo Capo, sarei il Capo di qualcun altro impegnato, che so?, nella costruzione di un razzo per Venere. -

Ori concorda muovendo meccanicamente il testone dall'alto in basso come quegli omini di pezza semoventi che si appiccicano sul cruscotto. Annuire è nel suo bagaglio professionale: nicchiare, svicolare, accondiscendere, mai prendere di petto la situazione.

- Pianeta di prima scelta, Capo. -

- Strano: è il primo nome che mi è venuto in mente. Chissà perché - si domanda il Capo.

- Forse perché cominciano con la stessa consonante o forse perché dove c'è una Voragine c'è anche un monte di detriti... un Monte di V... come Venere! - ridacchia.

La battuta triviale di Ori non strappa neppure un sorriso al Capo che lo squadra severamente commiserandolo. Lui se le può permettere di commiserare, mentre Ori no, non deve assolutamente permettersi, stia al posto suo.

- O V come Ori Vaffanculo. Non mi fai ridere. Le tue sono solo sciocchezze senza senso. -

- Secondo lei una Voragine ha senso? -

- No, Santoddio, no che non ce l'ha! L'abbiamo capito! -

- Allora che senso ha averla scavata? -

- E allora tu perché l'hai scavata? -

- E lei perché mi ha detto di scavarla? -

- E tu perché non ti sei rifiutato di scavarla? Ti faceva comodo, neh?!, continuare a scavare e a beccarti lo stipendio. -

- E lei perché non si è rifiutato di ordinarmi di scavarla? Le faceva comodo, neh?!, continuare a darmi ordini per tenermi impegnato mentre si spupazzava mia moglie. -

- Non ho intenzione di rubarti il mestiere, Ori, tranquillo. E neppure la moglie, tienitela pure... ne faccio volentieri a meno. -

All'improviso la voce sconosciuta dell'altoparlante riecheggia per l'ennesima volta all'interno della Voragine: *scattare!* provocando un'eco che sembra sbattere e risbattere sulle pareti scalfite dal piccone di Ori.

- Ci risiamo con quest'ordine senza senso. -

- Forse è un richiamo all'ordine, Ori. È senz'altro così. Dobbiamo rimetterci all'opera. -

- Che opera? Che cosa devo fare? -

- Non lo sai che cosa devi fare? -

- Io no. E lei almeno lo sa che cosa deve farmi fare? -

- Fa come ti pare, Ori. -

- Ci tiene tanto a comandare! Ma mai che sappia cosa ordinare quando c'è da esercitare l'autorità di cui sostiene di essere investito addirittura dall'alto. Quanto alto, poi, vorrei proprio saperlo! -

- Fatto sta che non sai capacitarti da solo del da farsi. -

- Non sono pagato per capacitarmi ma solo per farmi capace. -

- Già, perché sei pagato? -

- Per scavare. -

- E stai scavando? -

- No - si ribella Ori sbattendo la pala sul fondo della Voragine in segno di ribellione. - Col cavolo che scavo, visto che mi ha sospeso dallo stipendio. -

- Ecco il senso della tua stupida manfrina: vuoi essere riassunto in pianta stabile. Almeno, in compenso, inventati qualcosa, fingi di lavorare. Altrimenti metti nei guai anche me che sono il tuo Capo. "Potevi controllarlo!", "Dovevi accorgerti di quello che stava combinando!", già li sento, lassù, i miei superiori, sempre pronti a tagliarmi dall'organico. -

- Tagliarle l'organo, che disgraziati. -

- Silenzio! Prendi la pala e scava un'uscita di sicurezza. -

- E dove vuole che arrivi? -

- Dall'altra parte della Voragine. Dovremo pure sbucare fuori prima o poi. -

- All'inferno, Capo! -

- Zitto e scava. È un ordine. Così come siamo entrati da sopra dobbiamo poter uscire da sotto. -

Ori però non si fida:

- Sia sincero: con chi sta veramente, con me o con la Voragine? -

- Mi meraviglio di te. Come, con chi sto? Sono leggermente *bipartisan*. Non te ne sei accorto finora? -

- Bi... che cosa? -

Mi sa che il Capo fa il furbo o appartiene all'altra parrocchia, sospetta Ori.

- Cioè sto con tutti e due. Do un po' di ragione a te e un po' di ragione alla Voragine. Devi infatti capire che la verità non sta da una parte sola. Tu ti lamenti che la Voragine è troppo profonda e la Voragine si lamenta che tu l'hai scavata troppo. Va a sapere dove stanno le mezze misure, le ragioni di entrambi. Ti sembrerò un opportunista, ma sono solo previdente: parlo male di te alla Voragine e sputtano la Voragine quando sto con te, ecco tutto. Mi tengo insomma in bilico, sul bordo del baratro. Costantemente in gioco! Da bravo, scava. -

- Scaverei pure, Capo, ma... -

Il Capo non gradisce l'uso del condizionale.

- Ma, che cosa? -

- Abbiamo compagnia. -

- Ah sì? - fa incredulo il Capo.

Un'ombra si staglia sul fondo della caverna come nel mito platonico.

- Ha un'aria minacciosa, Capo, mostruosa. -

- Sarà un abitante della Voragine che si è stufato delle tue chiacchiere da falce e martello. -

- Beh, impugna un manganello. -

- Non è un manganello, Ori. È una bacchetta, non vedi? -

- Vorrà prenderci a bacchettate. -

- Non proprio, visto che si tratta di una bacchetta magica. -

- E a che cosa gli serve la bacchetta magica? -

- A fare miracoli, Ori. A riempire la Voragine, vuole riuscire dove noi siamo miseramente falliti. -

- Capo, deve averci il prosciutto sugli occhi: quello è un manganello bello e buono. E secondo me è pure duro... -

- Ori: tu vedi manganelli anche laddove i manganelli sono bacchette magiche. -

Ori è sempre più scettico:

- Sembra che stia per emanare un ordine! -

- Povero Ori, prendi pure i consigli per ordini. -

Non ci sono parole per il tono pietoso del Capo.

- Si parte dai consigli per gli acquisti, si passa per i consigli di amministrazione e si finisce con i consigli dei ministri e i consigli di guerra, Capo. So come vanno queste cose... a puttane, vanno, ecco! -

- Sei sempre il solito pessimista... ed anche un po' disfattista, sai? Non fare il gufo - lo bacchetta il Capo.

Ma Ori non si sente per niente rassicurato dalla fin troppo olimpica calma del suo superiore.

- A terra, Capo: sta per emanare un consiglio tassativo! -

- Vuoi dire un ordine? Che ordine? - cerca di capire il Capo intuendo la fondatezza dei cupi presentimenti di Ori.

- L'ordine Capo è... è... -

Ma non fa in tempo a finire la frase poiché un perentorio e assordante *scattare!* gli annichilisce le parole in bocca risucchiandolo con la forza d'urto del messaggio nei meandri della Voragine.

Il Capo comincia a brancolare nel buio con tutta l'angoscia della sua improvvisa solitudine di gerarca privato del sottoposto.

- Ehi, hai detto scattare o schiattare? Non ho sentito bene. Dove sei finito, Ori? Non mi lasciare solo Ori, insomma, ha detto scattare o schiattare? Ori, che facciamo? Scattiamo o schiattiamo? Vengo a cercarti, Ori, amico mio... Ti sei portato via il tuo cestino della merenda, le tue sigarette... come faccio senza di te? -

La voce del Capo si allontana e, man mano che diventa più debole, si affievolisce l'eco delle sue parole che rimbombando e spumeggiando come i cavalloni della risacca, si trasformano in un indistinto rumore di fondo.

L'arrossata sfera del plenilunio si affaccia sul foro della Voragine, come una gigantesca pupilla iniettata di sangue che scruta nel microscopio dell'esistenza. E sotto questo immensa lente si muovono, come batteri in cerca di organismi su cui attecchire, due larve umane che inciampano, al buio del loro orizzonte, nei cumuli di rifiuti rovesciati sul fondo della Voragine assurta a dimensione di metaforica, ma ormai non più di tanto, discarica umana.

III

Omissis...
Servizi Sotterranei di Sicurezza della Voragine.
Oggetto: Informativa Riservata.
Intercettazione Nr. 4.

Si trasmette alla c.a. della Direzione dei Lavori la trascrizione integrale dell'intercettazione ambientale di alcuni frammenti del colloquio tra il dipendente operaio Ciriola Oreste, denominato anche Ori, con Mastro Capo di turno all'interno del vano-caverna del cantiere costituito da un mucchio di materiali di risulta e da una vasta buca nel terreno provocata dalle picconate del su citato addetto ai lavori.

L'intercettazione ambientale ivi allegata a stralcio del faldone Nr. 127/55 racchiude non pochi motivi di interesse per l'inchiesta in corso sui comportamenti sospetti di eversione e sovversione possibili di eventuali sbocchi in atti di sabotaggio del costruendo Cantiere della cosiddetta Voragine.

Quantunque la qualità della traccia audio dei dialoghi sia spesso disturbata da rumori che sembrano rigurgiti di stomaco o, peggio ancora, flatulenze, petulanze e aerofagie di dubbia provenienza, emerge dalle parole comprensibili l'insistente richiesta di (testuali parole) **"un senso"** ovvero di **"ideali"** che dovrebbero sostenere le fondamenta di questa fantomatica Voragine che viene percepita come una astratta e ostile entità esterna, anziché per quello che è: un tunnel di collegamento tra due località estere che mai saranno raggiunte da alcun utente poiché assolutamente prive di interesse turistico e commerciale.

Proprio a causa di questa sua apparente inutilità l'opera viene considerata come superflua, controproducente, dispendiosa e addirittura dannosa per la salute delle popolazioni civili residenti nei luoghi dei lavori in corso,quindi osteggiata in varie forme fino alla rivolta e moti di piazza le cui manifestazioni violente sono fortemente ideologizzate da frange anarco-antagoniste e da pseudo-intellettuali che vogliono vendere libri sponsorizzando la "causa" ambientalista.

Il fondo ambientale delle registrazioni dei microfoni spia, oltre ai suddetti anomali ed equivoci rumori riconducibili a diarrea gialla, endemia diffusa negli ambienti sotteranei attraversati da condotte fognarie, presenta un ulteriore motivo di allarme per cui si raccomanda la massima attenzione e vigilanza acca24 dei suddetti Mastro Capo e Ciriola Oreste.

Si tratta di echi profondi, come se il suono fosse stato spinto sotto vuoto per una lunga conservazione negli anfratti più nascosti della terra, di manifestazioni operaie o di insurrezioni proletarie, come anche schiamazzi di adunate fasciste risalenti al secolo scorso, rimasugli echi del festival della canzone di Sanremo.

Il fenomeno è pure spiegabile con cause naturali, poiché una volta inghiottiti questi rombi, boati, botti, esplosioni, cori da stadio, urla di dolore e quant'altro, la Voragine - di cui non si conosce per la verità né fine né inizio - potrebbe averli trasmessi all'infinito, da caverna a caverna, da tana a tana, amplificandone di volta in volta il volume e l'ampiezza sonora nelle grotte di sua pertinenza.

Tuttavia pare certo che i sospettati si siano calati nelle viscere della terra senza permesso ufficiale proprio per ritrovare, raccogliere e far rivivere questi simboli del passato (falce e martello, il fascio littorio, lo scudo crociato, l'edera, il quadrifoglio, l'asinello e quant'altro) e che pertanto entrambi rappresentino un serio pericolo per la stabilità della Voragine stessa che non può permetersi un'ideologia definita, perché la sua sicurezza deriva dalla mescola delle varie ideologie passate, presenti e future così da rendere incomprensibile e indecifrabile qualsiasi forma ideologica e qualsiasi senso e prospettiva di società per il futuro che una Voragine come si deve non può assolutamente permettersi. (segue)

Rumore ambientale di fondo: un coro Porco qui e Porco là, Arbitro cornuto, Viva Marx, Abbasso Mussolini, Esplosione, sirene della polizia... segue distintamente un colpo di GONG sulla cui origine e provenienza sono in corso indagini serrate.
VOCE DEL...

CAPO   E questo sarebbe un senso, secondo te?
ORI   Forse non è un buon senso, però ...
CAPO   Però?
ORI   Di certo però è una prova.
CAPO   Prova? Di che?
ORI   La prova che un senso c'è. Oscuro, d'accordo, forse siamo noi a non capire, ma c'è.
CAPO   Quale?
ORI   Dare un senso a ciò che, come la voragine, sembra non averlo.
CAPO   Ori: sei un uomo morto!
ORI   Senza filosofia non si possono interpretare i fenomeni nella loro vera essenza, Capo.
CAPO Essenza? Si può sapere di che stai parlando?
ORI   Di un senso.
CAPO   Sai che ti dico? Non ti strozzo più. Sì, hai capito perfettamente, desisto dall'intento di torcerti il collo. Tu sei infatti la prova della più straordinaria fessaggine umana. E perché dovrei strozzarti? Mi conviene piuttosto esibirti come uno dei più abominevoli e sconcertanti prodotti della voragine. Non trovi?
ORI   È la voragine ad essere il prodotto del mio lavoro e non io il risultato della voragine. Quantunque...
CAPO   Oddio! C'è pure un quantunque!
ORI   Quantunque, teoricamente il senso, l'idea della voragine dovrebbe preesistere sia a me che a lei.
CAPO   A me? Ma come ti permetti?!
ORI   È nella logica stessa delle cose. Se non ci fosse già bella e fatta l'idea della voragine a nessuno potrebbe saltare in testa l'idea di scavarla.
CAPO   Allora, è deciso: ti ammazzo.
ORI   Cerco solo di rendermi utile, Capo.
CAPO   Siamo tagliati fuori da tutto, Ori! E noi stessi, inghiottiti dalla voragine, non abbiamo più alcuna ragione d'esistere. Fidati!
ORI   Lei forse non ce l'ha. Ma io sì.
CAPO   Tu? E quale?
ORI   Sopravvivere, Capo.
CAPO   In queste condizioni?
ORI   Sempre, ovunque e comunque: sopravvivere è il mio motto, tirare avanti la carretta è il mio me-

stiere. Ed io sa che faccio? Sopravvivo e cerco di tirare avanti come posso.

CAPO   Questa, per la verità, mi sembra una filosofia di vita semplice ed efficace. Mi congratulo, Ori. Scommetto che sono stato io ad assumerti. Chi altri, all'infuori di me, poteva intuire la genialità rozza quanto pragmatica di un verace somaro come te?

ORI Veramente lei voleva licenziarmi. Anzi liquidarmi addirittura fisicamente.

CAPO   Si è arrivati davvero a questo punto? E perché?

ORI   Perché avrei inavvertitamente toccato il fondo della voragine.

CAPO Vecchia storia: acqua passata. Ora ho finalmente appurato che non sei del tutto imbecille, ma che in te brilla - in mezzo ad un mare di fango intellettuale, bisogna pur dirlo! - anche una piccola dose di cristallino buon senso. Non sei del tutto scemo.

ORI   Grazie, Capo... Detto da lei è un gran bel riconoscimento professionale. Anche un semplice operaio come me ha bisogno ogni tanto di una pacca sulle spalle e un aumento di stipendio.

CAPO   Pacche, quante ne vuoi. Per l'aumento se ne riparla quando sarai riuscito a farmi uscire dalla voragine che hai scavato.

Interruzione. Rumori ambientali. Un'esplosione, grida. Fascisti! Comunisti! Democristiani! Servizi segreti! La mafia... segue

UN COLPO DI GONG.

ORI   Chiamiamo aiuto?

CAPO   Qualcuno suona il gong e tu chiami subito aiuto?

ORI   Vorrei uscire al più presto da questo buco, Capo, da questa terribile situazione esistenziale, prima che ci mettano sopra una pietra tombale.

CAPO Non mi sembra ancora il caso di parlare di tombe. Sei d'accordo, Ori?

ORI   D'accordissimo, Capo.

CAPO   Ci diamo una regolata, visto che forse qui sotto dobbiamo farci notte?

ORI   E diamocela.

CAPO   Allora la regola numero uno della Voragine quella secondo cui non bisogna parlare di tombe, è approvata all'unanimità.
ORI   Bella unanimità: siamo solo in due!
CAPO   Bada che essere d'accordo con te e soprattutto che tu sia d'accordo con qualcuno che non sia te stesso, è un fatto storico, epocale. Biblico.
ORI   Passiamo alla regola numero due, se non le dispiace. Non vedo l'ora di legiferare anch'io.
CAPO   Che c'entri tu con le leggi?
ORI   Una regola per uno non fa male a nessuno. È la prima regola della democrazia.
CAPO   E chi ti ha detto che siamo in democrazia?
ORI   Non lo siamo?
CAPO   Potremmo pure esserlo, ma non è stato ancora stabilito.
ORI   E chi lo stabilisce?
CAPO   Io.
ORI   E chi stabilisce che lo stabilisce lei?
CAPO   Io.
ORI   E io?

Tornano confusamente suoni esterni, Forza Roma, Forza Lazio, Io sono Mia, Ce n'est qu'un debut continuons le combat, Mortaretti, coro religioso di festa patronale, grazie dei fiori, con le pinne fucili ed occhiali, bandiera rossa la trionferà.

UN COLPO ANCORA PIU' FORTE DI PRIMA DI GONG
(da verificarne sempre l'origine e il significato)

ORI   Forse qualcuno in alto vuole solo avvertirci che è ora di pranzo.
CAPO   Bene, se lo dicono loro non ho difficoltà a ribadirlo anch'io: pausa pranzo. Tira fuori il cestino, Ori.
ORI   L'ho lasciato su in cantiere, Capo.
CAPO   Eh? Mi fai dare la pausa pranzo e non hai niente da mangiare?
ORI   La mia era una semplice idea, Capo.
CAPO Bravo, ora ci sfamiamo con le tue stramaledette idee!

Piovono dall'alto un prosciutto e salsicce.

ORI Almeno la mensa della Voragine non lascia a desiderare.

CAPO Attenzione! Il filosofo Benedetto Croce spiega la realtà inconoscibile paragonando le idee a degli irraggiungibili salami appesi di cui si sente solo il profumo: chissà che relazione c'è tra l'Iperuranio, il luogo delle pure idee, e la Voragine.

ORI Si tratta di semplici salumi, Capo, non di ideali veri e propri. Non si scaldi tanto. Assaggi piuttosto.

CAPO Una salsiccia non può contenere un ideale secondo te? Se proprio devi essere uno sporco materialista, siilo... sillo, insomma almeno in senso storico, Ori.

ORI Perché storico, Capo?

CAPO Perché nella caduta di una salsiccia non dovresti vedere solo una salsiccia che cade! Possibile, insomma, che tu non ti renda conto che la caduta di una salsiccia è un fenomeno ben più complesso, coi suoi presupposti e retroscena, di quello che sembra?

ORI Piovono salsicce all'ora di pranzo come se fossero astratti ideali e lei si lamenta?

CAPO E se non fossero né ideali né salsicce vere e proprie?

ORI E che potrebbero essere?

CAPO Potrebbero essere i nostri valori, Ori, a cadere.

ORI Si fidi di me, Capo sono salsicce. E son pure buone.

CAPO Meglio così.

ORI Sarò pure un'ombra rinchiusa in una caverna platonica da cui hanno fatto sparire la scala per risalire alla realtà, ma ho una tale voragine nello stomaco che non posso fare a meno di considerare un salame per quello che sembra: di maiale.

CAPO Stavolta hai pienamente ragione, Ori

ORI Grazie, Capo. Buon appetito.

Strani rumori di ruminanti, sembrano ganasce e mandibole in azione, probabilmente mangiano. Segue dichiarazione compromettente del Mastro detto Capo rivolta all'operaio Ciriola Oreste detto Ori.

CAPO Ti confesso un segreto. Ma tienilo per te, mi raccomando. Non vorrei che il mio ruolino aziendale

venisse macchiato da un'affermazione compromettente dovuta al mio attuale stato di grazia a pancia piena: disprezzo la realtà che mi circonda. A me il mondo sembra un fondale maldipinto, sdrucito e pieno di vento per un palcoscenico insensato. Vorrei sfondare il fondale, Ori, cascare dall'altra parte, vedere cosa c'è dietro la scena del mondo. Ho detto forse una cosa troppo scontata per strapparti un applauso?
ORI   Sparecchia lei per cortesia?
CAPO   E questa secondo te sarebbe una cortesia?
ORI   Beh, io ho apparecchiato.
CAPO   Magari dovrei pure lavare i piatti.
ORI   Sì. Così dopo io li asciugo.
CAPO   Non c'è una lavapiatti in questa maledetta Voragine?

Il termine Voragine con l'appellattivo di "maledetta" viene riportato in calce al fine di un'indagine supplementare a latere. Come "esca" per indurre il parlante a pronunciarsi e sbilanciarsi ulteriormente, così da rivelare le sue vere intenzioni, si è pensato di calare dall'alto una lavapiatti.

ORI   Visto? È successo un'altra volta. Qualcuno si è sbarazzato della sua vecchia idea di lavapiatti. Chissà se funziona ancora.
CAPO   E di che ti lamenti?
ORI   Trovo la faccenda un po' deprimente, ecco.
CAPO   Che non devo lavare i piatti? Sei un bastardo invidioso. Quando la sorte accorre in mio soccorso, tu ti rodi il fegato. Sprizzi veleno da tutti i pori, Ori. Contieniti.
ORI   Non è la sorte a soccorerla, Capo. E poi non è veleno quello che sprizzo.
CAPO   E che cosa stai sprizzando?
ORI   Io? Niente. Temo che qualcuno abbia preso la nostra voragine per una latrina e ci stia pisciando in testa...

In effetti l'agente di servizio addetto alla raccolta dei reperti audio dalla microspia posta all'interno della Voragine è stato colto da un bisogno improvviso e ha rischiato di far saltare la copertura. L'incidente tuttavia ha riscosso il

sorprendente risultato di provocare nei due Sorve-
gliati una reazione violenta ed una manifestazione
di totale ribellione.

CAPO   Porco!
ORI   Ho sgobbato tanto nell'illusione di creare
qualcosa di utile, una voragine piena di signi-
ficati simbolici, metafisici, ed improvvisamente
vengo messo davanti al fatto compiuto di aver
costruito soltanto un cesso. Altro che metafore!
Puah! Ideali! Solo rifiuti, scarti, avanzi, rimasugli, vermi e topi di fogna... come noi!
CAPO Come te, Ori, solo come te: non azzardarti a
mischiare l'autorità che rappresento coi tuoi
rifiuti ideologici e morali.
ORI   Ma a lei non le passa mai la voglia di fare
il Capo?
CAPO   Perché mai dovrebbe passarmi, santiddio. Fare il Capo è bello ed appagante.
ORI   Anche scavare può essere appagante.
CAPO   Non ho intenzione di rubarti il mestiere,
Ori, tranquillo.

Suoni ambientali: varie canzoni mischiate, quando
il mare luccica, te vojio bene assaie, fatti
mandare dalla mamma, cuore matto, siamo figli delle
stelle, sarà quel che sarà, omissis... un colpo
forte di gong.

ORI   Rieccolo. Il solito colpo di gong che non si
lascia ben decifrare.
CAPO   Era un richiamo all'ordine, Ori.
ORI   Che ordine?
CAPO Costituito. Quello che ti dice come, quando e
perché è finita la pausa pranzo.
ORI   È finita la pausa pranzo? Davvero?
CAPO   Purtroppo sì.
ORI   Peccato.
CAPO Consolati con questa riflessione semplice ma
appropriata: solo ciò che comincia può finire.
ORI   Bella consolazione.
CAPO Non ne vedo nessun'altra.
ORI   Neanch'io.
CAPO   Allora mettiamoci all'opera.
ORI   Che opera?
CAPO   Come, che opera?

ORI   Sì, Capo, ha capito benissimo: che cosa devo fare?

CAPO   Non lo sai che cosa devi fare?

ORI   Io no. E lei almeno lo sa che cosa deve farmi fare?

CAPO   Mannaggia a te, Ori!

ORI   Perché mi picchia? Che ho fatto?

CAPO   Niente, non hai fatto niente! Questo è il problema.

ORI   Ci tiene tanto a dare ordini, a comandare! Ma mai che sappia cosa ordinare quanto c'è da esercitare l'autorità di cui sostiene di essere investito addirittura dall'alto. Quanto alto, poi, mi piacerebbe proprio saperlo!

CAPO   Se io non comando, tu ti rifiuti di ubbidire?!

ORI   Non mi rifiuto: è che non posso ubbidire, non sapendo a cosa.

CAPO   Fatto sta che non sai capacitarti da solo del da farsi.

ORI   Non sono né nato né tantomeno pagato per capacitarmi.

CAPO   E perché sei pagato?

ORI   Per scavare.

CAPO   E stai scavando?

ORI   Al momento, no.

CAPO   Lo vedi che sei un lavativo!

Un colpo di gong assordante.

ORI   Ce l'ha ancora con noi, Capo?

CAPO   Sì, Ori. Vuole che tu ti dìa genericamente da fare e che io ti istruisca in tal senso.

ORI   Genericamente?

CAPO   Insomma: inventati qualcosa, fingi di lavorare. Altrimenti metti nei guai anche me che sono il tuo capo. "Potevi controllarlo!", "Dovevi accorgerti di quello che stava combinando!", già li sento, lassù.

ORI   Chi?

CAPO   I miei superiori.

ORI   Non è lei il superiore?

CAPO   Rispetto a te: sì. Ma ci sono altri superiori rispetto a me.

ORI   Quindi lei non è poi tanto superiore come dice di essere.

Rumori di fondo, alquanto preoccupanti. Salto del nastro come nel capolavoro di Beckett. Insomma una specie di "becckete questo!". Il dialogo prosegue col termine "maledetta" a proposito della Voragine, segno inequivocabile di un animo ostile al Bene Comune e alla convivenza pacifica. Ecco la risposta sotto indagine del Mastro Capo:

CAPO Mi fai pena. Se siamo sprofondati in questa maledetta voragine, caro mio, è colpa della tua superficialità e della tua cronica mancanza di profondità spirituale e solidarietà umana. Né hai il benché minimo rispetto per l'autorità che rappresenta questa divisa. Le viscere della terra, in cui mi hai maldestramente trascinato senza nemmeno predisporre la scaletta per risalire in cima alla realtà, sono semplicemente il simbolo del nulla che hai dentro di te. Ma io sono stufo di tutto, stufo della Voragine, stufo di te, stufo di tua moglie, stufo di...

Si segnala l'errore di interpretazione, poiché volendo proseguire ad assecondare i Sospettati così da indurli ad ulteriori rivelazioni si è calata una stufa che tuttavia non c'entrava con l'argomento del discorso.

ORI   Scusi Capo, ha detto elettrica o a gas?
CAPO   Ho detto che sono stufo, non ho ordinata una stupidissima stufa.
ORI   Eppure ci hanno recapitato una stufa.
CAPO   Mannaggia la miseria! Non ci serve, non l'ho ordinata: venissero a riprendersela.
ORI   Ma, Capo: se l'hanno gettata nella Voragine è perché non sanno più che farsene. Altrimenti se la sarebbero tenuta. Può far comodo una stufa quaggiù.
CAPO   Mi spiace dirtelo, Ori, ma questa Voragine l'hai proprio scavata a cazzo di cane, cioè a tua somiglianza. Da fuori sembra una discarica e da dentro pure. È colpa tua se ci buttano la robaccia che non gli serve più, te compreso. Quanto a me, santiddio!, non vedo l'ora di scapparne fuori. È un maledetto pozzo senza fondo privo d'uscita.
ORI   Chiamiamo aiuto ora?
CAPO   Ah no, questo poi no! Aiuto, io? Mai! Tu soffri di complessi d'inferiorità, Ori. Ma se io

devo uscire da un buco, da una schifosa Voragine (*omissis*) in cui mi sono più o meno involontariamente ficcato, devo farlo ricorrendo esclusivamente alle mie forze e alle mie capacità professionali e imprenditoriali. Non posso mettermi in discussione, abbassarmi ad accettare aiuti, soccorsi, o sperare in ipotetici miracoli per risollevarmi dal fondo dove sono caduto. Io mi rialzo con le mie proprie mani. Sappilo!

ORI   E come?

CAPO   Prendi la pala e scava. (*viene colpito da alcuni rifiuti*) Sbrigati prima che ci sommergano di zozzerie, porco cane!

ORI   Non ha detto che intende risollevarsi con le sue proprie mani?

CAPO Appunto.

ORI E perché allora devo scavare io?

CAPO   Vuoi risollevarti anche tu, sì o no?

ORI Ma scavando vado in direzione opposta del mio stesso risollevamento. In realtà, se scavo, scendo ancor di più invece di risalire.

CAPO   Obbedisci. Sennò ti faccio rapporto.

ORI   E dove vuole che arrivi?

CAPO   Dall'altra parte, ignorante.

ORI   Di che?

CAPO   Della Voragine. Dovremo pure sbucare fuori da qualche parte.

ORI   All'inferno sbucheremo primo o poi!

CAPO   Ascolta. Se avessi studiato ingegneria come ho fatto io, conosceresti sicuramente il principio dei vasi comunicanti. Visto che sei a digiuno di teoria, te lo spiego con un esempio pratico. Hai presente che succede quando uno mangia fagioli?

ORI   Ho presente, Capo.

CAPO Da una parte s'ingeriscono legumi e dall'altra si emettono gas di scarico.

ORI   Però… Io non sono un gas di scarico. E neppure un legume.

CAPO Però convieni che tutto quel che entra, deve anche poter uscire da qualche parte. O no? E se noi non riusciamo a scappar via, a riemergere come la Fenice da dove siamo entrati, cioè dalla bocca della Voragine, ne verremo sicuramente fuori dal suo posteriore proprio come i fagioli. Okkey?

ORI   No, Capo. Il paragone non mi convince.

CAPO   Nessuno vuole convincerti. Zitto e scava. È un ordine.
ORI   Se lei mi ordina perentoriamente di scavare, io scavo solo perché devo. Cioè non mi convince, bensì mi costringe a farlo.
CAPO   Bravo, Ori, così mi piaci: ubbidiente come un operaio che sa stare al suo posto.
ORI   Non che sa stare, che la prende sempre in quel posto, Capo..
CAPO   E vedrai che alla fine ti comincerà pure a piacere.
ORI   Speriamo di no, Capo.
CAPO   Chi vivrà, vedrà, Ori.

(omissis) - Fine Informativa di servizio.

IV

L'orologio della Voragine.

L'orologio della Voragine, tondo come una luna piena, con due enormi lancette nere e le ore in numeri romani, segna sempre la stessa ora: quasi le XII.

Il Capo ha detto, porco mondo, che *quell'affare*, un eufemismo (te lo spiego dopo, Ori) che sta a significare un oggetto obsoleto (insomma una ferraglia o qualcosa del genere), è rotto; e che la Direzione provvederà a farlo riparare - testuali parole - *più prima che dopo*.

- Sarebbe? - è l'interrogativo dell'operaio che ha piena coscienza del fatto che sua vita lavorativa dipende dal funzionamento dello strumento di misurazione del tempo esatto della Voragine: quando cominciare a scavare, quando finire... eccetera eccetera.

- Sarebbe *a tempo debito*, ignorante. -

Effettivamente la spiegazione del Capo significa tutto e niente... Che cosa vorrà veramente dire?

- Staremo a vedere - conclude mestamente Ori che non può certo mettere in discussione, non avendone né l'autorità né le competenze, i tempi e le priorità del cantiere.

Ma un giorno, mentre se ne sta accovacciato dietro un cumulo di fango e detriti appena escavato dalla Voragine, a tirare l'ultima boccata di fumo da un mozzicone di sigaretta arrivata quasi al filtro, tanto da scottarsi le dita gialle di nicotina, all'improvviso, cioè senza preavviso, guardando come ipnotizzato le lancette del meccanismo ad orologeria scassato che penzola al vento sopra la sua testa, si accorge, per la miseriaccia lurida e bastarda, che le lancette, non sono completamente ferme: si muovono, Capo, le lancette si muovono! urla il pover'uomo scattando in piedi come se avesse avvistato l'America da una delle tre Caravelle.

In effetti, la lancetta dei secondi presenta uno spasmo, una vibrazione continua, un tremore, come la mano di un malato di Parkinson. Sembra volersi spostare, smuovere, schiodare dalla posizione di stallo, ma è come impedita da una forza misteriosa che la tiene al palo, la blocca. Eppure, gli occhi a palla di Ori, per via dei bulbi oculari che gli sporgono come due tuberi dalle orbite, ne percepiscono una, sia pur minima, volontà di potenza al *motu proprio*.

- È un'illusione ottica - sentenzia il Capo. - Non perdere tempo con quell'orologio scassato. -

Ori, in simili casi, cioè quando va in cerca di scuse per giustificare la sua condotta da lavativo, sa cosa ribattere:

- Si perde più tempo per colpa di un orologio scassato: uno pensa che sia sempre mezzogiorno e che la pausa pranzo non finisca mai. -

Il Capo si meraviglia dell'ingenuità di Ori. Se così fosse l'Azienda della Voragine lo avrebbe riparato, sì o no? Certo che sì! E allora? E allora vuol dire che l'orologio non è fermo sulle 12 ma sulle 11,59, cioè un minuto prima dell'agognata pausa pranzo. Aspetta e spera, capoccione, zoticone, arruffone e cialtrone che non sei altro!

E potrebbe continuare ben più seriamente.

Queste contumelie fanno infuriare Ori, lo mandano in bestia: ma che ci guadagna l'Azienda della Voragine a fotterci pochi minuti di riposo tra un turno e l'altro?

- Non ci guadagna niente secondo te? E il principio dove lo metti? -

- Quale principio, perdindirindina! -

- Quello per il quale in Italia si lavora un minuto di più che negli altri Paesi europei perché gli orologi sono rotti. -

- E con questo? -

- E con questo, quante cose vuoi sapere, si convincono gli investitori esteri ad investire qui da noi. -

- E gli investitori esteri sarebbero così babbei da investire in un orologio che non funge? In una Voragine in cui si è toccato il fondo? Con un Capo come lei e... - Ori resta per qualche istante in silenzio e continua a fissare la lancetta che pare trattenuta da una forza titanica, poi conclude: - ... e un operaio come me? -

- Già - sentenzia il Capo. - Tu sei un buono a nulla e io non ti tengo d'occhio come dovrei. Ma d'ora in avanti, si cambia registro. -

- Quale ora - raglia Ori tutta la sua impotenza - se non riusciamo a sapere esattamente che ora è! -

L'operaio non ha tutti i torti. Anche il Capo è costretto ad annuire con un sospiro. Non vorrebbe dargliela vinta, ma non può neppure negare la più evidente delle evidenze. È in questo frangente, in questo breve arco di tempo sospeso, in cui il Capo sembra incapace di una qualsiasi reazione, che, come quel santo folgorato sulla via di Damasco, Ori ha un'intuizione geniale: l'idea sarebbe di usare il manico della pala per assestare un colpetto alla lancetta dei secondi, in modo da far ripartire il meccanismo inceppato. Senza profferir parola Ori allunga lo strumento di lavoro verso l'orologio aziendale e punzecchia col manico la lancetta, come si fa con un serpentello che sembra morto, ma non si sa mai: meglio non toccare la bestiaccia a mani nude col rischio di beccarsi un morso a tradimento. La lancetta però, anzichè spostarsi in avanti, stuzzicata dal manico della pala di Ori, si stacca dal supporto e si conficca in terra come una freccia piovuta dal cielo. Ori è imbarazzato e il Capo questa volta scuote il capo a ragione: sei proprio un imbranato! è la condanna del superiore.

- Sei peggio di Cupido che tira frecce a casaccio! Babbeo. Possibile che tu non capisca che se il meccanismo ad orologeria è praticamente fermo all'ora di ieri a quest'ora, è perché così ha da essere? -

L'imperativo categorico *così ha da essere* incupisce Ori che esprime tutto il suo disagio con un infantile: perché?

- Se è fermo da tempo - spiega il Capo - nel senso che non segna il tempo che passa, cosa che a memoria di Capo, cioè mia, non ha mai fatto... cioè, tecnicamente, sì, il tempo continua a passare, ma teoricamente è come bloccato dall'orologio che sembra inchiodato su un tempo astrattamente fermo... mi segui? -

Seguirlo? Mica tanto.

In effetti Ori ha gli occhi spalancati, spersi nel vuoto mentale come due uova all'occhio di bue, ma poi ha un guizzo, un'impennata d'orgoglio e dice la sua, papale papale, senza peli sulla lingua:

- La verità è che l'orologio non può scattare perché è bloccato da qualcosa che inceppa, magari la polvere del cantiere si è infiltrata nel meccanismo e basterebbe una semplice pulitina agli ingranaggi. -

- E vorresti dargliela tu questa semplice pulitina? -

- Col suo permesso Capo. -

- Non basta il mio permesso. Ti occorrerà anche il consenso ufficiale della direzione della Voragine. La quale potrebbe negartelo con la motivazione che all'intervento tecnico può e deve provvedere solo ed esclusivamente il personale all'uopo preposto. -

- Minchia - borbotta Ori - me lo può tradurre in italiano? -

- Cos'è che non capisci? -

- Chi sarebbe il personale all'uovo preposto? -

- All'uopo, Ori, all'uopo... -

- Non arzigogoli, piuttosto risponda: Chi sarebbe il personale all'uovo... cioè all'uopo preposto? -

La domanda di Ori, per quanto elementare, sembra impensierire il Capo che se la cava con una battuta scontata:

- Ci sarà pure qualcuno addetto alle riparazioni in questo cantiere! -

- Ma se è tutto rotto qui dentro, la pala, la zappa, la vanga, il martello pneumatico, il trapano elettrico, la sega a mano... -

Ori si ferma accorgendosi di aver detto una castroneria che si presta ad una doppia interpretazione, una ufficiale ed un'altra, più subdola e maliziosa. Naturalmente Ori, citando a caso tra gli attrezzi del mestiere la cosiddetta "sega a mano", non ha nessuna intenzione di mettere in piedi un doppiosenso linguistico. Non ne sarebbe neppure capace, diamine! Cosí l'operaio aggiunge una spiegazione non richiesta che fa scoppiare il Capo in una fragorosa risata:

- Mi riferivo ovviamente alla sega semicircolare che viene azionata manualmente e non a quella che si fa lei ogni giorno in ufficio. -

Il Capo smette di ridere. Ori è riuscito a scavalcare la soglia del ridicolo trasformando una cavolata in un esplicito atto d'accusa sulla serietà dell'operato del suo unico e diretto superiore.

- Secondo te io mi farei solo delle seghe in ufficio, vero? -

- Ognuno di noi si fa venire le veschiche alle mani a modo suo, Capo! E lei è un maestro in fatto di... vesciche! - è la pronta risposta di Ori.

È impossibile descrivere l'espressione rabbiosa che si dipinge improvvisamente sul volto del Capo, ma ci si prova lo stesso: il sopracciglio destro gli si alza fino alla radice dei capelli, mentre quello sinistro si inabissa al livello del labbro inferiore, la bocca gli si storce in un ghigno mentre fuorisce dai denti serrati un rivolo di bava che gli cola sul mento. Il mento stesso si arriccia come un porcospino, mentre le orecchie distorte da uno spasmo facciale si aprono come le ali di un drago sputafuoco. Ori socchiude gli occhi mentre gli passa tra le scapole il brivido del pollo che sta per essere inghiottito da un orco. Ma è una sensazione che dura lo spazio di un battito di ciglia, perché in fin dei conti l'operaio sa che il Capo è innocuo, impotente, impossibilitato ad ogni tipo di reazione inconsulta. Beh, al massimo può tentare di rendergli la vita difficile nella Voragine. Già, ma come si fa a rendere la vita ancora più difficile in un posto come questo? Allora Ori risponde con un'alzata di spalle, senz'altro poco rispettosa dell'autorità, ma che produce comunque l'effetto desiderato di smontare la furia umorale del Capo che deve calare a più miti propositi.

- Alzi le spalle, Ori? -

- No, le ho solo scrollate - minimizza l'operaio con l'astuzia proletaria di chi non vuole essere beccato in castagna. - C'è una bella differenza tra un'alzata e una scrollata di spalle, Capo. L'alzata, sta a significare che uno se ne frega, mentre la scrollata vera e propria equivale ad un sospiro di sopportazione o a un più semplice: boh?! -

Il Capo continua a tenere a freno la sua irritazione.

- Questa te la sei studiata di notte, come le altre stupidaggini che di tanto in tanto sputi fuori per cercare di convincermi, inutilmente del resto, che non sei del tutto scemo. Ebbene, non credere di avere inventato la formula delle bolle di sapone: sappi che il tuo *gap* culturale nei miei confronti era e continuerà a lungo, forse per sempre, ad essere abissale! -

Ciò detto il Capo fissa dritto negli occhi il maldestro operaio, la cui materia grigia sembra ribollire nello sforzo di trovare un neurone al quale connettere il concetto di "*gap* culturale". Pensa di averlo smontato a suon di paroloni. Ori però non ci sta. S'inalbera coi pugni sui fianchi che si afflosciano come due cuscini di gommapiuma: la ciccia stritolata tra le nocche della mano e la cintura dei calzoni gli fuorisce lateralmente come due appendici a stento trattenute dalla tuta. Il *malepeggio*, una piccola accetta munita di manico per scalfire le superfici più dure, infilato nella cintura per essere rapidamente impugnato ad ogni emergenza, gli si rizza come se fosse fatto di carne viva, pulsante.

Dopo aver osservata con disgusto la ridicola posizione

assunta dal manovale che vuole fare il duro, ma che di duro ha solo il *malepeggio* rizzato sulla ciccia come una strana protuberanza, il Capo scoppia a ridere:

- Ma fammi il piacere! -

Ori non si lascia smontare cosí facilmente e va dietro al Capo che si sta allontanando senza prenderlo sul serio. Il Capo si stoppa solo quando sente nel sedere la punta del manico del *malepeggio* sbandierato orgogliosamente da Ori come se fosse la falce di un contadino durante la rivoluzione sovietica.

Il Capo non gradisce.

- E che ca...volo Ori, statti attento con quel *malepeggio*! Dovesse andare a te di male in peggio se continui ad usarlo nei miei confronti come un improprio organo conflittuale! -

- Ecco, Capo: a lei piace parlare difficile per mettermi in difficoltà, confondermi le idee e per svinculare. -

- Io non *svin-culo*, casomai svicolo. Da cosa starei svicolando secondo te? -

- Dal fatto che il tempo passa mentre l'orologio della Voragine è fermo. Le sembra giusto? Poi ci andiamo di mezzo noi lavoratori che non sappiamo quanto tempo abbiamo lavorato, quanto abbiamo prodotto... -

Il Capo taglia corto perché sente che il terreno sotto i piedi gli si sta facendo piuttosto scivoloso:

- Se ti va di provare a far ripartire l'orologio, fa pure. Ma siccome per me si tratta di tempo sprecato, puoi eseguire il tentativo di riparazione durante il tuo *extratime* senza caricare straordinari nella tua busta paga. Inutile che ci provi, tanto non te li autorizzo... -

Ciò detto, il Capo si ritira nella sua baracca ai margini della Voragine. Ori invece resta impietrito a fissare la lancetta dei minuti conficcatasi in un mucchio di terra come un proiettile sparato da un'astronave aliena. Sul cantiere soffia un vento gelido che sparge una nube di polvere violacea che si solleva dai mucchi di terra pozzolana utilizzata per consolidare il fondo.

Ori si rende improvvisamente conto che la sua immobilità, la sua inazione sono indotte dall'orologio fermo, paralitico: si tratta senz'altro di una specie di contagio psicofisico che lo fa stare sul punto di scattare, con tutti i nervi protesi nello sforzo, senza che però la sua mente sia in grado di dare il via al movimento per uscire dallo stallo. Ma perché la mente di Ori dovrebbe dare al corpo di Ori l'ordine di muoversi, di fare qualcosa? In fin dei conti gli è stato assolutamente proibito di dare ordini a chicchessia, tantomeno a se stesso.

E allora, pensa che ti ripensa... Per questo l'orologio non si muove! È il lampo di genio dell'operaio letteralmente impalato: è tragica la condizione di un operaio che impugna la pala ma è impalato perché nessuno gli ordina di spalare qualcosa. Tuttavia, la presa di coscienza di Ori gli fa intuire un barlume di verità a proposito dell'orologio da aggiustare: non si muove perché non ha una sua volontà interiore. E se non ce l'ha, a causa di un guasto tecnico o di accidente meccanico, bisogna fare in modo che ritrovi l'impulso, lo slancio per smuovere le lancette e, con esse, manda avanti finalmente le cose e forse la storia.

- Amico! È tempo di darci una mossa! - dice fraternizzando con l'orologio guasto.

Naturalmente la metafora del tempo che non passa, della storia ferma, come appesa ad un chiodo fisso, non è originale. La letteratura è piena di nobili esempi in tal senso che si potrebbero comodamente citare. Ma lasciamo che Ori si illuda di trovare soluzioni, porre rimedi, sanare, riparare, rimettere in moto un meccanismo inceppato, come se il suo fervore aggiustatorio e riformatore nei confronti delle cose che non vanno, lui lo sa bene che sono tante!, fosse qualcosa di assolutamente nuovo, inusitato e inaspettato: come se non fossero avvenute rivoluzioni e stravolgimenti dello status quo, come se non fossero ancora mai caduti imperi e crollate altre voragini del cavolo.

Lasciamo dunque che Ori si illuda di essere, se non proprio utile, almeno buono a fare qualcosa. Del resto il pover'uomo, dall'ingenuo operaio che è, non ha nessuna coscienza e nozione della cosiddetta lotta di classe, parole - *lotta* e *classe sociale* - che hanno smesso di avere un senso, per il semplice motivo che la Voragine ha ormai un solo lavoratore dipendente, che sarebbe lui: l'ultimo operaio della storia. È un essere isolato, rimasto solo, sia pur con la pala in mano pronto a spalare, non fa nessuna rivoluzione, in realtà non fa nulla: resta appunto impalato come è rimasto lui. Buggerato!

Certo che la Voragine doveva essere tutt'altra cosa quando non era ancora diventata un buco privo di senso, ma era un cantiere pieno di vita, di attività, con una cospicua manovalanza intenta a bucare, trapanare, forare, inchiodare, scavare e poi a tappare le falle e le fessure prodotte per errore o guasto tecnico. Adesso invece il silenzio pesa come piombo su questo luogo desertico e sconsolato in cui restano solo Ori, l'eterno operaio, e il suo altrettanto eterno Capo.

L'uno dialetticamente abbracciato all'altro...

Già, e se fossero, lui e quel disgraziato di un Capo, due facce della stessa medaglia? Ori ragiona così: se fossimo, io e il Capo, la stessa persona? Probabilmente, se questa constatazione fosse arrivata prima nella sua esistenza lavorativa, si sarebbero spalancate per Ori le porte di un nuovo mondo: la patria dell'ozio e del dolce far niente. Hai voglia a lambiccarti il cervello per trovare qualcosa da fare: chi comanda non deve fare altro che assumersi le proprie responsabilità, e poi dormirci sopra tranquillo, tanto nessuno verrà mai a chiedere conto, ad un Capo, degli ordini che ha o che non ha impartito. Se Ori fosse riuscito a realizzare la sua ambizione di diventare capo di qualcosa o di qualcuno, si sarebbe messo anche lui a gironzolare per il cantiere con la sigaretta in bocca avvertendo, richiamando, minacciando e alla fine, qualora si fosse reso necessario, licenziando in tronco lavativi e insubordinati, cioè la quasi totalità della fetente manodopera. Certo, si sarebbe trovato di fronte alla classica domanda del povero Ori di turno, che in questo caso sarebbe stato qualcun altro, un altro disgraziato di operaio capitato sotto i suoi strali, il quale avrebbe potuto interrogarlo suppergiù cosí: licenziare in tronco la quasi totalità della mandopera a che pro, per far che?

- Ma per assumere altra manodopera da licenziare domani o dopodomani, cretino! - avrebbe risposto allora Ori, nella parte del Capo, all'altro Ori che avrebbe voluto invece spaccargli la faccia o, perlomeno, sputargli in un occhio.

Oh sí! Quante volte, per la miseriaccia schifosa, Ori (quello vero che abbiamo sin qui imparato a conoscere) avrebbe voluto spaccare la faccia al Capo. E quante volte il Capo ha rotto le scatole al povero Ori, contestandogli persino la liceità della boccata di fumo tra un massacrante turno di lavoro e l'altro.

- Bada - lo redarguiva sistematicamente il Capo quando Ori tirava un po' il fiato - bada che la direzione potrebbe decidere di delocalizzare la Voragine all'estero. Potrei andarci di mezzo anch'io se chiudessero la Voragine, che credi? Quindi spegni la sigaretta, smetti di pensare solo alla gnocca e rientra nella catena produttiva. -

- Qui di catena ce ne è solo una! - raglia Ori disperato come un asino al quale è finita la biada da masticare. - Mi si è stretta al collo quando sono nato operaio, maledizione, in un mondo che non ha più bisogno di gente che lavora. Allora mi domando: che ci faccio io qui? -

Le elucubrazioni di Ori sul mercato del lavoro, su regolamenti interni ed esterni al cantiere, leggi e provvedimenti, lasciano ovviamente il tempo che trovano. Il mondo, questo il Capo lo sa bene, non è come dovrebbe essere: è come è. Punto e basta. Ma Ori ha ormai deciso: è tempo di intervenire sull'orologio. Cosí si precipita nel magazzino degli attrezzi e mette insieme in quattro e quattr'otto un vero e proprio arsenale per un intervento chirurgico in grande stile. Si arma in effetti di pala e martello pneumatico, di vanga e di zappa, di trapano e di seghetto elettrico, di ascia e girabacchino, di frollino e sparaviti, adoperando una carriola arrugginita e con la ruota sgonfia come mezzo di trasporto degli attrezzi. Quindi si carica sulle spalle una scala di legno e, traballando come un carro armato senza cingoli, prende posizione all'ombra dell'orologio. Poi estrae dal mucchio degli attrezzi un minuscolo cacciavite da elettricista e si avventura sui pioli della scala che cigolano minacciosamente come se sopportassero a stento il peso della sua massiccia corporatura da operaio dedito al piacere dell'avvitamento degli spaghetti sulla forchetta, piuttosto che al fis-saggio di viti, rondelle e bulloni.

Raggiunto l'orologio che pende dal soffitto della Voragine come una stalattite, non appena punta il cacciavite sulla testa della vite che regge la cassa posteriore, la lancetta superstite, quella dei minuti, che sembrava stremata dall'inutile rincorsa per sciogliersi dal suo stato di immobilità, fa... tac e si sposta di qualche millemetro, porco mondo!

- Miracolo! - urla Ori con un salto che gli fa perdere l'equilibrio in cima alla scala.

Entrambi, la scala e l'operaio, uno avvinghiato all'altra come un sol corpo di amanti del ballo liscio, barcollano drammaticamente, per quanto la scenetta possa risultare comica ad un osservatore estraneo. Ricapitoliamo: Ori a cavalcioni della scala che sembra essersi trasformata in una specie di prolungamento delle sue zampacce pelose, eccoli dunque compiere come un solo essere mostruoso, una giraffa umana, una serie di piccoli passi come un pagliaccio sui trampoli cui qualche discolaccio ha tirato un calcio negli stinchi. In quel mentre, udito il trambusto, il Capo esce dalla baracca e, resosi conto del pericolo ambulante rappresentato dall'operaio volante in cima alla scala, agguanta i pioli e fa da zavorra arrestando la rovinosa caduta di attrezzo e attrezzista.

- Che combini stavolta, testa di merluzzo? -

- Niente, Capo - non si scompone Ori. - Ho solo fatto il mio dovere. -

- Che sarebbe? -

- Ho aggiustato l'orologio! - taglia corto Ori trionfante dall'alto del suo podio improvvisato.

- Complimenti, peccato però che grazie al tuo intervento di riparazione invece di andare avanti, come fanno tutti gli orologi, questo affare vada indietro. Come me lo spieghi? -

- Strano! - Ori si accorge che effettivamente la lancetta dei secondi non procede come dovrebbe in senso orario, ma piuttosto antiorario segnando non il tempo che passa, ma il tempo già trascorso.

- Se non lo sai tu che ci hai messo le mani! -

- Ce le ho messe, per modo di dire, Capo - bela Ori dall'alto del suo precario equilibrio, su cui il Capo avanza seri dubbi perlomeno a livello mentale.

- Scendi, ubriacone! - Il Capo scuote la scala come un albero da cui si vogliono far cadere i frutti bacati. - Secondo te, violentatore di orologi e profanatore di voragini, questa scala è fatta per salire o per scendere? -

Bella domanda. Ori ci pensa su. Da qualche parte dev'esserci un trabocchetto. Scendere o salire? Boh! Si mantiene allora *sui generis.*

- Dipende, Capo. Se stai in bilico in cima, come me adesso, è fatta per scendere, ma se stai dove sta lei adesso, è per salire. -

- Invece un orologio è fatto per andare avanti e non indietro. Qualcosa in contrario? -

- Mi faccia scendere, per piacere. Mi stanno venendo le vertigini e pure il mal di mare, se continua a farmi ondeggiare come un passerotto su un ramo in mezzo alla tempesta. -

- Fammi un favore, Ori. Avvertimi quando stai per vomitare, così mi sposto... -

- Vuol dire che non mi fa scendere finché... -

Il Capo sorride sadicamente modulando il *finché-finché* come il ritornello di una canzone d'altri tempi. Ori si decide allora all'azione.

- Ora mollo un bel cazzotto e vediamo... -

- A me? Come ti permetti? -

- Non s'agiti, il cazzotto casomai lo mollo al meccanismo ad orologeria per rimetterlo in riga. -

- Finirai per romperlo ancora di più, fermati disgraziato! -

L'altolà giunge troppo tardi! Ori è già partito: alza il braccio per eseguire la sentenza, ma prima ancora che possa esercitare il suo unilaterale atto di forza, l'orologio si stacca dal perno e si fracassa al suolo andando in mille pezzi. Il Capo, alla vista del disastro, lascia la presa della scala e si porta le mani nei capelli. Ori, lasciato a se stesso, viene giù come una pera matura seguito dalla scala che si abbatte su entrambi, il Capo e il suo Operaio, incastrandone le teste tra i pioli.

- L'orologio della Voragine! - ripete il Capo come se fosse suo e gliene importasse veramente qualcosa.

- Era già rotto, Capo - piagnucola Ori scaricandosi del peso della responsabilità.

- Raccogli i pezzi, rimettili insieme. Uno per uno.-

Ori si alza e si mette in cerca dei pezzetti dell'ingranaggio; il Capo si alza e cerca di tornare nella baracca, ma entrambi con la testa incastrata tra i pioli della scala che fa da collare, elidono a vicenda le forze direzionali e quasi si strozzano prima di cadere esausti e senza respiro.

V

Sabato, domenica, lunedì della Voragine.

Chissà perché Ori va sempre in giro, notte e giorno, con l'elmetto di protezione color rossopomodoro ben calato in testa, il faretto sulla fronte ora acceso ora spento, tremulo come un lucignolo da camposanto con la batteria esausta. Il copricapo di vetroresina, prescritto obbligatoriamente dalle leggi sulla prevenzione degli infortuni sul lavoro (tu, lavoro? che parolona! sottolinea sardonicamente il Capo) è praticamente diventato parte del suo corpo, una seconda pelle. Tanto che si dimentica di avercelo addosso anche quando si corica scatenando le sfuriate della consorte, pare di sentirla: spegni almeno quel cavolo di faro, non sei un luminare, nemmeno un lumino da comodino, al massimo una candelina da torta di compleanno che si spegne soffiandoci sopra o stringendo la fiammella tra due dita! Ori abbozza, fa sempre finta di non capire le allusioni dirette alla sua sfera sessuale, potrebbe rispondere che se la signora Ciriola avesse la buona creanza di pesare trenta o quaranta chili di meno lui riuscirebbe pure a salirle in vetta, ma su quel monte Rosa di carne e ciccia, pieghe vaste come burroni in cui c'è il rischio di precipitare nella sottostante voragine... ma per oggi basta voragini, non ne posso proprio più! Allora l'operaio Oreste Ciriola sorvola sul tema del candelotto fumogeno in via di spegnimento dopo un'improvvisa quanto rapida autocombustione, esclama un "ah!" di autocommiserazione per la sbadataggine, si sfila l'elmo con gesti lenti e solenni come un cavaliere reduce dalle Crociate che sta per abbandonarsi tra le braccia di Morfeo, fa mancare l'energia alla lampadina con un colpetto delle nocche sul frontespizio dello zuccotto, altrimenti detto *copricapazza* dal Capo che si è inventato il curioso acronimo di *copri, cazzo e capa* riferendosi alla bardatura di quell'asino di Ori, lo posa sul comodino. Il tutto in sincronia con la signora Ciriola che, dall'altro lato del lettone matrimoniale, fa scivolare la protesi dentaria in un bicchierone d'acqua. Dove resta in ammollo per tutta la notte illuminata da un pallido raggio di luna che si riflette sulle zanne come in un film dell'orrore - scheletrico e macabro ghigno che evoca la dentatura di un vampiro in pensione o le fauci della Voragine. Tanto per azzardare un paragone letterario si pensi all'Orca che rapisce Angelica ne l'*Orlando furioso*, ma questo Ori non può certo saperlo, dal momento che Ariosto per lui è solo l'arrosto della domenica.

Per me quel pelandrone - minimizza il Capo sempre occupatissimo a risolvere problemi organizzativi connessi alla situazione di stallo della Voragine, da cui però di tanto in tanto riemerge la testona cocciuta di Ori col suo preservativo bello grosso e rosso come un cuore di bue o un sanmarzano brachicefalo - potrebbe pure fare a meno di calarsi quel cofano che gli fa sudare la pelata come un uovo sodo in ebollizione. Primo perché la sua *capazza* (invenzione linguistica del Capo che deve aver italianizzato il termine spagnolo *cabeza*) è più dura del cemento armato e resisterebbe comunque a qualsiasi impatto con altri corpi contundenti in caduta libera, se pure ce ne fossero, ma non ce ne sono; secondo, perché il cantiere è fermo da quando è stato aperto, non vola una mosca qui dentro e non succede mai niente, tantomeno incidenti sul lavoro che non c'è. *Last but not least* - ossia *oltretutto*, traducendo per Ori che non è portato per le lingue straniere - perché un operaio bardato di elmetto che emette segnali luminosi sempre più flebili, come un esemplare maschio di lucciola spompato dal caricabatteria a manovella (ci siamo capiti, ci siamo capiti! ironizza il Capo sul concetto onanistico), fa proprio ridere i polli, tanto per restare con le metafore nel regno animale che ben si addice, ne è convintissimo il Capo, a quel ciuccio di Ori.

- Uffa! Scapezzati 'sto scolapasta ché sembri una conserva scaduta! - è l'invito del Capo che ventila anche la possibilità di inventarsi una barzelletta sul proletario che chiede di essere assunto e quando ottiene il contratto si da subito malato.

Ori però non sente ragioni: le minacce del Capo non gli fanno né caldo né freddo, quanto alle barzellette sul suo conto, beh!, non ci crede proprio: il Capo non ha ironia, è un pesce lesso, non ride mai, il suo spirito di patata al massimo potrebbe produrre una freddura anglo... sessone (sassone, idiota, che c'entra il sesso! lo correggerebbe il Capo se potesse leggere nel pensiero, fortunatamente ancora inespresso, dello spompatore di martelli pneumatici alle sue dipendenze), giammai una vera e propria barzelletta ridicola. Se c'è qualcuno qui dentro, nella triste Voragine (triste! triste, diciamolo come stanno veramente le cose! Non illudiamoci!) che sa ridere di se stesso, ebbene quel *qualcuno* sono solamente io.

Ori crede, insomma, di non aver bisogno delle barzellette del Capo per scatenare la propria autoironia, prendersi gioco dei propri difetti che per altro conosce benissimo e sa come trattare in chiave satirica. Per lui potrebbe valere la definizione di Yorick nel *Tristram Shandy* di Sterne: *Burlone egli stesso per natura, amava cordialmente lo scherzo. Come poteva adirarsi, diceva, con gli altri se lo vedevano nella stessa luce in cui si vedeva da sé?*

- Invece non ho bisogno di inventarmi proprio niente - precisa il Capo - basta darti un'occhiata travestito da Cappuccetto rosso con quella specie di cazzarola, di secchio rovesciato in testa, e il riso sorge spontaneo! -

Come accennato, ad Ori le battute non mancano, forse gli manca talvolta il coraggio di dar fiato alle trombe, così finisce per ingurgitare rimbrotti e improperi. Ingoia il rospo insomma, fortunatamente però anche senza riportare strascichi morali né fisici. Semplicemente lui se ne frega e si lascia scivolare tutto addosso, o per meglio dire quasi tutto. Quando però è troppo, è troppo.

- Il riso - ha così l'ardire di replicare al Capo - abbonda sulla bocca degli stolti! -

Il Capo che si sta sganasciando dal ridere a crepapelle per l'aspetto un po' assurdo di Ori (diamogli insieme un'ultima occhiata: bardato come un cavallo da palio, elmo con gli effetti luminosi speciali, imbragatura da cantiere, pala in resta come una lancia, l'immancabile sigaretta tra le dita come un drago cui fumano i cosiddetti), fa una smorfia come investito da una doccia gelata.

- Ma guardati: ti ci vuoi forse cuocere il risotto in quel pentolone? Fai ridere! E magari non capisci neppure il mio arguto gioco di parole di *risata e risotto*, cribbio! -

- Che posso farci - si giustifica Ori - è il caschetto che mi è stato assegnato a sciacquarmi in testa, è un paio di taglie troppo grande per la mia circonferenza testicolare! - si lamenta Ori che ingenuamente confonde testa e testicolo.

- Oppure è lei, la tua *testicola*, ad essere fuori misura in senso opposto, cervello di gallina! Pensa un po', la tua materia cerebrale non riesce a riempire neppure un guscio d'uovo. Perché non te lo sbucci via e affronti da uomo, a fronte alta!, i piatti e vasi da notte che tua moglie ti tira quando la fai imbestialire con la tua testardaggine da mulo senza per altro possedere... e qui casca l'asino che sei... il requisito essenziale per cui è rinomato e da molti invidiato, non da me beniteso che sono ben fornito in quel senso animalesco, la specie asinina? -

- Ha finito con la tiritera delle dimensioni? - sbuffa Ori stanco di sopportare le volgari allusioni del Capo che proprio in considerazione della sua posizione dovrebbe mantenere le distanze ed assumere un contegno più consono al suo grado.

Comunque... Toglierselo, il caschetto di sicurezza? Fossi matto! Ori sa bene che il Capo è invidioso della sua condizione di lavoratore e relativa immagine professionale! Pur non avendo nulla da espletare nel cantiere della Voragine, è solo con lui che l'eventuale lavoro in entrata, se mai si presenterà in futuro l'occasione di riattivare la cosiddetta *macchina industriale*, dovrà fare i conti. In questo contesto l'elmetto rappresenta l'ultimo spicchio di dignità professionale di un operaio che non ha più una funzione precisa, e cerca di arronzare. Vero è che Ori di tanto in tanto sarebbe pure disposto a smettere il caschetto d'ordinanza per alternarvi un più sobrio berrettino di carta di giornale spiegazzato, senza però rinunciare a portarsi sempre appresso sotto braccio il suo cimiero lampeggiante a intermittenza in caso di emergenze. Che il Cielo mi fulmini se do occasione a gabbiani e avvoltoi che volteggiano sulla Voragine stampando sul terreno la loro minacciosa ombra di volatili rapaci, in cerca della vittima sacrificale da centrare dall'alto, di cacarmi sulla pelata, questo poi no! Non-ci-sto, uffa!

Ma il Capo non è mai soddisfatto della tenuta di servizio del suo addetto, anche quando ciondola in cantiere col cappello di carta del muratore, mai però senza l'elmetto a portata di mano in caso di ispezione della commissione per la sicurezza sul lavoro.

- Che te lo scarrozzi a fare in giro quel preservativo per la tua testa di cappero? Tanto qui non c'è un lavoro sicuro, nel senso che non c'è proprio lavoro, e nessuno, ma proprio nessuno ti viene a fare l'ispezione di una cosa che non c'è e che, se pure ci fosse, si terrebbe lontana da te... ovvero tu ti terresti ben lontano dal lavoro, questa è la verità vera e insidacabile, mio caro! Inutile girarci continuamente intorno, siamo tutti adulti e vaccinati, Ori! -

In effetti il Capo non ha tutti i torti: il casco è puramente inutile come protezione. Ori lo utilizza più che altro a scopo decorativo e dimostrativo, qualora lo riprendessero dall'alto con un drone capace di confondersi tra gli uccellacci del malaugurio che infestano lo spazio aereo della Voragine. Unico segno distinguibile tra l'oggetto meccanico volante e un sedere d'uccello è l'emissione di sostanze nocive: un drone non defeca insomma in testa a nessuno, pur spernacchiando col motorino elettrico.

- Ecco, vedete? - sorpreso a non far nulla da una telecamera volante l'operaio si difenderebbe alzando il braccio che l'iconografia socialista vorrebbe nerboruto, ma che nella mediocre realtà di Ori è un lontano parente di una stampella. - Il manico della pala ce lo ho ancora in mano io! Sí, proprio io. E mi sto pure dando da fare, vestito di tutto punto, come dettato dal regolamento. Contenti? E ora venitemi a dire che sono licenziato per scarso attaccamento al dovere (di fare il meno possibile) o perché non conosco il mio mestiere (di scansafatiche). Lo conosco benissimo invece. Ebbene, sappiate che io, per vostra norma e regola, ebbene sì: io sottoscritto Ciriola Oreste detto Ori, pala e caschetto di servizio me li porto anche a letto, tanto che mia moglie scambia spesso (e volentieri, commenterebbe il Capo) il manico della pala per qualcos'altro... peggio per lei, dovrà accontentarsi di quello che trova! -

Da parte sua, il Capo ha fatto più volte notare all'unico dipendente della Voragine che non ci sono materiali in bilico o carichi sospesi, per il semplice motivo che non si sta costruendo un bel niente. Non perdesse dunque tempo ad allacciarselo sotto il mento! Tuttavia dal punto di vista di Ori le cose non sono così semplici come sembrano: una simile ammissione comporterebbe la manifesta inutilità di lui stesso in quanto operaio, manovale, muratore, maniscalco, imbianchino, spalatore, scavafossi, drizzatubi, segaiolo di palanche, masturbatore di pennelli, tritatore di pialle, girabacchino di perni, molestatore di frese, scombussolatore di bilancini di precisione, terrore della cementiera, nonché capomastro della calce viva negli occhi (gli è successo anche questo, mannaggia!) durante la mescola, nonché delle martellate sul pollicione, specialità di cui Ori detiene il record mondiale.

- E se poi mi faccio male, chi mi paga l'ospedale? Anzi mi accuseranno di non aver ottemperato alle disposizioni sulla messa in sicurezza del cantiere, daranno la colpa a me anche dei bernoccoli e ficozzi che rischio di procurarmi - è l'obiezione di Ori che la butta sul sindacalese.

- Nessuno ti pagherà in nessun caso, con o senza casco,

non illuderti - ammette il Capo rientrando nella baracca per riportare sul fogliogiornale del cantiere lo stato di arretramento dei lavori che Ori avrebbe dovuto finire ieri, ma che in realtà non ha mai iniziato perché lui non gli ha comunicato le disposizioni operative del caso. Certo che il Capo sa bene, dal collaudato e affidabile irresponsabile delle opere in corso, che sarebbe preferibile annotare lo stato di avanzamento, e non arretramento delle stesse. Ma con un operaio come Ori alle mie dipendenze, come si fa ad andare avanti? si giustifica facendo il più classico degli scaricabarile.

Diamine! Qui va tutto storto, alla rovescia, sottosopra, per colpa di quel maledestro testone con lo scolapasta calato sugli occhi la sveglia al collo e l'anello al naso come un indigeno che si è barattato il paradiso terrestre per una manciata di perline! E i lavori, secondo voi, dovrebbere essere *in progress,* in attivo, con una classe operaia beceramente attaccata al salario e ai contributi come questa? Altro che prodotto interno lordo, altro che PIL alle stelle: qui il *contropil,* il contropelo ce lo faranno le voragini straniere che trattano la mano d'opera a suon di ceffoni e pedate nel posteriore! E la fanno trottare, eccome, a suon di sganassoni!

Il Capo sarebbe pure disposto ad usare le maniere forti, intendiamoci. Per lui in realtà ci vorrebbe il plotone d'esecuzione, una bella decimazione operaia per dare l'esempio. Ma visto che ormai la vita di chi fa finta di lavorare è protetta per legge dall'estinzione della specie, si potrebbe optare per una carica di Ussari a cavallo contro Ori. Facile a dirsi e a pensarsi! Tuttavia di fronte alla donchisciottesca figura dell'operaio Oreste Ciriola che gli si para davanti bardato come un cavaliere di ventura, con la pala in resta, l'elmo calato sulla fronte, il lumicino acceso sopra gli occhi come un dono votivo alle violente divinità pagane del mondo del lavoro, cede a più miti consigli. Così rivolge ad Ori uno sguardo di commiserazione, quindi simula una benevolenza poco convinta come un cagnaccio che dopo aver abbaiato si accorge che il rivale è più grosso di lui e si defila guaendo dalla contesa ma cercando, al contempo, di mantenere un contegno dignitoso per salvare almeno l'onore.

- Fa come ti pare, contento tu... - sospira il Capo rassegnato a tenere uno sfaticato travestito da vero manovale a libro *nonpaga,* dove le mensilità inevase vengono però puntualmente registrate come uscite anche se non esce niente dalla cassa della Voragine.

Ma insomma! il lavoro non procede, l'attività langue, il Capo borbotta, Ori si rigira i pollici e si accende sigarette su sigarette sbuffando fumo come un vulcano in piena attività. Il vulcano fuma quando è attivo, sorride Ori, io invece quando non combino nulla! Non gli rimane dunque che la scopa come ultima risorsa per darsi da fare: qualcosa, qualsiasi cosa, anche se insignificante, come fare la guardia ad un bidone di benzina vuoto in tempo di guerra. Così si mette a scopacchiare in giro, tanto per passare la giornata: sposta la polvere della Voragine da destra a sinistra, fa un bel mucchietto e, quando ha finito, ricomincia spostando lo stesso mucchietto da sinistra a destra.

A furia di spostare insensatamente il mucchietto di polvere e calcinacci da un lato all'altro, i gesti di Ori si fanno sempre più automatizzati, rapidi, come un film proiettato a velocità crescente, destr-sinistr e sinistr-destr, zac-zac. Sembra di rivedere Charlot in una famosa scena di *Tempi moderni* in cui l'operaio alla catena di montaggio si trasforma in un robot impazzito, un automa in carne ed ossa condizionato e ossessionato dalla produzione a ritmo accelerato.

Altro problema che assilla il cantiere è rappresentato dalla colonia di formiche che ha preso possesso, come se fosse territorio proprio, della Voragine! Se Ori scava uno strato di terra per farne un cumulo da caricare con la pala meccanica sul camioncino del trasporto dei materiali di risulta, gli insetti, prima che il trasporto possa essere eseguito (si conoscono perfettamente i tempi lunghi della congenita pigrizia dell'operaio) vi si insediano fondando un formicaio che trovano già bello e pronto. Ori è cosí ingenuo da pensare di poter far sloggiare gli occupanti abusivi arrampicandosi sullo sterro e scalciando come un mulo, via sciò bestiacce, fuori dalle balle! lo sente bestemmiare il Capo sorridendo di quell'omino che se la prende con esserini più minuscoli di lui credendosi più forte di loro. Purtroppo Ori ha fatto i conti senza l'oste: per sua somma sventura infatti si tratta di una razza di formiche guerriere, cosiddette formicole rosse, notoriamente (ma non per Ori che sa ben poco di biologia, etologia e comportamento animale) dotate di uno spruzzo urticante per dissuadere eventuali minacce al formicaio. Gli insetti si arrampicano sotto la tuta del malcapitato, risalendo lungo i calzini bucati fino alle mutande per emanare il fluido che provoca atroci bruciori alle parti meno nobili dell'incauto aggressore.

Il Capo non può proprio fare a meno di scoppiare in una fragorosa risata alla vista di Ori zompettante e ululante come un lupo che si è morso la coda cercando di sfilarsi la tuta da lavoro, la canotta bucherellata, i calzini puzzolenti e le mutande che non sono meno fetenti dei pedalini.

- Ma che ti ha morso la tarantola? - sogghigna il Capo apparentemente felice del male altrui.

- Vogliono la guerra a suon di orina? E che, non mi chiamo Ori io? L'avranno la loro guerra all'acido urico, maledette bestiacce! - tuona inviperito per il doppio smacco subito, quello delle formicole rosse sul piano epidermico e quello del Capo sul piano morale, che però bruciano dentro e fuori in egual misura.

Detto e fatto, Ori estrae dal mutandone slabbrato il suo innaffiatoio personale e si libera mirando un buco del terreno che gli pare, ma non è, come scoprirà ben presto a proprie spese, l'entrata principale del formicaio non autorizzato.

Di che tana si tratti, purtroppo per lui, se ne accorge in un batter d'occhio: un nido di vespe, della razza più aggressiva, quelle che scavano l'alveare nel terreno. Irritate dal getto idrico, un nugolo di vespe-soldato si dirige alla carica verso il pistolino ad acqua di Ori appuntandosi sul suo puntaspilli di carne umana.

Ori inseguito da un folto sciame si rifugia nella baracca.

- Ha del ghiaccio? - Il Capo lancia un'occhiata critica al suo dipendente che presenta un ammennicolo gonfio quanto l'affare di un cavallo.

- Cos'è quel coso? Morde? -

- Mi si è gonfiato come un pallone, Capo. -

- Vedo vedo - sospira il Capo col tono di chi sta veramente per perdere la pazienza. - Devi raffreddare i tuoi bollenti spiriti scatenati da un'eccessiva dose di *viagra*, perché non dirmi che è tutto testosterone autoctono quello che ti si sta sollevando come una mongolfiera pompata troppo di elio! -

Ma quale elio! Possibile che il Capo non corra in suo soccorso? Che non capisca che l'erezione dolorosissima che sta subendo il povero Ori, tempestato di punzecchiature, non è dovuta ad un atto di libidine inconsulta, ma ad un confronto sleale e ad armi impari tra il suo pungiglione spuntato e i vesponi forniti invece di tutto punto?

- Altro che ghiaccio per lenire le punture - commenta sadicamente il Capo - per te ci vuole un'iniezione di materia grigia! -

Ori lo guarda spaesato temendo di profferire, a causa della sua condizione di sofferenza che lo fa sentire più ebete del solito, l'ennesima sciocchezza della giornata: - Materia grigia sta per polvere di cemento, Capo? -

Come al solito Ori non ha capito un'acca, che tonto!

- Come no, come no... anzi, guarda, sta per polvere di cemento armato. -

- Uh lallero! Non me lo irrigidisce poi troppo? -

Ridere? Piangere? Disperarsi? Sbattere la testa contro la parete? I pugni sul tavolo? I piedi per terra? Chiedere un colloquio al suo maestro di scuola elementare? Sputare in faccia al preside della stessa che non lo ha sospeso vita natural durante per manifesta cretinaggine? Chiedere alla mamma di non partorirlo? Al padre di non concepirlo? E così indietro, per generazioni e generazioni, al fine di estirpare fin dalle origini del Creato la mala pianta della somma ignoranza, scacciare la bestia infame che alberga indubbiamente in Ori e nei suoi simili, amici e parenti tutti come teorizzava Giordano Bruno? Nulla di tutto questo, il Capo ormai è abituato a sorvolare sulle fesserie di Ori.

- Ricomponiti Ori, non puoi restare cosí, riponi il ciufolo rigonfio donde proviene cercando di mantenerlo in tiro per tua moglie fino a stasera, così le fai una bella sorpresa per il dopocena! Ma ora, cribbio, sei sbracato, rimettiti a posto la patta della tuta come si conviene ad un operaio degno di questo nome, immediatamente: la Voragine non è il tuo tratto di spiaggia libera su cui piantare il pungiglione, cioè, scusami, l'ombrellone. -

L'allusione del Capo ai luoghi di svago domenicali come la spiaggia o il luna park (il mostro della Galleria degli Orrori in questo caso ce lo ha Ori davanti, un fico d'India pulsante e irto di spine) apre un altro capitolo della storia della Voragine.

Mancano dunque pochi minuti alla fine della settimana lavorativa. Il Capo col fischietto in bocca per dare il segnale dello stop ai lavori che non si stanno facendo osserva l'operaio: e ora che fa? Ori dovrebbe essere allegro e pimpante come una Pasqua, non si pretende che salti di gioia, ma insomma! un po' di rispetto per il resto del cantiere, dico, potresti pure mostrare un minimo di entusiasmo, questo sí che rientrerebbe nel *dna* ideologico di un arrossatore di natiche per il troppo stare seduto a fumare e guardare nel vuoto come un cane bastonato.

Ori invece tralascia di chiudere la cassetta degli attrezzi mai usati, dimentica di riporre la pala che non ha ancora spalato un colpo, trascura di rimettere la vanga dove l'aveva inutilmente presa tanto per farle prendere una boccata d'aria, piuttosto comincia a tirare calci ad un barattolo per sfogare la rabbia accumulata in tutto l'arco di tempo del suo dolce far niente contrattuale. Che cosa sta passando per la mente di Ori? Quale nuvolaglia nera e carica di tuoni e saette rivoluzionarie obnubila il godimento del meritato giorno di riposo?

Se il Capo è diventato quello che è, si rammarica in effetti Ori, ovvero uno scemo più scemo di me che però è riuscito a scavalcarmi nella catena di comando - anche se serve a poco comandare in questo caso, visto che io non sono nessuno e lui comanda solo me, che sempre nessuno resto! - c'è sicuramente un motivo. E sai come si chiama questo motivo, caro il mio amico lavoratore indefesso? Si interroga Ori dandosi addirittura del Tu come se fosse davvero il Capo di se stesso, col medesimo contegno autoritario e impettito di chi si è ingoiato il manico della scopa e con la schiena dritta crede di poter dare ordini, se ce li avesse, a destra e a manca! Ebbene, questo motivo, disgraziato di un operaio, si chiama "pezzo di carta", cioè l'attestato ufficiale che si è studiato qualcosa, si è ottenuta una specializzazione in qualche indisciplina del vasto scibile umano come ad esempio "infilare le dita in una presa" o "riuscire al colpirsi in fronte col manico del ra-strello" (dopo averlo inavvertitamente calpestato, s'intende!): per farla breve, un titolo qualsiasi, una qualifica, un certificato. Cosa che tu non puoi vantare né esibire perché non ti sei applicato a sufficienza sui libri di *squola* (o scuola? Chiedere al Capo l'esatta ortografia se necessario). Hai invece preso il banco per un seggiolone, la lavagna per un televisore spento, i fogli dei quaderni come munizioni per le pallottole di carta da tirare ai compagni quando il maestro è voltato dall'altra parte. E ancora: la carta geografica per il bersaglio della tua cerbottana ricavata dal-l'involucro della penna biro riempita con pezzettini di carta rimasticati che partono come siluri sibilando vicino alle orecchie del capoclasse per andarsi a spiaccicare sull'Asia centrale rappresentata con un colore marrone nella mappa gigante delle terre emerse appesa alla parete scalcinata. Insomma, caro amico mio - Ori continua a tirarsi le orecchie da solo - ti sei trastullato abbastanza in gioventù per poi dimostrarti assolutamente obsoleto e addirittura controproducente nel mondo del lavoro. Ma ora che quello stesso mondo ti comunica ufficialmente che la pacchia è finita...

Ori non fa in tempo a concludere il pensiero perché il Capo lo assorda col fischietto che gli buca un timpano, per giunta urlandogli nell'orecchio:

- Insomma, vuoi sloggiare? O hai preso la Voragine per un albergo a ore per te e le tue maldestre puttanate? È finita Ori, è proprio finita la tua settimana fatta di sei giorni... o ne volevi solo cinque? A proposito di cinque, sono appunto le cinque della tarda, se non l'hai capito si chiude baracca. Sciò! Io me ne vado e sprango il cancello. Ci vediamo lunedì, Dio piacendo! Anche se, nel tuo caso senza speranza, la speranza è che il Signore abbia qualcosa in contrario alla tua permanenza sulla crosta terrestre che hai sdrumato in lungo e in largo e ti faccia la grazia di richiamarti a sé. Voglio proprio vedere se riesci a rovinargli pure i lavori di ristrutturazione del Settimo Cielo! -

- Facciamo le corna, Capo! - è la scaramantica riposta di Ori che si gratta altrettanto scaramanticamente gli attributi sottostanti, gesto che gli provoca una smorfia di dolore poiché i pungiglioni delle vespe sono ancora lì a ricordargli che, come recita un famoso passo delle Sacre Scritture, chi di spada ferisce di spada perisce.

Fatto sta che domenica primo maggio il cantiere della Voragine resta chiuso a doppia mandata.

Il settimo giorno anche il Padreterno si riposò, sospira il Capo serrando il cancello arrugginito con una catena munita di massiccio lucchetto, neanche fosse San Pietro con le chiavi del paradiso, ma non illuderti, brutto sfaticato e sfaccendato che non sei altro: all'ottavo giorno, passata la sera del dí di festa, anche Lui tornò allo sgobbo. Ma in data odierna, per tua disdetta, per una sciagurata combinazione del calendario, il riposo settimanale coincide con la festa del lavoro. Becca, pesa, incarta e porta a casa: il Capo gongola di gioia al solo pensiero di una fregatura a scapito del suo dipendente.

Povero Ori, tutto e tutti contro il suo credo populista nel doppio ponte festivo, cavolo! È cosí che il destino si presenta come un bidone per la classe lavoratrice: mettendo insieme il Natale con la Pasqua, dimezzando i giorni di ferie, accidenti alla cabala, al destino e al suo Figliol Prodigo di Guai, ovvero il Caso! Perché - come dice il proverbio e come Ori si ripete sempre - la fortuna (del Capo) è cieca, mentre la jella (dell'operaio) ci vede benissimo. Sicuramente, se e quando Ori avesse nominato ad alta voce il termine *caso* soprattutto in questo frangente, gli sarebbe scappata una parolaccia irripetibile per l'involontaria - ma fino ad un certo punto, ché quando ci vuole, ci vuole! - alliterazione che muta la *esse* in *zeta*.

- Buona domenica - fa il Capo all'indirizzo di Ori che trascina i piedi verso la fermata dell'autobus come una formica azzoppata.

- Anche a lei, Capo - risponde Ori che non si aspetta ulteriori provocazioni aziendali dopo l'orario di chiusura della Voragine.

Il Capo però non molla la presa, rigira sadicamente il coltello nella piaga.

- Certo, però, che è una bella buggeratura, non trovi? -

I termini del Capo non sono sempre chiarissimi per Ori che necessita di un'ulteriore spiegazione: buggeratura sta per imbroglio, truffa…? Finalmente l'operaio si capacita e da fondo al proprio bagaglio linguistico:

- Qui a Roma si dice *sola* o anche *bufala,* Capo. Ma cosa? -

- Che la tua festa del lavoro, il "tuo" primo maggio proletario, cada proprio di domenica, cosí ti giochi due feste in una! -

- Chi si contenta gode: vuol dire che festeggerò il doppio - minimizza Ori che però dentro di sé mastica amaro.

- Ti sarebbe piaciuto - insiste il Capo - che il primo maggio fosse caduto di lunedí, cosí ti saresti fatto una bella tirata dal sabato sera al martedí mattina... -

- Sarebbe potuto cadere anche di martedí, cosí avrei fatto ponte... -

- Come no, non sai fare le voragini e credi che la Voragine voglia concederti di fare i ponti? -

Ori si rinchiude in una cupa nuvola di mutismo: è stufo di

questi discorsi, stufo come lo stufato dimenticato nel forno da cui esce la cappa nera di carne bruciata (la sua, dopo una giornata di scansafatiche nell'inoperoso cantiere!) in cui si sente avvolto. Si trascina dunque stancamente e straccamente alla fermata. Non c'è panchina per riposare le doloranti membra tartassate dal dolce far niente quotidiano, sarebbe chieder troppo all'amministrazione della Voragine, o come si dice in gergo proletario: troppa grazia, Sant'Antonio! Tuttavia due blocchetti di tufo provenienti dal cantiere col benestare ufficioso del Capo (poi, se servono, me li riprendo, disse minacciosamente autorizzando l'uscita del mate- riale) son buoni allo scopo di appizzare almeno le chiappe in attesa che qualche numero al lotto, Ori chiama così le linee del servizio pubblico, faccia la cortesia di uscire alla prossima estrazione, cioè di passare dalle parti della Voragine.

Dal furbo ed esperto lavoratore che sa fingere di saper far qualcosa, Ori socchiude gli occhi simulando una stanchezza nelle ossa che non ha, no!, no! che non può avere perché - come sostiene il Capo - non ha fatto che menarselo in giro per tutta la giornata. L'operaio è comunque doverosamente edotto dalla prassi quotidiana che dovrà aspettare l'autobus per una quaresima, come si dice in romanesco intendendo un tempo assai lungo e indeter- minato se non addirittura infinito. Non ha niente da leggere - mannaggia, il giornale gratuito lo ha spiegazzato ricavandoci il berretto da muratore che ha ancora sulla zucca, sporco di colore, non perché abbia dato di pennello, ma perché passando sotto la scala, si sa che porta male, gli si è rovesciato addosso il barattolo dell'aggrappante.

- Mi cade in testa e lo chiamano pure aggrappante per la tinteggiatura che qui non verrà mai data perché manca ancora il muro da verniciare! - smadonna Ori riflettendo sul significato non sempre preciso delle parole e sul fatto che qualche cretino, proba- bilmente, anzi sicuramente lui stesso, abbia lasciato il barattolo aperto in bilico in cima alla scala traballante. Che scemo! Vorrebbe prendersela con qualcuno, ma con chi, se non con se stesso? Certe volte penso proprio che il Capo abbia ragione a chiamarmi Cimabue - rimurgina Ori - l'operaio che aggiusta una cosa e ne scassa due! Certo però che anche lui che dovrebbe controllare le cose fuori posto... se la prende proprio comoda, il signorino!

Ori poggia la testa al palo della fermata e si assopisce

dolcemente: non è stanco dunque del lavoro che si è ben guardato di eseguire nel cantiere della Voragine, ma si riposa per quello che dovrà affrontare tra poco, a casa! Altro che cantiere! Nella Voragine il dramma è casomai rappresentato dalla mancanza di ordini, a casa invece gli ordini arrivano - eccome se arrivano! - a raffica, uno dopo l'altro, a mitraglia: Ori fa questo, Ori fa quello, aggiusta, ripara, pulisci, porta fuori il cane, metti dentro il gatto, lavati le mani, soffiati il naso, tagliati le unghie, passa l'aspirapolvere, perché non l'hai fatto, questo, quello... La domenica di Ori è insomma esattamente l'opposto del resto della settimana, una Voragine all'incontrario, un imbuto usato per trasmettere con precisione e voce grossa precise direttive, non per attutire o confondere i comandi. Qui, dice sua moglie, si lavora, qui si ubbidisce, qui non si fanno tante storie.

Anche per il Capo però la domenica è una Voragine rovesciata, come un binocolo che per un difetto di fabbrica monta lenti contrapposte: nel monocolo destro da vicino a lontano e, a sinistra, ahimé, da lontano a vicino. Mentre infatti Ori comincia a fare l'operaio solo al rientro casalingo, il Capo, da parte sua, a casa smette di essere all'apice della catena gerarchica. Se infatti nel cantiere è lui a credere di comandare e a farsi sentire dal suo operaio che però neanche lo ascolta, tra le pareti domestiche non può aprir bocca che viene subito redarguito e azzittito: non lamentarti sempre, chi ti credi di essere, fai come ti dico e basta, chiudi il becco, taci, acconsenti, paga, sforna, accompagna, distribuisci, non discutere, apparecchia... Si tratta certamente di due condizioni opposte, quella di Ori e quella del Capo, ma entrambe dolorose e avvilenti: come essere, in cantiere, un Capo che non ha ordini da impartire e, tra le mura del dolce domicilio, un Capo famiglia al quale non è concesso di esercitare la sua autorità. Al tempo stesso anche Ori, considerato un pelandrone in cantiere dove invece vorrebbe darsi da fare e rendersi utile, non può mettere in atto la sua fannullaggine quando all'alba del riposo settimanale, sancito per altro dalla Costituzione e benedetto perfino dal Cielo, sarebbe opportuno posticipare la sveglia anziché essere buttato giù dal letto per correre a fare la spesa prima che si esauriscano le scorte delle offerte scontate al supermercato. Insomma, anche Ori si sente costretto ad essere quello che è dove non dovrebbe esserlo e viceversa: operaio ai lavori forzati nell'ambiente familiare e bighellone nullafacente in cantiere. Un eterno trovarsi nel posto sbagliato al momento sbagliato.

Ma torniamo al tardo pomeriggio del sabato di Ori e del Capo. Entrambi, dunque, chiuso il cantiere a doppia mandata, si stanno avviando alla loro domenica di fuoco in famiglia col morale sotto i tacchi prima ancora di aver inaugurato la festività, consci delle frustrazioni - e padellate, nel caso di Ori, la dolce metà del quale è usa alle maniere spicce - che dovranno di lì a poco subire nelle rispettive dimore in cui vige la ferrea legge della Sorte Coniugale. Con un occhietto socchiuso, come se aguzzasse la vista nella parte giusta dell'immaginario binocolo rovesciato, cui si accennava poc'anzi in via di metafora, Ori osserva il Diretto Superiore che si appropinqua con passo rapido verso il macinino parcheggiato sul bordo della strada sterrata.

Beh? Perché ha tanta fretta, il Capo? Forse non vede l'ora di dare inizio al martirio del Capro Espiatorio di Sesso Maschile al gran Moloch del Matrimonio? Non sa che messo il piede oltre l'uscio del domicilio coniugale dovrà correre, anzi scattare!, di qua e di là come la pallina impazzita di un flipper colpito da un fulmine per adempiere ai doveri del coniuge: spesa, bollette, passare l'aspirapolvere così non c'è bisogno di scopare... il che vuol dire mai una gioia nella vita? Ori invece, dal canto suo, non ha nessuna impellenza di rincasare. Anzi! Giustamente riflette che se il mezzo di trasporto pubblico, il cosidettetto numero al lotto che non esce - cioè che non passa mai - non rispetta l'orario, anche le rogne della vita quotidiana gli saranno per lo meno ritardate, rinviate addirittura *sine die... pro tempore...* o come cavolo si dice, senza poi doversi inventare scuse incredibili con la consorte sempre sul chi vive, sempre pronta a riceverlo amorevolmente col mattarello, il battipanni e lo schiacciamosche (a seconda dell'umore più o meno nero) in mano: scusa cara, può cavarsela cosí, a buon mercato, il bus non passava mai. Ed evitarsi - almeno è la sua ingenua speranza - l'inseguimento in cortile con finale di lancio di oggetti al suo indirizzo dalla finestra della cucina.

Ori soffoca a stento una risatina quando il Capo, giunto a pochi passi dallo sportello con in mano la chiave meccanica da infilare nella serratura, una procedura d'altri tempi che precede l'avvento dell'era elettronica, da improvvisamente in escandescenze contro i proprietari di quattrozampe che non raccolgono gli escrementi delle loro bestiacce.

- Non s'arrabbi, Capo, la merda porta fortuna! - sussurra l'operaio a voce abbastanza alta affinché lo sfottò pervenga alle orecchie del Capo impelagato a stramaledire la razza canina strusciando i piedi nell'erba alta per pulirsi la suola impestata di escrementi: sembra un toro che sta per lanciarsi a corna basse alla carica.

- Merda sei, ricordalo Ori, e merda tornerai! - eh sì! al Capo piace avere sempre l'ultima parola soprattutto quando si tratta di raddrizzare la schiena al suo manovale che si permette di fare della facile ironia su un piccolo contrattempo che non interessa nemmeno la Voragine. Fosse accaduto all'interno del cantiere la colpa sarebbe stata affibbiata ad Ori, perché qui siamo in due, io e te, ma visto che io non evacuo da giorni per via della mia cronica stitichezza dovuta alla dieta vegana impostami da mia moglie, a cacare sei stato certamente tu che magni sempre troppo e male.

- E se fosse stato un cane randagio infilatosi in un varco della recinzione? - avrebbe replicato Ori.

- Magari un cagnaccio rosicone come te con la tuta da lavoro sbruciacchiata e bucata non dalle scintille della saldatrice o dalle furiose impennate del trapano, ma dai mozziconi accessi che ti fai cadere addosso addormentandoti con la panza al sole dopo aver defecato sul sacro suolo della nostra Voragine. -

Fortuna vuole, dunque, che il fattaccio deplorevolissimo sia accaduto all'esterno, altrimenti il contenzioso avrebbe occupato pagine e pagine di questa narrazione.

Il Capo sbatte nervosamente lo sportello e mette in moto la sua carretta fumante. Non ha mai preso un mezzo pubblico in vita sua. Dice: perché sono sporchi e arrivano in ritardo. Il che sarà pure vero, ma come fa a saperlo, se non li ha mai utilizzati? Un colpo di clacson avverte Ori che il Capo sta per dargli una bella sgassata sotto il naso. Un acre odore di diesel, bruciato da un motore revisonato appena un secolo fa, lo costringe ad alzarsi di scatto, si trova avvolto in una nube di fumo nero, comincia a sbracciarsi simulando il gesto dell'ombrello. Ma quando si accorge che il Capo allontanandosi sulla stradina sterrata del cantiere controlla le sue reazioni nello specchietto retrovisore, tramuta il gesto del "vaffa" in una raffica di schiaffoni all'aria come per allontanare da sé la nube tossica. Da lontano sembra una macchietta, una figurina, un cartone animato, un omino piccolo piccolo avvolto da un nugolo di fastidiosi moscerini che agita la coda come un asino per scacciarli!

Povero Ori, pensa il Capo premendo sull'acceleratore... che asino, però, a rovesciarsi l'aggrappante addosso!... anche se in fondo non è colpa sua se nella Voragine non c'è nulla a cui l'aggrappante possa aggrapparsi... già il fondo, dimenticavo il fondo della Voragine, accidenti a lui!, perché ci è arrivato quello scemo? Vedi, lo vedi che è colpa sua? Tutta colpa sua, altroché! Ecco perché lo chiamo Cimabue: perché aggiusta una cosa e ne scassa due! Così si autoconvince in fretta e furia che Ori è il solo ed unico responsabile della situazione e che la commiserazione, la comprensione, la buona creanza, non possono assolutamente essere di casa nei loro rapporti professionali. Bisogna andarci giù duri e crudi, si ripromette il Capo, niente fratellanze posticce, bisbocce in comune, pianti biblici uno sulle spalle dell'altro, niente mal comune mezzo gaudio, ecco! E si tenesse pure quella panzona di sua moglie come io mi tengo lo stecchino inacidito della mia!

Ciò che ci contraddistingue, riflette il Capo, è la biodiversità. Apparteniamo a due specie animali diverse. Io non sono razzista però, più semplicemente: i nostri mondi non combaciano, ecco tutto, non convergono, piuttosto si elidono, si tengono a distanza, Ori a sinistra e io a destra, lui rosso e io nero, io ideologicamente cosí e lui stupidamente colí, non ci incontreremo mai!

La vita tuttavia riserva sempre sorprese, a volte belle, altre meno. Hai voglia a dire che due mondi, due modi diversi di essere diversissimi come quello del Capo e quello di Ori non sono fatti l'uno per l'altro! Il problema semmai è che sono fatti l'uno *contro* l'altro, il che esclude la possibilità dell'incontro, certo, ma non quella dello scontro. Che sta appunto per avvenire.

Infatti il Capo, anche fuori dell'orario d'ufficio, è ossessionato dal pensiero di Ori; cosí come Ori, anche quando ha smesso di sudare sette camicie, non può non pensare ossessivamente al Capo. Un bravo strizzacervelli potrebbe addirittura spiegare che i due si sono come interiorizzati a vicenda: il Capo assimilando la figura di Ori come la parte nullafacente e nullatenente della sua seconda personalità bipolare; Ori introiettando la figura del Capo come la propria coscienza critica, un SuperIo freudiano in grado di dettare legge e sputare ordini a vanvera anche quando la mente di

Ori è immersa nel sonno che dovrebbe essere ristoratore, ma che per l'operaio, subordinato finanche nell'animo (perché pecore si nasce, sostiene il Capo), non è neppure ristorante, né tavola calda: è solo un triste angolo buio in cui la voce perentoria del Capo riecheggia come un'oscura minaccia.

- Cosa cavolo starà facendo quella canaglia del Capo? - si interroga Ori.

- Cosa diavolo starà facendo quello scansafatiche di Ori? - si arrovella il Capo.

E cosí come si sono posti la domanda, ecco che passano a sciogliere l'enigma:

- Di certo starà combinando qualche imbroglio - sentenzia l'operaio.

- Di certo starà combinando qualche pasticcio - sospetta il suo diretto superiore.

A questo punto si rende necessaria una breve digressione che chiama in ballo nientepopodimeno che la filosofia. La dialettica di Servo e Padrone scaturisce secondo Hegel dalla cosiddetta *coscienza infelice* che i due poli opposti delle rispettive personalità sviluppano ciascuno nei confronti dell'altro. Il Padrone e il Servo sono infatti antitetici e, sul piano sociale, antagonisti, nemici! Tuttavia entrambi esistono in quanto l'uno presuppone l'altro: il Padrone è infelice, sempre secondo Hegel, perché non produce direttamente, con le proprie mani, i frutti del suo profitto; mentre il Servo, o se vogliamo l'operaio, non è padrone dei beni da lui prodotti e in cui ha alienato, infuso o prestato il suo Spirito - ovvero tutto se stesso.

Per farla corta: entrambi, il Servo e il Padrone ovvero nella fattispecie Ori e il Capo, sanno di essere, o meglio di avere un senso in quanto c'è l'altro a negarglielo questo senso. Epperò, negandolo, ad ammettere che un senso che li unisce come due facce di una stessa medaglia - purtroppo per me direbbe Ori, per tua fortuna, commenterebbe il Capo - c'è, eccome se c'è. Tant'è vero che si comportano come i pupazzetti di un *magnetic theatre* mossi da una calamita che li fa reciprocamente attrarre e spesso scontrare come dimostra l'incidente che segue.

Domenica primo maggio i cantieri sono chiusi - tranne quelli che devono finire i lavori di pubblica utilità con la massima urgenza, comunque non è questo il caso della Voragine che è in sospeso da sempre - ad eccezione di supermercati e grandi catene di negozi che aprono i battenti per permettere agli altri lavoratori di fare la spesa e, quando avanzano i soldi, anche qualche più futile acquisto. Dovrebbero essere momenti di svago: che meraviglia smettere di pensare alle rogne quotidiane, al lavoro, staccare la spina, distrarsi... Già, sarebbe bello non pensare al giorno dopo, all'inizio della settimana, al tragico risveglio del lunedí mattina, al ritorno al lavoro che consiste per il Capo di mandare a quel paese Ori e per Ori di farcisi mandare in religioso silenzio-assenzo.

Come vorrebbero insomma buttarsi finalmente tutto alle spalle, anche se per poco, e potersi dire con un senso di liberazione: domani è un altro giorno!, intanto godiamoci questo in santa pace, il Capo lontano da Ori e Ori a mille miglia dalla voce del Capo che lo rimprovera.

Tuttavia, ogni essere umano è purtroppo tenuto al guinzaglio dalla realtà che non molla mai di un centimetro e lo costringe a restare coi piedi per terra, ben ancorato, anzi inchiodato alla sua condizione. Non c'è nulla da fare: se sei un operaio, sarai sempre sporco di calce e vernice - pensa Ori - e se sei il Capo avrai sempre i gradi sul braccio, pensa il Capo. Due pensieri, quello del Capo e del suo operaio, che si incrociano in un punto preciso del loro essere: qualsiasi cosa facciano non saranno mai diversi da quello che sono, dipendenti della stessa Voragine e col pensiero - volenti o nolenti - sempre ad essa, buca (che a Roma, per insistere sul dialetto, sta per *fregatura*) rivolto.

Per esempio, il Centro Commerciale frequentato da Ori è - per ironia della malasorte di entrambi - lo stesso di quello frequentato dal Capo: mentre però l'operaio vi si reca per fare trivialmente la spesa, l'esponente dei colletti bianchi e della classe media vi pratica più snobbisticamente la pratica ludica dello *shopping*. Probabilmente si tratta della stessa attività che potremmo catalogare sotto la voce "fare acquisti", ma le parole - quantunque i prodotti che finiscono nei ripettivi carrelli siano pressappoco gli stessi - denotano una sottile ma non insignificante differenza di *status*. Una differenza sempre più labile, impercettibile, d'accordo, praticamente annullata dall'erosione del potere d'acquisto delle retribuzioni ad ogni livello, dell'impoverimento dei ceti sociali medioalti verso il basso. Ciò nonostante, per quanto la condizione economica del Capo si sia appiattita su quella di Ori, è sempre Ori a stare sotto al Capo. Si amplia la forbice tra i più ricchi e i più poveri, i ricchi sono sempre più ricchi e continuano a fare soldi a palate ordinando dall'alto di spalare voragini e i dipendenti delle voragini ci cascano sempre più dentro, non importa se portano in testa il berretto del capocantiere o il cappello da muratore fatto di fogli di giornale. Ori e il Capo, volenti o nolenti, sono comunque sulla stessa barca, nella stessa Voragine, usano gli stessi carrelli della spesa. Comprano addirittura (quasi, come vedremo!) le stesse scarpe, gli stessi alimenti, le stesse mutande, la stessa carta igienica. Dove sta allora la differenza tra loro, se non in una sottile dicotomia terminologica tra "fare la spesa" e "fare shopping" che pur non avendo più senso in chiave macroeconomica mantiene l'originale significato di casta che esclude la fermata ai piani inferiori del cosiddetto "ascensore sociale"? Chi sale non scende più di tanto, e chi sta in basso non può salire oltre un certo punto. Il che significa che chi scende, starà sempre un piano più in alto di colui che non è potuto salire. Per quanto ci sia poca differenza tra il piano sotterraneo e il pianoterra, chi sta sotto sa che resterà sempre sotto e chi sta sopra sa che non andrà mai più sotto di cosí. Almeno questo si insegna all'università della Voragine. E in questa legge di cantiere confida anche il Capo; mentre, all'oposto, ma non può essere altrimenti, Ori è tutto un moto di ribellione sotterraneo come un fiume carsico che da qualche parte, prima o poi, deve pur sbucare fuori.

Ma non complichiamoci troppo la vita e soprattutto evitiamo di complicarla ai nostri due personaggi che sono senz'altro influenzati, se non proprio mossi come marionette, da forze più grandi di loro. Il fatto è che non sanno di esserlo o, per meglio dire, non sono coscienti di essere attaccati a dei fili che ne determinano non solo i movimenti, ma anche i comportamenti, i pensieri. Vivono sotto un cielo di cartone, basterebbe farci un buco per vedere il vasto infinito in cui non c'è nulla. O meglio ci siamo noi che, dall'altra parte, concentriamo la nostra attenzione nel foro della serratura della Voragine con l'illusione di riuscire a intravedere una parvenza di realtà vera, ma cosa vediamo veramente? Ori e il Capo che a loro volta ci stanno osservando credendo che siamo noi ad essere veri, reali. Poveri noi e poveri loro, entrambi siamo abbagliati da una Verità inesistente, da una cieca fede in un Dio che, come dice Trilussa, nun se vede, oppure, come scrive Stendahl, che ha una sola scusa: quella di non esistere se non nella nostra fantasia bacata. Il nostro al di là, insomma, è l'al di qua di Ori e del Capo; così come il loro al di là è il nostro al di qua: qual è il vero al di qua e il vero al di là? (devo chiedere alla direzione della Voragine, si ripromette il Capo quando Ori si fa venire certi dubbi del cavolo).

Comunque saltiamo a pié pari le questioni teoriche e teoretiche, metafisiche!, dal vago sapore pirandelliano con qualche incerto riferimento alla famosa caverna platonica in cui sono percettibili solo le ombre della vera realtà inconoscibile, per tornare a concentrare l'attenzione sul Capo e sul suo operaio che hanno impellenti questioni ben più fisiche... vogliamo definirle banali? quotidiane? Terraterra?... da risolvere: riempire il frigorifero, ad esempio quando la matrona di casa affibbia ad entrambi la lista della spesa. Compra questo, compra quello, leggi il prezzo, attento alla data di scadenza, prendi lo zucchino in mano e se senti che è moscio passa al cetriolo, non sto dicendo del tuo peperoncino, pensi sempre alla stessa cosa, a me il salame piace sano non a fette (altra risatina idiota di Ori interrotta da uno scappellotto della sua dolce metà che minaccia pure: poi ci penso io ad affettarlo col coltellaccio che ho fatto appena affilare) ecc. ecc.

Ed è esattamente nel tentativo dei due dipendenti della Voragine di riempire, se non la Voragine stessa di terra, almeno il congelatore di cibarie, che succede il patatrac: spingendo il carrello come la partenza *sprint* di una gara di *bob* sulla pista di ghiaccio, Ori imbocca lo scomparto frutta proveniente dallo scomparto verdura, mentre il Capo svolta nello scomparto verdura proveniente dallo scomparto frutta. Lo scontro con rumore di ferraglia e caduta dei rispettivi boccioni di vetro, del latte dal carrello del Capo e del vino dal carrello di Ori, che esplodono al contatto del suolo come due bombe al tritolo, è inevitabile, una catastrofe ambientale! A tal proposito andrebbero citati alcuni versi dell'*Orlando furioso* nell'episodio del furibondo diverbio tra il paladino e Rodomonte che qui cadono a proposito, sia pur nella meno suggestiva ambientazione di un corridoio di generi alimentari:

> *a duo cavalli che venuti a paro,*
> *o ch'insieme si fossero scontrati:*
> *e non aveva né sponda né riparo,*
> *e si potea cader da tutti i lati. (29, 34-38)*

- Stai sempre tra i piedi! Guarda che hai combinato: mi sono macchiato di vino i nuovi pantaloni di lino! - inveisce il Capo.

- Porca miseria, Capo, io mi sono sporcato di latte l'unica tuta da lavoro non completamente sfondata davanti e dietro, domani come ci vengo al cantiere secondo lei, come un bebé che ha rigurgitato l'intera poppata? -

- Ma che me ne frega a me della tua tuta... da lavoro? Sí lallero... Puoi presentarti pure in mutande alla Voragine, tanto il prodotto non cambia: lo scandalo quotidiano dell'inerzia e del ritardo senza cause di forza maggiore, perché il minorato a rallentare tutto sei tu. Io piuttosto, se mi chiamano dalla direzione della Voragine per qualche pinzellacchera qualunque da comunicarmi a voce, ora che mi metto? -

- Tanto non la chiama nessuno. -

- Metti che invece la catena del comando si sblocchi improvvisamente? -

- Allora potrei imprestarle la mia tuta da lavoro se vengo in mutande a lavorare… -

- Ma se è più impestata e fetida, putrida, puzzolente di un pannolino di un neonato che ha magnato una pappina concentrata di carne e ha defecato un bue! -

- Cosí fa vedere ai piani alti che anche lei fa qualcosa, ha un ruolo nella nostra squadra, oltre a sputare sentenze e a procedere contromano a forte andatura col carrello della spesa! -

- Tu sei contromano, qui nei giorni festivi, come sei controproducente lì nei feriali, disgraziato! -

Stavolta Ori è stufo di sentirsi inveire contro. Il Capo può fare il Capo quanto vuole nel cantiere della Voragine, ma quando il cantiere è chiuso e ci si incontra o scontra per caso al di fuori dall'ambiente, in cui va rispettata la gerarchia, allora è il caso (quando ci vuole, si ripete Ori, ci vuole) di dire e dare pane al pane e vino al vino. E di rispettare finalmente la precedenza del chi viene da destra e chi da sinistra. Cosí Ori sta per partire con una sequenza, una scarica di insulti da far impallidire un dibattito politico in televisione, ma le brutte parole gli restano appese sulle labbra, tremolanti come quelle di Fantozzi davanti al Megadirettore Galattico: esse, le labbra, vorrebbero insultare, e il cuore vorrebbe seguirle sputando fuori tutto il veleno accumulato nei decenni del triste lavoro presso il cantiere della Voragine. Senonché il cervello di Ori si mette, non si sa come, improvvisamente a funzionare, a cacare dubbi sul *da farsi* e soprattutto sul *da non farsi*. Se lo prendiamo di petto e lo insultiamo di brutto, come del resto meriterebbe essere trattato da quel dì, gli sussurra all'orecchio la vocina interiore, c'è il rischio che oggi abbozzi, ma per rimurginare poi la sua vendetta domani, lunedí, quando riprenderà il suo ruolo all'interno del cantiere. Allora, caro il mio cuore e care le mie labbra (e parlo anche a te lingua, tieniti a freno per il bene comune!), saranno dolori, perché questa carogna del Capo è capacissimo, anzi lo farà senz'altro, ne siamo certi, si vendicherà con le angherie e le peggiori vigliaccate antisindacali. Sosterrà la necessità di metterti in mobilità per andare a scavare altre voragini chissà dove, quindi lascia perdere, Ori: ingoiati la tua linguaccia, spegni il fuoco che dal petto ti sale in gola, chiedi umilmente scusa, inginocchiati se necessario (ma solo per aiutare gli inservienti a raccogliere i pezzi di vetro e a passare lo straccio), datti insomma una calmata, ti conviene. La vendetta è un piatto che si consuma freddo, ricorda.

Cosí dalla montagna di Ori che stava per partorire un gigante su tutte le furie, esce un timoroso topolino squittante che, forse, cerca di dire le stesse cose che avrebbe profferito l'essere mostruoso staccatosi dalle rocce. Tuttavia il tono di un minuscolo roditore è ben diverso, sicuramente meno spaventoso, del furibondo ruggito o barrito di un Angelo sterminatore (e soprattutto insultatore) nelle cui sembianze Ori avrebbe voluto di primo acchitto manifestarsi - e fa sicuramente un diverso effetto. Cosí Ori - seguendo il saggio consiglio del suo rappresentante interiore del buon senso, del quieto vivere e del "meglio evitare di andarsi a cercare le rogne quando non serve"- trasforma il rossore del sangue che gli sta andando alla testa nella colorazione tipica del doposbornia: ciondola il corpo, scuote bonariamente il testone e squittisce da bravo operaio al suo Capocantiere:

- Cose che succedono, Capo... comunque le macchie di vino rosso si levano col vino bianco... -

- Come a dire che quelle del latte si levano col caffé! - ironizza il Capo.

- Dico sul serio, ci provi, vedrà che risultato! E non si preoccupi per le macchie di latte, non è la prima volta che mi sbrodolo. Una bella strizzatina in lavatrice e torno al cantiere come nuovo, anche umidiccio, se la tuta non dovesse asciugarsi in tempo per domani. -

Sarà per il tono della conversazione, sarà per la posizione ginocchioni di Ori che da una mano a due inservienti smoccolanti e smadonnanti accorsi per pulire il pavimento, il Capo ha un attimo di umanissima pietà nei confronti del suo operaio e chiude la questione con un comprensivo: - Vabbene, non preoccuparti, per me puoi venire anche con le croste attaccate alla tuta, non ti faccio mica l'ispezione della divisa! No, Ori, dai, non sono poi cosí cattivo... Dí la verità, se fossi al posto mio, tu saresti senz'altro molto più cattivo di me. -

- Può darsi - è il distratto commento di Ori che si rialza con uno scricchiolio della schiena ed una smorfia di dolore.

- Dove stavi andando tanto di corsa? - domanda subdolamente il Capo.

- A ritirare il numeretto per il banco del pesce - Ori non fa in tempo a pronunciare la parola *pesce* che già si morde la lingua, accidenti a lei, alla sua maledetta linguaccia lunga, parla sempre troppo.

Infatti il Capo, dopo aver gettato l'amo, tira su la lenza:

- Il pesce? - fa meravigliato - Alla faccia! E te lo puoi permettere con quello che guadagni? -

Ori resta per qualche istante interdetto, ha tutta l'aria di un merluzzo appena pescato, annaspa aprendo e chiudendo la bocca come il prodotto ittico di cui si ripromette l'acquisto. Più che l'ossigeno nelle branchie, gi mancano le parole, soprattutto le risposte a tono. Vorrebbe vomitare un: ma si faccia i casi suoi! Senonché l'omino razionale che risiede al centro della stanza dei bottoni del suo miserabile, ma pur sempre esperto di giustificazioni professionali circa i lavori venuti a cazzodicane, tira le briglie e i palafreni della boccaccia, gli inchioda la lingua al palato, gli versa una palata di bicarbonato nello stomaco che sta prendendo d'aceto, gli tira su le labbra come se stesse sorridendo, e non piuttosto schiumando rabbia, infila i polpastrelli nelle sue corde vocali abituate ad emettere suoni gutturali di varia natura (tra cui possiamo elencare una sfilza di *ahò* differentemente modulati a seconda del livello di incazzatura) e comincia a sfiorarle e pizzicarle come se stesse suonando una leggiadra arpa.

- Devo pur mangiar qualcosa - ammette sommessamente

l'operaio.

- E non ci pensi a quei poveri pesciolini costretti a morire per te, per il tuo ignobile e famelico trippone? - lo incalza il Capo.

- In che senso, poveri? Vuole forse fargli il funerale prima che finiscano in padella? -

- Hai detto bene: funerale. Ogni pranzo con una bestiolina in tavola lo è, cribbbio! (con tre *b*, non è un errore di stampa) -.

- Beh, il pesce è fatto per finire in padella. Anch'io sono finito nella Voragine no? -

- Ma io mica ti sbrano come fai invece tu col pesciolino. -

Ori avrebbe molto da precisare, preferisce però lasciar perdere, non vale la pena di sperperare una domenica mattina a discutere col Capo, quando la lista dei *desiderata* della consorte, cioè delle cose da fare per casa e famiglia, è lunga come le Sacre Scritture.

- Era un esempio Capo, tanto per dire... -

- Tanto per dire una cavolata delle tue, Ori. Tra te e il pesce fritto c'è una bella differenza: lui è stato pescato con l'inganno, infarinato e buttato in padella ancora vivo, insomma è stato letteralmente fregato. Tu invece sei sceso di tua volontà nella Voragine. Il tuo destino te lo sei scelto da solo firmando il contratto di assunzione, ti sei fritto con le tue stesse mani sporche di farina, amico mio! -

L'interiezione "amico mio" - una novità nei loro rapporti - mira ad irretire ancora di più Ori che non capisce perché non dovrebbe mangiare il pesce: infatti il tono del Capo somiglia più ad un "consiglio d'amico" che a una direttiva di cantiere.

- Vabbé, allora secondo lei che cosa dovrei mangiare? Coraggio Capo, suggerisca un menù, una nutrizione adatta al mio dispendio energetico! -

Nell'immaginazione di Ori il Capo si trasforma in un enorme ragno nero che gli sta tessendo intorno la ragnatela.

- Ti piace la carne? - insinua il Capo.

- Come no!? - esclama Ori ritenendosi finalmente fuori pericolo perché la domanda sibillina del Capo gli lascia fallacemente intuire che la carne, almeno la ciccia, può considerarsi eticamente commestibile. In fin dei conti si tratta di tristi animali d'allevamento destinati alla catena alimentare, non di poveri ed ignari pesciolini liberi e felici di sguazzare negli Oceani!

Ma il ragno nero in cui si è trasformato il Capo ora diventa un serpente che lo avvolge nelle sue diaboliche spire. Sente il sibilo della lingua appiccicosa sul suo collo sudato.

- Male, molto male, amico mio! -

E dagli con questo "amico mio", si contorce il fegato dell'operaio. Amico un piffero, vorrebbe esclamare con tutta la bile che ha in corpo. Ma ancora una volta l'omino interiore che lo costringe a volare basso, a moderare le reazioni, ad agire con astuzia e circospezione, a non sbilanciarsi troppo, lo placa con la storia del quieto vivere e della pace sociale in alternativa allo scontro di piazza e alla lotta di classe cui il suo io impetuoso vorrebbe dar sfogo. Si sente come una sega senza denti o come il trapano spuntato con cui spesso si illude di praticare fori ed aprire varchi nel fondo della Voragine duro come il marmo.

- La carne fa male - prosegue il Capo approfittando del cupo silenzio di Ori impegnato a discutere il da farsi col suo omino interiore, la sua voce della coscienza operaia. - Tu non sai quante sostanze nocive, antibiotici, vitamine sintetiche vengono propinate a quelle povere bestie. E hai il coraggio di mettertele nel piatto? Fossi in te ci penserei su due volte prima di allungare forchetta e coltello su un pezzo di carne, non solo morta ma pure avvelenata dalle sostanze inquinanti e dai prodotti chimici adoperati nella catena alimentare! -

Ori non ne può proprio più, la sua pazienza è giunta al limite massimo della sopportazione classista: finalmente molla un calcio nel sedere al suo omino interiore e s'inalbera pubblicamente, sbattendosene di intimidazioni o ritorsioni future.

- Il pesce no, perché poverino! lasciamolo libero e felice a farsi il bagno di mare, la carne no perché, povere bestie, contengono più supposte di petrolio in culo che balle di fieno in panza... -

- Ti piace la mozzarella di bufala? - il Capo taglia corto la lamentela di Ori.

Al pensiero della mozzarella di bufala, una bella tettina di latte che si agita nuda e cruda su un letto di foglie di rughetta, la veemenza di Ori si trasforma in acquolina alla bocca.

- Ammazza se mi piace, me la succhierei tutta come una turgida mammella... -

Il solo pensiero della zinna, alias della materna mammella gonfia di latte rigonfia per la ciucciata, fa stravedere Ori che socchiude gli occhi come un bamboccio pregustando con la fantasia orale del neonato di mordicchiare il capezzolo di mammà... Ma il Capo lo riporta bruscamente alla realtà:

- Ammazza quanto sei scemo, amico mio! -

- Come? Anche la mozzarella di bufala, no? - piagnucola Ori indispettito dall'ennesimo allarme alimentare lanciato dal Capo.

- Eh no, amico mio, no e poi no! A parte il fatto che anche le bufale sono piene di antibiotici e composti di sintesi, ma poi: sai come vengono trattate, sai quanto soffrono per produrre più latte che possono, per soddisfare le gole profonde e insaziabili come la tua? Sono soggette, anch'esse povere bestie, a dolorosissime mestosi ai capezzoli, gli si allungano le ghiandole mammarie fino a strusciare per terra, infettandosi ancora di più al contatto dei batteri... ma ci pensi, amico mio? -

Ori nota che il Capo inserisce artatamente nelle sue chiacchiere due termini apparentemente simili, ma in realtà antitetici come "amico mio" (che poi sarebbe lui, l'operaio mostruosamente affamato, il divoratore di pollastri e galline, il terrore dei suini) e "povere bestie" ovvero le vittime della sua insaziabile cavità gastroenterica, della voragine del suo apparato digestivo.

- Scommetto che una buona pasta e fagioli potrebbe bastare a sfamare il tuo appetito! -

- Buona la pasta e fagioli! - ammette incautamente Ori.

- Buona per i magnoni come te. Ma lo sai che razza di veleni si usano in agricoltura? Sostanze altamente tossiche, cancerogene, amico mio, tu non puoi neppure lontanamente immaginare che schifezze ti mangeresti! E sai quale sarebbe l'unico lato positivo di questo scriteriato regime alimentare che tu chiami impunemente dieta? Che non avrai più bisogno di insetticida. Se una vespa o una mosca vengono ronzarti intorno, basta che gli soffi contro un po' del tuo alito bestiale contaminato dagli inquinanti e cascano giù morte stecchite all'istante! -

Ora basta: - Scusi Capo: il pesce no, la carne no, la mozzarella no, pasta e fagioli no... posso chiederle che ci è venuto a fare al superercato? -

- La stessa cosa che sei venuto a fare te, amico mio, la spesa! -

Ori non ne può proprio più. Trattenersi, sempre trattenersi, è il consiglio del suo omino interno, ma ora basta, il dado è tratto, si passa il Rubicone, armi e bagagli, porco mondo!, qui volano le botte!

- Sa che le dice l'amico suo? Si levi dalle scatole, Capo, mi ha proprio rotto con le sue fanfaluche! -

- Levati prima tu che col tuo culone carnivoro: cribbbbio (con quattro *b*, anche questo non è un refuso di stampa, bensì il tono accentuato e accigliato del Capo): mi ostacoli l'accesso al reparto biologico di frutta e verdura ove sono diretto per effettuare la mia spesa *smart,* intelligente. -

Ori si fa da parte. Come detto, non ha nessunissima voglia di fare a pugni per una precedenza mancata, di santificare la festività settimanale con un bisticcio per un futile motivo di traffico alla guida del carrello, preferisce soprassedere per il momento, tanto il carrello incidentato si è fatto poco o niente e non è neppure suo, quindi chi se ne importa, può benissimo infischiarsene: inutile piangere sul latte versato. Tuttavia, la sua linea morbida non è segno di tacita accettazione della divisione del mondo tra chi è prepotente e chi non cerca rogne: la verità è che sa di avere altre frecce al suo arco e che, alla lunga, la sua causa trionferà - come la bandiera rossa del suo inno comunista che, pur afflosciata per l'attuale bonaccia ideologica, può sempre ricominciare a sventolare al primo colpo di vento. Aspetta e spera, povero operaio!

- Okkei le cedo il passo. Ma domani le porto una carota biologicamente coltivata per la pausa pranzo, ché il panino al salame che mi prepara mia moglie per merenda lo vede col binocolo! -

Ciò detto, i due contendenti vanno ciascuno per la propria strada.

A questo punto è necessario aprire una parentesi quadra sí, quadra, ché in quella tonda non c'entrerebbe tutta intera la moglie di Ori. La signora Ciriola, consorte dell'operaio altamente squalificato Oreste Ciriola, ha infatti la forma - *omen nomen,* commenterebbe latineggiando il Capo - del pane che si sforna a Roma: una costituzione a pera matura dalla circonferenza rigonfia e molliccia, il lato B che necessita di adeguati supporti (scricchiolanti e malfermi perché li ha costruiti Ori in persona) per posarsi sulla tazza del *water.* Che minaccia peraltro di collassare al primo giunonico inserto fuori misura.

Bene bene, e bravo Ori!, si frega le mani il Capo pregustando la vendetta che metterà in atto lunedí mattina alla riapertura del cantiere della Voragine. Quel maniscalco di muratore da quattro soldi vuol darmi ad intendere che può permettersi il pesce anziché pane e cicoria, dieta che più si confarrebbe alle tasche di un operaio. Meglio fare una capatina al reparto pescheria per controllare che pesci piglia, non si sa mai!

Bene bene, e bravo il Capo!, si frega le mani Ori pregustando il momento che manderà a monte, dandosi malato o assente per assemblea sindacale, la vendetta che il Capo vorrà sicuramente mettere in atto alla riapertura del cantiere della Voragine. Quel superbo fanfarone vuol darmi ad intendere che tira avanti a pane e cicoria per farmi passare per uno scialacquatore di risorse pubbliche permettendomi il pesce. Il pesce scommetto che vuole papparselo lui: poveri pesciolini, povere bestioline, io mangio solo verzure e carotine... sa dove gliele metterei io le carotine, Capo? Naturalmente il Capo non può rispondere perché non riesce a leggere nel pensiero di Ori. A rispondergli piuttosto è il suo omino interiore: secondo me il tuo Capo va a farsi un paio di spigole di paranza coi soldi che frega a te quando ti racconta che l'accredito della tua busta paga è partito dall'alto ma non è mai arrivato in basso, cioè... indovina un po' a chi, stupidone?

Tu dici?

Sí, io dico, conferma il sospettoso omino interiore.

Al contempo, il diavoletto interiore che ronza nella testa del Capo - in ognuno di noi risiede un alter ego mefistofelico o beato-angelico a seconda dei casi - si esprime pressappoco cosí: se il tuo maldestro e strapagato operaio può permettersi spigole e lucci, trote e rane pescatrici, ombrine e sogliole, saraghi e merluzzi, anche tu "amico mio" devi poter suggellare la tua autorità col marchio di una dieta adeguata. Del resto, ammesso e non concesso che Ori compia qualche sforzo fisico e che abbia dunque veramente bisogno di un apporto proteico adeguato, pure tu ti spremi a dovere le meningi e ti spacchi le chiappe in quattro sulla seggiola, quindi non sei da meno. Altrimenti finiresti per riservargli il privilegio del pesce accollandoti tutta la sofferenza della verdurina bollita, del minestrone scotto, della carotina che lui vorrebbe piuttosto infilarti...

Nella tua boccacia dovrei infilartela per farti star zitto,

taglia corto il Capo che ormai ha deciso che se pesce ha da essere per salvare la faccia di fronte al suo manovale, che pesce sia fino in fondo. Comunque e dovunque! Anche a costo di salire personalmente sul peschereccio per gettare la lenza o la rete in alto mare.

Si ritrovano quindi davanti all'emettitrice dei numeretti del banco pescheria. Sarebbe scontato pensare ad una nuova contesa per staccare il bigliettino che da diritto di essere serviti per primi, senonché la situazione si presenta completamente rovesciata: questa volta si litiga per mandare avanti l'altro. Il motivo è presto detto. Si tratta di un conflitto di interessi contrapposti e apparentemente indecifrabili, in realtà tuttavia motivati dalla furbizia pane-e-vino di Ori che deve contrastare l'astuzia gesuitica del Capo.

Il Capo, ecco il punto, ha intuito che se dovesse staccare il numeretto prima di Ori, poi sarebbe costretto a scegliere il pesce per primo senza sapere su che tipo di sgombro o sardina ha messo gli occhi e fatto la bocca il suo operaio. E Ori potrebbe essere avvantaggiato potendosi regolare sulla sua scelta, rapportare la spesa, il peso, le ricette in base all'acquisto del Capo. Il quale la pensa esattamente come segue: magari io compro un sarago scongelato e lui si spara una fetta di pescespada appena estratto dalla tonnara! Mi fa fare la figuraccia del micragnoso e del braccino corto davanti a tutto il supermercato.

- Dopo di te, amico mio! - fa il Capo. - Per una volta ti do il buon esempio cedendoti il passo. Spero che te ne ricorderai nel prosieguo dei nostri buoni rapporti aziendali! In caso di rivoluzione ti pregherei di mettere una parolina buona in mio favore. -

Ori tentenna, sta per allungare la mano verso il numeretto di carta che spunta come la lingua di un bebé dalla bocca che sa ancora di latte! Ma non è cosí ingenuo da credere alla favola dell'*amico mio*, alle buone intenzioni del suo superiore gerarchico. Buoni rapporti, un cavolo! Qui c'è sotto qualcosa di losco, sospetta l'operaio. Un complotto sicuramente. E ritira la manina che sta per eseguire il comando.

- Beh? - s'irrita il capo - che c'è? Non ti piace più il tuo pesce? -

- Il mio pesce finisce dove comincia il suo... -

La perifrasi di Ori imbruttisce, raschia la pelle del Capo che aggrotta le sopracciglia, scrolla le spalle come un boxer al primo round, serra i pugni, ed esclama con voce cavernosa: il mio... cosa?

Va da sé, si è capito benissimo, che la recondita intenzione di Ori era di alludere, neppure tanto velatamente, al posteriore del Capo, come metaforica tana per il suo pesce tutto lische e squame. Tradotta in italiano corrente, in dolce stil novo rivisitato e aggiornato ai *mala tempora che currunt* (il latino del Capo è contagioso!) la sua frase suonerebbe all'incirca cosí: il mio pesce le va (a finire) in... quel posto! Fortuna che il suo omino interiore lo fa desistere da una dichiarazione che avrebbe riaperto il contenzioso col suo diretto rivale, il diavoletto interiore del Capo, cosí Ori scende a più miti consigli e aggiusta il tiro: da tiro di schioppo a tiro da schiappa.

- Il mio pesce finisce dove comincia il suo di pesce, quindi per oggi ci rinuncio. Si serva pure. -

- *Ubi maior minor cessat!* - il Capo non perde occasione di far sfoggio della sua cultura classicista.

- Il cesso è in fondo a destra - fraintende Ori che come sappiamo non è una cima in campo letterario e umanistico.

- Allora ci rinuncio io, *sic et sempliciter* - fa il Capo sconsolato per la mancanza di nozioni basilari da parte di Ori. E si allontana verso i surgelati lasciandolo a bocca aperta come il pesce che avrebbe voluto lessare per cena cercando di decifrare quella strana frase *sic et sempliciter* del Capo (gli è forse venuto il singhiozzo? Si sente finalmente male? Un infarto? Un ictus? Se così fosse Ori correrebbe allo scaffale degli spumanti per festeggiare la lieta novella della dipartita, prematura ma graditisima dalle maestraenze tutte, del suo vessatore!)

Porco qui e porco là, porco su e porco giù, la domenica passa in fretta con una semplice spaghettata ad aglio e olio e peperoncino, è tutto quello che è rimasto nelle rispettive dispense, accompagnata da un fiasco di vino. Del resto, alla spesa hanno entrambi rinunciato, qualche testimone oculare sostiene che siano stati allontanati in malo modo dalle guardie private del centro commerciale. Di necessità virtù, comunque, si siedono a tavola, sia pur incassando in silenzio rimbrotti e mugugni delle loro metà: grazie al cielo la dieta mediterranea attutisce le differenze di classe, elimina le condizioni di ceto, unifica le cucine e soddisfa tutti i palati. Ma il Capo, è il dubbio di Ori, ha messo il *grana padano* nella classica spaghettata all'italiana? E Ori, è l'angoscioso sospetto del Capo, non è che ha proditoriamente usato il più gustoso e carestoso pecorino romano?

Il lunedí mattina tira una brutta aria sul cantiere della Voragine. L'atmosfera è pesante, una cappa di piombo che si può quasi tagliare a fette. Il Capo e Ori si *beccano* davanti al cancello all'orario d'apertura. Sembra la sfida tra due pistoleri all'*Ok corral*. Si scrutano con sospetto e inimicizia. Se avessero le pistole le tirerebbero fuori per spararsi a vicenda. Non sarà mezzogiorno, manca ancora molto, ma la tensione è infuocata come nel famoso film western. Anche il sole emette raggi radenti il terreno come strali di fiamma che prolungano le ombre dei due omini fino a trasformarli in gigantesche creature dalle movenze aliene. Come se ogni mossa di uno dei due contendenti potesse essere fatale all'altro. Fortuna che le uniche armi che hanno in possesso sono le chiavi del cantiere in tasca del Capo e un giornale gratuito arrotolato che Ori stringe forte con due mani come se fosse il collo del suo superiore.

Il Capo sperava che Ori arrivasse in ritardo per poterlo aspramente redarguire e - in caso di ritardo oltre la soglia di tolleranza - punire in modo esemplare: e che non succeda mai più, cribbio! (ciascuno aggiunga le *b* che vuole per rendere l'idea della situazione psicologica del Capo). Però, purtroppo per lui che si sente frustrato nelle sue subdole intenzioni di malversazione operaia, Ori si considerava già avvisato dagli avvenimenti del supermercato, si aspettava la tirata di orecchie (o si dice orecchi? è il solito dubbio del carpentiere più pasticcione di un pasticciere senz'arte né parte) o qualcosa di peggio qualora fosse giunto un solo secondo oltre l'orario ufficiale di ingresso al lavoro. Quindi aveva messo in atto tutte le precauzioni possibili per non farsi pizzicare in difetto, mettendosi in moto prima dell'alba, così da presentarsi sul posto di lavoro al sorgere del sole, magari anche qualche istante prima per poter dire in un orgasmo onanistico all'astro nascente: ho fottuto anche te!

A svegliarlo per tempo non era bastata la sveglia a carica meccanica che trilla come un isterico allarme notturno, né la suoneria della sveglietta da comodino, né la moka temporizzata che aveva fatto uscire il caffè con un sibilo espandendo nell'aria un profumo adrenalinico di caffeina che avrebbe aperto gli occhi anche a Lazzaro, se non ci avesse pensato qualcun altro. E allora, come si è svegliato Ori, se tutto questo *zumpappà* mattutino non aveva ottenuto l'effetto sperato? C'è proprio bisogno di dirlo? Meglio di no, del resto così come è difficile, se non impossibile, descrivere l'odore del caffè, o il profumo di una rosa, altrettanto indescrivibile e tutt'altro che profumato è l'alito della signora Ciriola che aveva mangiato la sera prima tanto aglio nella spaghettata da stendere mosche e zanzare a metri, forse chilometri, di distanza. Ecco come e perché Ori si è svegliato prestissimo: non ne poteva più del talamo nunziale impestato sopra e sotto la coperta da refoli d'aria non propriamente salubri.

Cribbio! Il Capo non si aspettava tanta puntualità, anzi, come detto, confidava in una voluta mancanza di rispetto del contratto, alché avrebbe potuto alzare la voce! Invece Ori aveva preceduto lui e fatto fesso il sole: l'ha fatto apposta - mugugna il Capo - per esautorarmi dall'esercizio della mia autorità! Ma prima o poi lo becco, eccome se lo becco, non so ancora come e perché, però lo becco!

Per il momento, comunque, è questo il pensiero che Ori manifesta con un malcelato sorrisetto istrionico, sono io ad averti fatto fesso, ovvero cornuto e mazziato - come usa dire in dialetto napoletano, tanto per variare l'idioma.

Snocciolato il meccanismo di apertura del lucchetto della Voragine, che ha più mandate del chiavistello di San Pietro, il Capo sospinge, non senza fatica e qualche goccia di sudore, il pesante cancello di lamiera arrugginita che struscia per terra rendendo ancor più gravosa l'operazione, perché si tratta di sollevare e al contempo smuovere l'impalcatura per riuscire a spalancarla. Ori lo lascia fare senza accennare a dargli una mano. Perché poi dovrebbe? In fin dei conti l'apertura del cantiere non è compito suo, non è stipendiato per questo: chi vuole i cancelli e i lucchetti se li apra da sé. Il Capo sa benissimo come stanno le cose, quali sono i doveri di Tizio e Caio. Non sta mica al vertice del comando per prendere lucciole per lanterne. Se desse ad Ori l'ordine di fare qualcosa che Ori contrattualmente non è obbligato a fare si sentirebbe rispondere con un doppio pernacchio: quello di Ori nel rifiutarsi e quello della Direzione della Voragine che gli farebbe pesare l'abuso d'ufficio e conseguentemente d'autorità. Meglio fare da soli, dunque, chi fa da sé fa per tre; e chi fa, soggiunge il Capo, a meno di Ori, fa addirittura per quattro o cinque.

- Prego si accomodi, signor Tritabulloni - ironizza il Capo

scappellandosi per sottolineare il tono da presa in giro.

- Grazie *mister president* - risponde Ori che, per stare al gioco, si è preparato qualche raccogliticcia espressione in inglese, tanto per tenere testa all'esibizione di cultura linguistica classica e moderna del Capo. Chi si crede di essere, si rammarica Ori, anch'io ho farina nel mio sacco.

Dopodiché, più niente. Silenzio assoluto, i due non scambiano una parola. Facce tese, musi lunghi, lingua alla catena. Non si sente neanche una battutaccia del Capo o una fesseria di Ori. L'operaio si dirige verso la Voragine non si sa bene a fare che cosa, il Capo procede lentamente verso la baracca in cui dovrebbe escogitare qualcosa da far fare al suo operaio. Ma cosa? Progetti? Nessuno. Idee? Nessuna. Proposte? Il vuoto. Strategie a breve o a lungo termine? Non spetta a lui. Prospettive? Sí, lallero: stava qui nella Voragine se ce le avesse avute. Il Capo mastica amaro non tanto per il capitolato degli appalti della Voragine che è oggetto di indagini e inchieste dal primo colpo di zappa, quanto per lo spuntino della pausa pranzo. Dopo il bisticcio del supermercato gli sarà complicato accedere alla ciriola di Ori, il quale di cognome fa appunto Ciriola come il suo panino.

Non si sa come faccia la moglie di Ori a farcirglielo tanto da farlo sembrare un cocomero cresciuto sull'albero del pane. Scava fuori la mollica infilando il braccio fino al gomito nello sfilatino - poi ci spinge dentro a forza di braccia sudate due o tre mozzarelle di bufala, dodici... facciamo tredici fette di mortadella, mezzo chilo di salame tipo milano, trecento grammi di porchetta d'Ariccia, quattro pomodori, tre uovi (o uova?) sode, un ciuffo di basilico, un tubetto di maionese, otto cetrioli sottaceto, tre fette di formaggio coi buchi, un barattolo di salsa. Condito il tutto con mezzo litro di olio, una manciata di sale e pepe, la signora Ciriola aggiunge alla ciriola in preparazione il tocco d'artista: una foglia di lattuga come decorazione sul *top* del manufatto alimentare, che già basterebbe a sfamare una comitiva, perché un po' di insalata giova alla salute e abbassa i livelli del colesterolo (Ori ce lo ha alto e deve starsi attento ai grassi insaturi).

Ah sì? Ci ha il colesterolo alle stelle? Allora gli faccio un favore, riflette il Capo, a supportarlo nella strippata: per il suo bene, ché se mi mangia troppo... *doppo* (il Capo sorride dell'invenzione letteraria che si concede col raddoppio della consonante) si sente male e mi cade riverso nella Voragine come il morto di sonno che è. Mal comune mezzo gaudio! pensa il Capo arrogandosi con una scusa meschina e una ipocrita giustificazione basata sulla scienza alimentare che non ha studiato, il diritto dello *ius primo morso* con l'intenzione di spazzare via in un sol boccone la causa principe della tentazione al peccato di gola di Ori. Il Capo spalanca le ganasce fino all'inverosimile, come uno squalo all'attacco: si sentono scricchiolare le mascelle nello sforzo di addentare l'oggetto ben farcito del desiderio. Ma il problema sorge quando il pescecane serra i denti intorno alla crosta di pane, perché la pressione interna dell'involtino (involtone sarebbe detto meglio) è talmente alta e concentrata, al limite dell'esplosione e dell'attentato dinamitardo al sugo rosso, che i cetrioli sottaceto partono da tutte le parti come missili o siluri in rampa di lancio privi di calcoli balistici precisi. Questo scenario fino a ieri è stato possibile: il Capo ha puntualmente disinnescato l'ordigno gastronomico introdotto da Ori nella Voragine pappandoselo tutto lui. Ma oggi, che succederà? Ori si lascerà depredare con lo sguardo languido del capro espiatorio?

Ori è stolto, rimurgina il Capo, però è di parola: se dice che farà qualcosa, sicuramente la farà. E siccome ieri ha annunciato *urbi et orbi* che non si lascerà più sfilare lo spuntino, il Capo teme di doversi effettivamente accontentare della carota con cui l'operaio appena ieri, e non ai tempi della rivoluzione sovietica, minacciava di infilzarlo e di sodomizzarlo. Sono questi gli oscuri pensieri che si agitano nella mente del Capo che viene studiando una strategia di appropinquamento al cestino del suo dipendente, comunque non obbligato dal regolamento della Voragine a cedergli la prima azzannata, quando all'improvviso il silenzio viene squarciato da un grido di Ori.

- È un grido di dolore o di piacere? - si informa il Capo affacciandosi alla finestrella della baracca. - Ha segnato la tua squadra del cuore o il pallone è entrato nella porta sbagliata? -

Dalla Voragine spunta il capoccione di Ori preceduto da due arti sbraccianti e gesticolanti come se avesse il fuoco al sedere.

- Se hai bisogno di aiuto - il Capo reclina ogni eventuale richiesta in tal senso - rivolgiti da un'altra parte, io sono troppo impegnato ad aiutare me stesso a pensare come alleviare i morsi della mia fame! -

Ori è però assordato dalle sue stesse grida: guardi che ho trovato, guardi qui che ho trovato!

- Cos'è Ori, che ti sbandieri come un biglietto vincente della lotteria? Non lo sai, povero illuso, che le lotterie le vincono solo i ricchi perché come dice il proverbio: piove sempre sul bagnato? Tu sei ricco sfondato? Sfondato si, ma non ricco, quindi non puoi assolutamente aver vinto! -

Ma Ori è troppo preso dall'emozione, dalla gioia, dalla sorpresa perché crede di aver trovato nella Voragine, quasi come un dono della stessa, la mappa per uscire fuori ed assurgere chissà dove. Forse addirittura in paradiso!

Il Capo è più equilibrato nel misurare la portata del rinvenimento. Non nega che si tratti di una cosa insolita, forse speciale, al limite anche eccezionale... ma sa pure che le delusioni (e gli imbrogli!) sono sempre in agguato: dalle stelle alle stalle, dice il proverbio, e lui è troppo esperto di fregature (mollate ad Ori) e delusioni (di cui è sempre Ori l'unico responsabile) per cadere in facili e prematuri orgasmi ed eiaculazioni varie.

- Piano Ori, andiamoci piano e ragioniamo con calma. Il rischio è sempre quello di prendere un granchio. O fischi per fiaschi. Forse diamo troppa importanza all'epifania... -

- La befana è passata da quel dì, Capo - lo corregge Ori,

- Epifania sta per evento eccezionale nel gergo di noialtri comuni mortali. Eccezionale, ma probabilmente non unico e neppure sublime. Devo rifletterci bene... -

- Ma lei non ha capito, la Voragine secondo questa mappa è un buco verso il cielo! -

- Sarà pure un buco, e non posso negare che la Voragine lo sia, ma può sempre essere un foro di scarico e non di carico. -

- Sarà quel che sarà, Capo! - Ori è preda dell'entusiasmo che non ha ancora del tutto raffreddato nonostante le frenate del Capo che continua a consigliare di andarci coi piedi di piombo al fine di evitare figuracce.

Il Capo si rigira tra le mani il papiro consegnatogli dall'operaio responsabile del casuale ritrovamento. Lo guarda in controluce facendosi quasi abbagliare dai raggi del sole ormai alto sull'orizzone della Voragine. Si sincera circa consistenza e qualità cartacea strofinandolo tra indice e pollice. Gli sta di certo passando per la mente che, qualora si rivelasse un papocchio inutile, potrebbe sempre tornare buono per uso carta igienica, dotazione che la Direzione della Voragine ha smesso di fornire ai due dipendenti lasciati a fare i bisogni senz'acqua e senza mezzi tecnici per effettuare le pulizie delle parti intime. Naturalmente tiene l'idea per sé, se ne riparlerà quando mi scapperà qualcosa di serio! Per il momento ritiene che sia più opportuno evitare polemiche e rimostranze su chi l'ha trovato per primo, il rotolo, e su chi ha diritto di usarlo per primo.

- In effetti pare una delle novecento perganene dell'Antico Testamento... se non ricordo male anch'esse furono rinvenute in una grotta, sí insomma in una Voragine come la nostra, sulla riva nord-occidentale del Mar Morto... -

- Accidenti Capo, vuol vedere che siamo morti anche noi senza saperlo! -

Il Capo squadra criticamente Ori: - Ma che ti sei mangiato stamattina, pane amore e fantasia? -

- Ogni tanto anche a me esce qualche frase ad effetto, Capo. E poi questi fogli emanano uno strano alone di intelligenza, solo guardandoli, mi sembra di capire l'universo intero! -

- Ti sembra di capire, Ori, ma in realtà come al solito non capisci niente. Prima di gridare al miracolo, prima di strillare *eureka* ai quattro venti, prima di farci ridere dietro da tutti, dobbiamo sottoporre la questione agli organi competenti, ossia alla direzione della Voragine.

- Ma se sono proprio loro, lassù, a non capirci un tubo! - si ribella Ori. - Facciamo da soli a capire, Capo, così ci sbrighiamo prima, perché se aspettiamo loro... -

Il ragionamento di Ori una volta tanto non fa una piega. Tuttavia, secondo il Capo bisogna seguire la prassi: si chiamano *procedure* proprio perché sono utili e necessarie ad andare avani, quindi rispettiamole!

- Tanto per cominciare prendi il registro degli oggetti rinvenuti nella Voragine e scrivi, se sei capace di scrivere altrimenti metti una semplice *ics*... quella la saprai fare, no? -

- Capo, l'analfabetismo è stato sconfitto il secolo scorso, so mettere sia una *ics* che una croce sopra, solo che non so dove metterla: in cima come titolo o in fondo come firma? -

- Non ti si chiede un'opera letteraria, ma un semplice verbale, ignorante! -

- Forse un romanzo mi uscirebbe meglio di un verbale. -

- Ho capito, buono a nulla, lascia perdere, da qua, scrivo io che so scrivere meglio di te sia i romanzi che i verbali. -

Il Capo strappa di mano ad Ori il libro dei verbali del cantiere della Voragine. Ori s'imbroncia e manifesta la sua contrarietà con un "che maniere" che lascia però il tempo che trova: come si fa ad abbozzare una protesta a parole, sia pur dure, di fronte ad una belva che ti sta per sbranare?

- La penna, Ori, passami la penna, subito! -

Ori si guarda intorno senza capire cosa stia cercando da lui il Capo.

- Non sei un pavone, non ti pavoneggi con le penne sul culo, stupido operaio che non sei altro! Ti sto cercando una penna per scrivere! -

- Ma Capo - obietta timidamente Ori - le pare che se avessi una penna continuerei a subire le sue angherie? Mi sarei già dato da un pezzo alla narrativa, o alla poesia! Oh sí avrei scritto un'Odissea circa le mie peripezie nella sua Voragine. -

Il Capo vorrebbe replicare: come mia, se l'hai scavata tu?! Ma questo è un discorso che ormai ha fatto il suo tempo. Quindi si appella al diritto di non replicare. Tuttavia non può fare a meno di insistere.

- Però avrai nella tuta da lavoro, in qualche saccoccia poco frequentata dalle tue manacce pelose, almeno una matita? -

- Una matita - si stupisce Ori - io? Per farci che cosa dovrei avercela? -

- Per fare la quadra dei muri da erigere. -

- Qui non si erige più niente, Capo. Si scava e basta. -

- Non torniamo per piacere al discorso delle fondamenta del nostro avvenire, ma devi pur sapere che c'è sempre un tempo per scavare e un tempo per erigere. -

- No, niente erezione, Capo... cioè niente matita. -

- E come fai i conti degli angoli da smussare, scavando senza appuntarteli? -

- Me li appunto sui *diti*... - suona ingenua la risposta di Ori.

- Ma ne hai solo dieci... -

- Più quelle delle fette (dei piedi, ndr.) e fanno venti. -

- E tu con venti riesci a fare i calcoli? -

- Se ne è dimenticato uno, Capo: in tutto fanno ventuno! -

Ori si sta cacciando in un bel guaio.

    - Quello non conta. Non è un dito. -

    - E perché no? -

    - Perché non ha falangi, non ha cartilagini, non è un osso. E poi l'hai detto tu stesso che nella Voragine non si erige più niente, niente erezione: ergo, decade il ventunesimo puntello su cui appuntarti i conti senza usare la matita. Quindi fino a quanto puoi fare di conto con i venti appuntelli che ti ritrovi tra le gambe... cioè tra mani e piedi? -

    - Con venti *diti*... o dita, come si dice?... beh insomma! posso contare fino a venti, Capo. -

    - E poi? -

    - E poi, basta così - ammette Ori continuando a interrogarsi sul plurale corretto a proposito delle sue estremità, quesito gramma-ticale su cui l'operaio tornerà tra poco con la sua teoria del "si parla come si mangia", secondo la quale (l'operaio non lo sa di citare, anche se del tutto involontariamente, addirittura un linguista come il de Saussurre o un filosofo del linguaggio come Wittgenstein!) il "come lo dico io a casa mia" è il modo più giusto di dirlo e di scriverlo. Punto!

    Ciò non significa che le teorie di Ori siano tutte valide solo perché gli nascano dall'istinto e non dalla conoscenza scientifica, una cosa che non ha, la conoscenza, visto che non sa un piffero. Non sa neppure di essere lui stesso, con la sua *dotta ignoranza* (l'ossimoro è farina del sacco del Capo) ad attirare guai e disgrazie - come le feci di un cavallo o di una mucca attraggono le mosche. Già! La sua esistenza fatta di fallimenti e crolli, di malfunzionamenti e difetti di fabbrica, non lo ha mai condizionato fino al punto di convincersi di essere proprio lui la causa di tutti i suoi mali e degli insuccessi della sua lunga e gloriosa carriera di scazzatore di mozzi e procuratore di inconvenienti più impensabili: la trapanatura accidentale del tubo dell'acqua e del condotto del gas, la quadra del muro che non quadra, l'intonaco che si stacca, il nastro adesivo protettivo che invece non si stacca più, l'acido muriatico versato sui marmi di Carrara, tanto per fare qualche esempio. O addirittura l'inclinazione della Torre di Pisa che pare da imputarsi a qualche suo lontano antenato. No, continuava imperterrito a ripetere a se stesso, io posso sempre mutare in meglio il mio funesto destino di imprenditore di catastrofi e sciagure, basta volerlo, ed io lo voglio, voglio essere un operaio modello.

Ma la volontà, amico mio, lo corregge sempre il Capo, non basta. Il "volere" basato sull'istinto, fine a se stesso perché non soste-nuto dal Sapere, non fa volare gli aerei né può far da volano ad un sano spirito di impresa che dovrebbe animarti per diventare quello che appunto vorresti. La volontà di potenza, amico mio (e dagli con questo "amico mio"!), è nulla se non viene confortata dall'adeguato supporto degli strumenti più adatti ad espletarla, esprimerla, concretizzarla. La volontà di potenza è quindi annullata dall'impotenza della volontà: se voglio dunque posso, ma se non posso perché non sono capace di far niente... non posso neppure volere un bel niente. Potere dunque prima di volere, questo è il rimedio. Potere è Sapere.

Riaffiorano cosí nella sua mente di portatore di licenza elementare, quella media non fu da lui conseguita neppure scopiazzando in giro, gli incubi della sua esperienza scolastica pregressa in cui i compagni di classe paragonavano il suo capoccione penzolante sul collo alla zucca di Hallowin: vuota e con una lucetta artificiale dentro.

Testa vuota, di rapa, di legno, di cavolo, di qualcos'altro e qualche volta perfino piatta, per l'appunto: erano questi i gentili attributi che i compagni di scuola gli avevano appioppato fin dalla scuola materna e da cui il povero Ori non riusciva a schiodarsi. Si era perfino convinto di essere veramente cretino, che nella sua vita non avrebbe combinato mai nulla di buono - né però di cattivo: semplicemente nulla! Fu così che cominciò a percepire di non contare niente, di essere uno zero assoluto; dapprima in partenza, quindi in potenza, fino a diventare quello che era, è sempre stato e sempre sarà: un fiasco.

Ma se fiasco doveva proprio essere, che almeno lo fosse al cento per cento, meglio ancora al duecento per cento, alla grande! Ed eccolo così diventare, dopo aver abbandonato precocemente gli studi per manifesta incapacità di intendere e di volere, muratore apprendista, pittore di calcinazzi, scavatore di fossi, spanatore di viti, sverginatore di intonaci lisci, terrorista delle pareti piastrellate, posatore in pessima opera di pavimenti e parquet su cui non si può camminare perché scricchiolano sotto i piedi come ossa rotte, nonché arronzatore di impalcature stortignattole... tralasciando ogni ulteriore commento sulle sue qualifiche e specializzazioni tecniche su cui è meglio stendere un velo pietoso.

- Ecco, lo vedi? Se ti dai la zappa sui piedi da solo, pastroc-chione, a chi puoi dare la colpa se non a te stesso che non possiedi neppure una matita da muratore per fare dei semplici conti sulle misure delle opere da erigere? Se ti meni il martello sul pollicione o se ti casca in testa un pezzo dell'impalcatura che hai maldestramente costruita, se infili il piede nel barattolo della vernice fresca, se la saldatrice resta muta perché non hai attaccato la spina, se il razzo di soccorso fa cilecca quando hai bisogno davvero di aiuto perché hai inavvertitamente bagnato la miccia pisciandoci sopra come un rognoso quattrozampe che alza la gamba a cazzo di cane, se ti addormenti col trapano acceso in mano e ti pratichi un foro nella zampa della capra che sei, se nella cementiera al posto della sabbia sversi per sbaglio il liquame del cesso chimico del cantiere, se perfino il giravite si rifiuta di girare nelle tue mani unte d'olio che cola dai tuoi spuntini e di grasso che ti spalmi voluttuosamente addosso tastandoti lo scroto (guardati, cafone, ti si è consumata perfino la patta della tuta da lavoro a furia di smanacciartelo, il tuo morbidone!), insomma, se tu sei la causa prima e forse unica di tutti questi imprevisti operativi, se tu sei il campione del mondo dell'infortunio sul lavoro, se le tue opere non hanno mai fine quando devono essere ultimate subito perché passi il tempo a menarti l'uccello, ma invece termini in fretta e furia quello che dovresti procrastinare (breve inciso: che significa *procrastinare*? chiede Ori, te lo spiego dopo, taglia corto il Capo), allora... -

- Allora che? - è la sfida dialettica dell'operaio Oreste Ciriola, cui è rimasta una parvenza di coscienza di classe quando deve rispondere del suo operato.

- Allora a chi vuoi dare la colpa, eh? Ai diritti che ti hanno tolto o hai doveri che non hai assolto procurandoti una matita come sarebbe stato tuo compito? -

Ori non sa che rispondere. Scuote il capoccione. Del resto gli è rimasta solo una pallidissima idea dei suoi diritti, può ancora invocarli genericamente ma non riesce più a parlarne con cognizione di causa, dal momento che ha perso coscienza della loro natura e della loro storia: non sa più cosa essi effettivamente siano, in quale ambito erano utili quando la classe operaia li aveva conquistati e dove e come e quando esattamente siano stati annacquati, allentati, dispersi, sfumati e poi alla fine decisamente negati addirittura in nome dei livelli occupazionali, visto che meno diritti ci sono - sostengono i detrattori dei sindacati - e maggiore è l'interesse a sfruttare i lavoratori come lui. Quindi, ecco l'antifona ideologico-sociale del Capo: meno diritti e più posti di lavoro, più lavoro e meno diritti soprattutto per lui che si trova con un mucchio di lavoro da non fare e senza alcun diritto da far valere. E pure senza percepire un vero e proprio stipendio, ma solo un contentino elettorale per tenerlo buono quando serve il suo voto. Ma porco cane! Un Capo senza lavoro resta pur sempre un Capo che può rimproverare il suo operaio: cribbio, vuoi pure essere retribuito per quello che non fai? Ma un operaio senza lavoro, senza diritti e senza stipendio è uno che... fa cosa? Chi è veramente Ori? Lui ricorda con mesta nostalgia i bei tempi andati, quando poteva andare a fare due gocce quando gli scappava senza dover chiedere un permesso straordinario non pagato: quando se lo poteva menare in pace senza sobbalzare al richiamo del Capo che intima gracchiando nell'alto-parlante: *il manovale Oreste Ciriola è invitato a fare in fretta a sgrullarselo perché alla terza spennellata viene contata una masturbazione e di conseguenza detratta una sega dal fottuto stipendio mensile!*

Per quanto invece riguarda i cosiddetti "doveri", ossia l'altra faccia della medaglia, ha le idee più chiare: deve farsi il culo, punto e basta. E che non me lo faccio, io? Non sto forse operando ai sensi del mio contratto? Se mi dicono di fare qualcosa, la faccio fino in fondo... già il fondo, accidenti a lui e a quando l'ho raggiunto a furia di spalare, spicconare e vangare come un minatore! Se non mi dicono niente, cerco di inventarmi qualcosa tra la pausa sigaretta e la pausa pranzo altrimenti sembra che non stia facendo proprio quel niente che non mi dicono di fare... insomma, ci siamo capiti.

- Capo, ho un'idea - Ori s'illumina improvvisamente d'immenso come nella laconica poesia di Ungaretti.

Il Capo ha esaurito da un pezzo l'arsenale delle contumelie da riversare sul malcapitato operaio, quindi non può far altro che sospirare come se esalasse l'ultimo respiro:

- Sentiamo! -

- Abbiamo ritrovato nella Voragine una macchina da scrivere... -

- Che tu però battezzasti pisciandoci sopra, Ori, ricordatelo. -

- Ma ormai si sarà asciugata... potremmo usarla per redigere questo maledetto verbale! -

- Tu sai scrivere a macchina? - si stupisce il Capo - È un'anticaglia antidiluviana che nessuno sa più usare... non posso credere che tu abbia una memoria atavica retroattiva fino a questo punto! Sarai pure un retrogrado, un paleolitico, un uomo delle caverne, ma a tutto c'è limite! Battere a macchina, sí lallero! Sarebbe come insegnare a un cacciatore con la doppietta ad acchiappare le prede sfuggenti e rapide come saette con arco e frecce! -

- Non l'ho mai fatto, ma non deve essere poi tanto difficile; ho visto una volta una *gag* di Jack Lemmon che usava i dieci diti delle mani per battere come un matto sui tasti meccanici... vede che i miei dieci diti alla fine della giostra possono sempre tornare utili? -

- Dita... le dita, non i diti, ignorante. -

- Le sue saranno pure "dita", ma le mie in italiano, almeno come si parla a casa mia, si chiamano "diti". -

- Ma oltre a questi tuoi "diti" serve pure il foglio di carta *extrastrong...* -

- No, Capo, accetto tutto da lei, ma lo *strong* soprattutto *extra* proprio no, lo dice a sua sorella! -

- Idiota, è il formato della carta che si usava *illo tempore*: *extra* sta per grande formato e *strong...* -

- Il suo è un dialetto proprio strano, Capo! - lo interrompe bruscamente Ori che non vuole andarci a litigare.

Strong o meno, la questione del foglio di carta lascia tuttavia i due contendenti piuttosto cogitabondi. Pensa di qua che pensa di là, alla fine salta fuori (tra parentesi: la memoria storica della Voragine non registra il merito della scoperta) una soluzione provvisoria: il cappello di carta di Ori che non può essere usato come carta igienica perché ci è colato sopra un barattolo di aggrappante: sarebbe fatica sprecata e forse anche doppia, se non addirittura un pericolo all'incolumità delle parti meno nobili dell'organismo umano e operaio, nettarsi il posteriore con l'aggrappante ancora fresco! Invece come foglio può assolvere la funzione di far aggrappare bene le parole là dove devono essere fissate con chiarezza, nero su bianco. Basta piegarlo in quattro e provare a farlo entrare nel rullo, operazione che a Ori e al Capo, tra tira e molla, strappi e spiagazzature, maledizioni indicibili e imprecazioni varie, alla fine riesce. Ori si mette cosí alla scrivania con la macchina da scrivere davanti come ai comandi di un *jet* e le mani in aria aperte e scalpitanti come un pianista, mettiamo Rachmaninov, che sta per iniziare un concerto di Chopin.

- Dunque dunque... scrivi... Oggi domenica primo maggio... - il Capo comincia a dettare ma viene subito interrotto dal provetto dattilografo che si permette di obiettare:

- Scusi Capo, oggi è lunedí due maggio... -

- Lo so che giorno è oggi, sciocchino. Ma tu invece sai come dice il proverbio? Passata la festa gabbato il santo, capisci? -

Ori ammette, con uno sguardo da merluzzo appena tirato su dal mare, il suo assoluto spaesamento. Il Capo si sforza allora di spiegarsi meglio così da togliergli l'amo dalla bocca che continua a tenere mezza aperta.

- Se noi verbalizziamo il ritrovamento in data lunedì due maggio, pensaci bene, il nostro sacrificio umano non assumerebbe sufficiente importanza agli occhi della direzione che potrebbe archiviare con un semplice "embeh?", ché di oggetti rinvenuti nella Voragine, anticaglie e reperti sacri, monoliti e totem, piramidi e mummie risvegliate dal sonno millerario ne ha visti a bizzeffe, a dozzine, a migliaia, una caterva! come si dice qui nella Città Eterna, e ci ha ampiamente fatto il callo. Viceversa se noi attestiamo che la domenica primo maggio ci trovavamo, ligi alla chiamata del dovere sul posto di lavoro, non per nostro sommo diletto, altrimenti saremmo rimasti nel nostro, di letto!, bensì allo scopo di procedere all'estrazione improcastinabile di materiale estremamente delicato e soggetto a rapido deperimento... sai che ci fanno? -

- Ci pagano gli straordinari? - fa Ori speranzoso.

- No, caro amico mio, molto meglio: ci rifilano una pacca sulle spalle, un riconoscimento ufficiale di cui andare entrambi orgogliosi! - il Capo spezza sul nascere le illusioni del suo operaio che sbotta.

- Ne ho pieni gli scatoloni di pacche sulle spalle, Capo, ma se lei mi dice di battere, io batto, non importa se col martello, sulla via Salaria con un gruppo di prostitute dell'Est, o sui tasti di questa fottuta macchina per scrivere. -

Nella foga del discorso pigia violentemente i polpastrelli sulla tastiera. Non l'avesse mai fatto: non appena le asticelle delle lettere si mettono in moto a catapulta per colpire e stampigliarsi sul cappello cartaceo di Ori steso come un foglio extrastrong, parte uno schizzo, anch'esso molto strong, di inchiostro dal nastro scorrevole che, ancora inumidito e impregnato di pipí precedentemente orinata da Ori, non si è asciugata completamente. Lo schizzo centra in un occhio il Capo appollaiato come un avvoltoio sullo strumento meccanico per sbirciare l'operato del suo maldestro sottoposto.

- Mannaggia a te, Ori e alla tua piscia! Mi brucia tutta la pupilla, non ci vedo più niente, anzi vedo tutto giallo paglierino! -

- Scusi, Capo, mi è partito un colpo - si giustifica il responsabile dell'increscioso incidente - ma lei si è scelto proprio un punto di osservazione sbagliato: per leggere e controllare quello che scrivo sotto sua dettatura deve mettersi al di qua e non al di là del foglio che batto. -

- Sarebbe colpa mia che detto da professionista o tua che batti da uomo delle caverne con tanto di clava? Devi andarci più delicato sui tasti, Ori, cosí me la sfondi! -

- Non è cosí semplice come la tastiera di un computer - si giustifica Ori che però ha (un'altra?) intuizione apparentemente geniale: - A proposito, la direzione della Voragine non le ha dato in dotazione un *lap top*, un portatile, qualcosa di elettronico, che so un computer? -

- Certo che me lo ha dato, ma si sono dimenticati di comunicarmi la *password*. Ci ho provato con tutte le parole che conosco, cioè tutte quelle dello scibile umano, compreso il nome di tua moglie... come si chiama? ora non me lo ricordo qui su due piedi con un occhio arrossato, anzi ingiallito dal tuo acido muriatico che neanche la creatura di Alien riuscirebbe a spruzzare... che male! -

- Mia moglie si chiama GERDA che sta per Gertrude... -

Il Capo strabuzza l'occhio sano continuando a coprirsi con entrambe le mani il bulbo infettato dalla goccia di orina di Ori mista all'inchiostro del nastro scorrevole. Apre la bocca come un povero allocco che viene colto di sorpresa a masturbarsi di nascosto.

- Cribbio, credo di aver commesso un errore perché ho inserito il nome di tua moglie come *password*, per l'appunto GERDA, ma con la M come consonante iniziale, sai com'è, per associazione di idee... -

- Merda lo dico io, Capo. Accidenti a lei, non alla mia signora, ma proprio a lei, non mi dica che siamo stati senza internet, isolati e nell'impossibilità di comunicare col resto del mondo per colpa del nome di mia moglie da lei cosí bastardamente travisato e deformato - s'inalbera Ori come uno struzzo a cui vogliono sfilare l'uovo in cova.

A proposito di struzzo, chissà perché si chiama calcestruzzo, s'interroga Ori quando deve mettere le mani in pasta per appurare la consistenza della mescola da applicare a parete. Ma siccome non si è mai saputo dare una risposta a tal proposito, non apriamo il delicato capitolo delle sue risposte senza domande o dei suoi quesiti cui non sa rispondere. Pensiamo piuttosto al Capo che, preso di infilata sul tema del nome di battesimo della signora Ciriola, adotta a sua volta la politica dello struzzo, qui lo struzzo ci vuole: fa finta di niente, allarga le braccia e si giustifica come può.

- Non venirmi a raccontare che non è mai scappato anche a te un "merda" quando osservi la scena tremebonda della tua obesa consorte in preda alle contorsioni sul traballante baldacchino che le hai costruito, con somma imperizia diciamolo, sottraendo palanche e chiodami al cantiere della Voragine per farla accomodare sul defecatoio senza rischiare uno schianto dei supporti dei sanitari! -

Ciò detto, il Capo accende il computer che carica lentamente *files* e sistema dando fondo alla *ram* come un bulimico che non vede cibarie da un semestre intero. Però, digitata la password iniziale richiesta, l'apparecchio reagisce con una strana pernacchia. ACCESSO NEGATO.

- A sòreta! - reagisce il Capo all'insolenza dello screanzato cervello elettronico. - Lo vedi? Questa merda non vuole funzionare neppure se scrivo il nome di tua moglie Gerda con la consonante ufficialmente registrata all'anagrafe canina. -

Ori resta per qualche istante a fissare con sguardo ebete lo schermo del computer su cui lampeggia insistente la richiesta INSERIRE PASSWORD. Né MERDA né GERDA hanno sortito effetto alcuno, dunque.

- Come si chiama invece sua moglie, Capo? - si risveglia dal letargo operaio.

- Boh! - borbotta il Capo.

- Bel nome! - constata ingenuamente Ori.

- Cretino, non me lo ricordo... - Ori è però incredulo, lo squadra con una smorfia che sta a significare: ma chi crede di prendere in giro! Cosí il Capo è costretto a precisare: - Cioè, veramente me lo ricordo benissimo, ma non te lo voglio dire ché la tua facile ironia mi farebbe girare i *cabasisi* come direbbe il commissario Montalbano! -

- E che sarà mai! Non si chiamerà mica Santippe, come la moglie del filosofo greco, nome che fa rima con l'antica pratica di autoerotismo... -

Ori sta andando troppo in là: le spara grosse e pesanti. Bisogna subito mettergli freno, palafreno e un bel bavaglio alla boccaccia insolente. - Ha qualcosa da ridire o da ridere, sentiamo! Poi si prenderanno i necessari provvedimenti disciplinari del caso. Ride bene chi ride ultimo, ah ah ah. -

- Se si chiamasse Pippa come la sorella della moglie dell'erede al trono d'Inghilterra? -

- Trono? Allora potrebbe chiamarsi Regina! Perché no? -

- Già, perché no! E come suonerebbe in questo caso il tuo motteggio? -

- Se mia moglie Gerda, dimunitivo di Gertrude, per lei si chiama Merda, allora sua moglie Regina per me si chiamerebbe col superlativo assoluto del settore gastrointestinale... Scorreggina! -

Hai voglia a mantenere la calma. L'occhio del Capo brucia e il fondo del sedere pure al legittimo proprietario dell'apparato digerente e relativo tubo di scarico.

- E invece si chiama Giuseppa, Peppa sarebbe il suo diminutivo. Ma giacché mi è stato tassativamente proibito esclamare in giro per casa "mannaggia la Peppa", perché la mia signora mi si offende, allora io l'ho ribattezzata più semplicemente Pippa onorandola del nome di un alto membro della famiglia dei reali di Buckingahm Palace. -

- Membro e Pippa stanno bene insieme, Capo, complimenti! -

- Capo un corno, la testa te la stacco io se non la smetti di dire stupidaggini! -

- Comunque Pippa non è la *password* giusta. -

- E neppure Merda a quanto pare. -

- Né Gerda né Peppa, appunto. -

Si guardano con aria interrogativa: ciascuno vorrebbe la soluzione dall'altro. Ma se la soluzione venisse invece dall'alto? Stanno riflettendo. E se fosse già venuta, l'ambita soluzione dei loro problemi, e loro non se ne fossero accorti scambiando una semplice comunicazione operativa per un ordine imperativo? Piano piano arrivano entrambi a sciogliere l'enigma ed esclamano in coro come fulminati contemporaneamente da un lampo:

SCATTARE!

Ori allunga una mano sulla tastiera del computer e digita le parola senza neppure attendere il via libera ufficiale.

Il Capo non fa in tempo a prenderlo a cazzotti come il subordinato meriterebbe per aver proceduto senza il suo esplicito consenso, senonché, previa emissione di un *pling* confermativo dell'operazione, il computer s'illumina come un albero di Natale facendo finalmente comparire la scritta:

ACCESSO CONSENTITO.

- Urrà! - esulta Ori.

- Ed ora? - si interroga più realisticamente il Capo che non vuol perdere il controllo della situazione né lasciarsi prendere dall'eccessivo entusiasmo.

- Siamo entrati nel sistema, Capo! - è il fiero commento dello spalavoragini.

- Vacci piano col dentro, Ori, hai già combinato un disastro dentro la Voragine. Mi sai spiegare che diavolo ci facciamo io e te nel sistema? -

- E che ci facciamo nella Voragine? -

- Niente Ori - replica il Capo - assolutamente niente. -

- Ed è quello che continueremo a fare nel sistema operativo della Voragine: niente! -

- Questa è una buona idea. Tuttavia adesso che siamo in contatto col piano di sopra dobbiamo comunicare via mail il rendiconto della giornata. Ci chiederanno che avete combinato? Che avete fatto? E noi che gli diciamo? -

- Quello che gli stavamo dicendo prima con la macchina da scrivere: abbiamo trovato la chiave di volta, non basta? -

- Quale chiave di volta? -

- La mappa del cielo, Capo. -

- Nella spazzatura della Voragine? - obietta incredulo il Capo.

Estrae gli occhiali da vicino, gira la lampada da tavolo puntando il fascio di luce sul manoscritto riportato alla superficie da quello sparapalle di Ori e comincia attentamente a studiare le carte con l'aria assorta dell'avvocato che non sa che pesci prendere in tribunale.

- Cribbio! - si limita ad esclamare col massimo contenuto di *b* immaginabile. - Ma sarà vera questa roba? Mi sembra tanto strano, stento a crederci... anch'io che sono credente nutro qualche dubbio. -

Ma certo che è tutto vero! Ori ne è assolutamente convinto, anche se alla prima lettura sommaria del manoscritto non ci ha capito nulla.

Il Capo fa l'avvocato del diavolo:

- Stiamoci attenti. Se si tratta di una baggianata di qualche teologo strampalato o, peggio, di uno scherzo da prete che vuole convincerci dell'esistenza di un ipotetico al di là, e poi quando stiamo per esalare l'ultimo sospiro ci fa: tié, avete abboccato... noi che si fa? -

- Quello che facciamo di solito, Capo: niente! -

Il Capo lo apostrofa coi soliti insulti che non necessitano di essere ulteriormente riportati in questa sede: sarebbe tempo perso visto che ne siamo già ampiamente edotti. Anche le risposte di Ori non sono degne di nota, semmai riportabili in un dizionario delle trivialità più censurabili e delle cose da non dire.

Veniamo al brogliaccio. Si tratta di un *block notes* con tanto di cartone rigida sul retro per agevolare la scrittura tenendolo con una mano e con l'altra la penna (con cui Ori si gratterebbe piuttosto il cuoio capelluto). I fogli sono di colore carta zucchero, un celeste smorto su cui risalta l'inchiostro verde della scrittura. Che sembra eseguita di getto, come sotto dettatura di una forza metafisica in una notte di sbronza. Infatti molte parole sono indecifrabili, altre riportano aggiustamenti e correzioni per farle capire, non tanto ad un ipotetico lettore, bensì alla stessa mente che le ha messe nero su bianco - ovvero in questo caso verde su carta da zucchero (forse per renderle più dolci all'orecchio? Ori pensa come può, cioè a vanvera). I fogli sono uniti da due borchiette dorate che hanno reso possibile il ritrovamento, in quanto Ori, nel buio della Voragine, ha notato i due puntini splendenti come diamanti o pepite illuminati dal faretto che funziona quando vuole. Ecco perché ha gridato come un fesso: siamo ricchi!

funziona quando vuole. Ecco perché ha gridato come un fesso: siamo ricchi!

VI

LA FORMULA DI DIO[1]

Universo= Materia+Antimateria+Vuoto.

Il Vuoto contiene la Materia o l'Antimateria e ne è da esse determinato in quanto "vuoto di qualcosa" (altrimenti sarebbe Niente o Pieno).

In assenza di Materia e/o Antimateria il Vuoto si comporta "come se" ci fossero entrambe.

Nel Vuoto infatti sono valide le leggi fisiche che determinano, condizionano (o presuppongono) l'esistenza di Qualcosa.

Ne consegue che il Vuoto non è mai assoluto, ma solo Vuoto (temporaneo) di Materia che esiste perché sarà prima o poi da essa riempito.

Il Vuoto cosí concepito rappresenta per la Materia la possibilità dell'Esistenza.

Che il Vuoto assoluto non possa esistere è del resto dimostrato dalla scindibilità all'infinito della Materia: non esisterà mai infatti un punto in cui non vi sia Nulla.

Gli atomi sanno di esistere nel vuoto che riempiono? Sanno di non esserci nel nulla?

Ori e il Capo si guardano sbigottiti. Naturalmente ci hanno capito poco o niente di quanto stanno leggendo a bassa voce, ciascuno per conto suo, seduti uno accanto all'altro, spalla contro spalla, davanti al manoscritto steso sulla scrivania sgangherata nella baracca della Voragine, alla luce del lumignolo fatiscente che Ori è riuscito a riappicciarsi in testa con un paio di pugni sul caschetto per attivare la lampadina che si era addormentata come i neuroni del cervello operaio contenuto dal donchisciottesco scolapasta. Altro che lume e lampadina da tavolo, cribbio!, ad Ori e al Capo servirebbe piuttosto un lampadario o meglio l'intero illuminismo per vederci chiaro! Tirano il fiato: il sospiro del Capo suona però alquanto improntato allo scetticismo, mentre invece l'espressione

---

[1] La paternità dello scritto ritrovato da Ori, qui riproposto in forma ridotta, è stata poi individuata nella figura di un oscuro Professore di Filosofia, personaggio del romanzo *Gretha* dello stesso Enrico Bernard autore di questa *Voragine*. Si rimanda all'opera suddetta per la versione completa del saggetto logico-filosofico.

meravigliata di Ori potrebbe essere scambiata per un gigantesco BOH? come quello di una didascalia di un film di Pasolini (*Uccellacci uccellini*) che qui torna utile citare, anche se Ori e il Capo non amano i film impegnati.

- Tu ci capisci niente, capoccione? -

- Il Capo è lei, che vuole da me, io non mi sono mica laureato alla Sorciona come Vossignoria. -

- Dio perdoni l'ignoranza di questo imbecille che scambia la Sorbona, ossia la nobile istituzione accademica francese con la femmina del sorcio - il Capo alza le mani al cielo mentre Ori, intuendo di aver detto una stupidaggine, e non è la prima della giornata, si defila come al solito da ogni tipo di responsabilità oggettiva.

- Che c'è da ridere? Che ho detto di male? -

Lasciamo perdere, decide il Capo, serve a poco incavolarsi.

- A me sembrano un mucchio *ballon d'essai,* di castronerie, non solo le tue, ma pure'ste sentenze in libertà, senza senso che ci tocca decifrare. E poi questa storia degli atomi che non sanno di esistere nel vuoto che riempiono, che sanno o non sanno di esistere nel nulla... -

- Magari si riferisce a noi due - azzarda Ori.

- Tu sei un atomo, forse? - chiede il Capo a bruciapelo e con un po' di comprensibile irritazione al molesto pensiero che Ori ne abbia azzeccata una. Vuoi vedere che ha ricevuto l'imbeccata giusta? E da chi? La questione puzza di bruciato, c'è del marcio in Danimarca, amico mio! Il quale amico suo a domanda risponde con una domanda:

- E lei? -

- Io, atomo? Mi meraviglio di te, Ori: non uno ma milioni, miliardi di atomi se permetti. -

Il Capo, certo, sa di essere fatto di atomi: tot atomi di acqua, tot atomi del vino scolato dalla bottiglia rubata dal cestino di Ori, tot atomi del suo panino, tot atomi di materiale organico.... Ma un atomo in quanto tale, solo, isolato, disperso nel vuoto... Ci pensa su, ma non sa che dire. Allora opta per la riflessione filosofica, generica quanto si vuole, epperò utile a scapolare la risposta.

- Chissà dove andranno i nostri atomi quando saremo defunti! -

- Lei pensi ai suoi, Capo, che ai miei ci penso io. -

Questa maledetta fissazione di Ori di avere sempre la risposta pronta, anche a costo di aprir la bocca per darle fiato, manda il Capo in fibrillazione.

- Si disperderanno nell'aria come i miei - insiste. - Non ti sta bene? Devono forse chiedere permesso a te? -

- Scusi, Capo, ma lei non ha l'impressione di vivere come sotto vuoto, chiuso in una bottiglia tappata? Io sì. -

- Anch'io. Ma la mia è una bottiglia di vino nobile, mentre la tua, scusami tanto, puzza di piscia di gatto, per non dir di peggio! -

- E lei se l'è appena scolata pensando fosse vino bianco, invece era il mio pitale d'emergenza, visto che non posso più liberarmi nella Voragine, me lo ha vietato lei dopo l'incidente della macchina da scrivere, ricorda? Così impara a mettere le mani nei cestini altrui! -

Il Capo viene colto da una crisi isterica, sputa e si infila due dita in gola per rigurgitare la bevanda analcolica di Ori. Il quale però sembra una jena ridens sul cadavere della sua preda, più che un oscuro e triste untore di manzoniana memoria: - Scherzavo, Capo! Lei prende sempre tutto cosí maledettamente sul serio! -

- A calci nel sedere dovrei prenderti io, orinatore che non sei altro! - tuona il Capo ricomponendosi.

Tornano ad immergersi nella lettura del testo di cui non riescono a comprendere l'importanza per il destino dell'intera umanità: non capiscono, insomma, se trattasi di cosa seria, o piuttosto di una perdita di tempo che sconteranno salariarmente, dovesse appunto rivelarsi come una fesseria delle sue, cioè di Ori. Ma in questo caso sarà senz'altro Ori, il Capo ha già deciso in tal senso, a pagarne tutte le conseguenze. Il cosiddetto fìo! La Voragine gli è testimone, cribbio!

Continuazione de LA FORMULA DI DIO
(dal manoscritto ritrovato nella Voragine)

Dal momento che il Pensiero riesce ad ipotizare il Nulla, ossia la negazione della possibilità dell'esistenza della Materia, pur essendo, esso Pensiero, Qualcosa (ad esempio stimolazione neoronica, attivià celebrale, elettrica, quindi a sua volta Materia), è la dimostrazione inequivocabile che l'Universo astratto, ovvero il Nulla in quanto rappresentazione del

PensieroMateria, influisce sulla Materia ponendola come Astratta, cioè come se fosse assente, Nulla.

Ori immerso nella difficile, diciamo impossibile per i suoi scarsi mezzi, analisi testuale, come preso da un raptus algebrico, fa di conto con le dita mentre il Capo, più professionalmente, prende una matita dal cassetto e calcola appuntandosi cifre e segni sul retro del libretto, praticamente pieno di richiami scritti e verbali di contesta-zione, delle assenze, delle mancanze, delle furbate, delle paraculate e delle insubordinazioni di Ori.

- Le tornano i conti, Capo? -

- I miei conti dovrebbero tornare con le tue ditacce che sei solito infilarti nel naso e nelle orecchie per spidocchiarti come un cane rognoso? A scuola le usavi per attaccare le caccole sotto il banco, e voglio sorvolare su altre amene attività manuali, onanismi infantili che dir si voglia, beh non dirmi che ora ti si sono trasformate in esatti strumenti scientifici atti alla misurazione dell'esistenza di un essere superiore, che poi sarei Io nel tuo insignificante caso umano! -

Ori si guarda le estremità callose e sporche di terra, di catrame, di colori vari, di macchie che non vanno più via, come le tracce di sangue sulle mani di Lady Macbeth! D'accordo, fanno schifo. Ma un dito - anzi "una" dita, si corregge Ori che non vuol fare la figura dell'analfabeta, perché pensa che se il plurale è "le dita" al singolare si dirà ovviamente "la dita"– vale pur sempre Uno, almeno in algebra.

Il ragionamento, che secondo Ori non farebbe una piega, fa invece piegare in due il Capo sulla sedia: in preda alle convulsioni non riesce a frenare l'attacco di ilarità che sbigottisce Ori.

- Che ho detto di cosí divertente? -

- Niente, niente - minimizza il Capo che non vuol dare ad Ori neppure la soddisfazione di aver detto una colossale minchiata, talmente grossa da risultare irresistibile, ché poi si monta la testa. - Sei proprio una barzelletta vivente! Comico rovesciare l'errore del plurale sbagliato, "i diti" piuttosto che "le dita", adottando il femminile del plurale nel caso del singolare maschile che diventa quindi erroneamente, come tuo solito, effeminato. Si tratta di un tragico caso di omosessualità linguistica, caro il mio stupido Ori, per questo me la rido di te. -

- Andiamo avanti - fa Ori perplesso e imbronciato per la lezioncina grammaticale (o ortografica?, si domanda scolasticamente) non richiesta.

L'astrattizzazione della Materia
(dal Manoscritto ritrovato da quello scemo di Ori nella Voragine)

Dove finisce dunque la Materia? Come la Materia si annulla nello ZERO *(e non nel segno negativo che rappresenta la Materia nel suo contrario), cosí lo* ZERO *o il Nulla diviene se entra in rapporto con la Materia. Lo Zero che risulta dalla moltiplicazione $0 \times 1 = 0$ non è dunque uno Zero uguale a Zero, ma uno Zero che prevede la possibilità della Materia stessa.*

Ori comincia a sudare freddo. I *diti*, come lui denomina erratamente le sue estremità al plurale maschile, forse anche tradito dalla vulgata dialettale delle sue origini di borgata romana, non gli bastano più, non tanto per fare di conto, ma nemmeno per grattarsi il cranio sollevando il caschetto sulla fronte.

- Fammi luce! - intima il Capo che si vede sottrarre l'illuminazione sul foglio più importante del manoscritto, allorché Ori con una grattata energica alla pelatina provoca involontariamente il corto circuito e conseguente spegnimento del faretto di servizio in fronte.

- È finita la batteria, Capo! - si giustifica.

- Ti pareva, con te non si può mai essere certi di un fico secco, concludere positivamente qualcosa, tutto resta sospeso, a mezz'aria, quando non addirittura sottosopra. -

- In che senso, sottosopra? - si stupisce Ori.

- Affacciati, stupido. Guarda la Voragine. Che vedi? Mi dirai: una Voragine. Ma io vedo anche un bel montarozzo di terra accanto. Allora mi sai dire con precisione se hai scavato una Voragine o non piuttosto eretto un belvedere? -

- Io... veramente - balbetta Ori nel dubbio d'aver sbagliato mestiere, da scavatore di fossi a creatore di catene montuose artigianali.

- Non rispondere, tutto quello che diresti potrebbe essere usato contro di te. -

Per fortuna la lampadina decide di riaccendersi come per miracolo in un ultimo spasimo energetico della batteria costringendo il Capo a tornare a concentrarsi sul manoscritto, prima che si spenga definitivamente la luce.

(sempre dal Manoscritto ritrovato da quel somaro di Ori nella Voragine)

L'idealismo trascendentale ha posto l'esistenza dell'Universo astratto nell'intuizione e nella rappresentazione cognitive dell'assoluto. In effetti nel Pensiero la Materia esiste, sia pur "immaterialmente" (astrattamente) e la sua Immaterialità ne determina la parziale autonomia dale leggi fisiche spaziotempo e causa-effetto.

Ancora più affascinante potrebbe risultare la Formula atomica del Nulla, cioè il punto fisico in cui la Materia scompare del tutto e l'Universo da Pieno (o Concreto) si fa Astratto. Prendendo a modello la formula matematica del Nulla, la sua trasposizione in Fisica atomica potrebbe portare a due atomi collegati da due elementi, uno Positivo (+) ed uno Negativo (-) che girano alternativamente intorno a questo o a quell'atomo di un'unica struttura.... (qui non si legge più niente, protesta il Capo, che posso farci io replica Ori) ... in pratica inseguendosi alla Velocità della Luce in una specie di Ottovolante che tiene imprigionati i due atomi della struttura come se fossero Ori e il suo Capo...

(L'hai scritto tu, deficiente? Indaga il Capo - Non ne sarei capace, mette le mani avanti Ori - Su questo non c'è dubbio, è costretto ad ammettere il Capo).

Il Nulla non consiste ovviamente della parte atomica di questo struttura a Ottovolante in cui i due protoni e i due neutroni sono imbrigliati, bensí dal Punto X o Punto Nullo in cui gli elementi si incrociano passando alternativamente dall'orbita di un atomo a quella dell'altro.

In questo Punto Nullo attraversato miliardi di volte al millesimo di secondo, le leggi fisiche dello spaziotempo e di causa-effetto si annullano. E in quel Punto Nullo la Materia diventa astratta, non ha più né Peso né Forma, né Sostanza né Consistenza, né esiste essendo Nulla, cioè Immutabile Punto di congiunzione tra l'Universo Pieno e l'Universo Astratto.

In questo Punto Nullo o del Nulla dell'Univesro astratto Nulla può entrare e Nulla può uscire, ma tutto viene assorbito, cioè sottratto alle leggi della Materia che appunto si annulla nel Punto Nullo.

Perciò Dio rappresenta un'astrazione della Materia da parte del Pensiero ed è Lui stesso uguale a Nulla in rapporto a Qualcosa che Potrebbe Essere. Ossia Zero assoluto in attesa di essere Uno nell'ambito della Possibilità del Vuoto di contenere le Leggi della Presenza della Materia.

Il Capo si sforza di mantenersi serio e positivamente impressionato dai risultati archeologici conseguiti, sia pur del tutto casualmente, dal suo addetto ai... lasciamo perdere!

- E bravo Ori! -

- Grazie Capo! -

- Sono io, anzi è l'umanità intera a doverti ringraziare, meriteresti un monumento come se fossi Cristoforo Colombo! -

- Suvvia, neanche avessi trovato la quadratura del famoso uovo di Colombo! -

- Meglio, molto meglio, amico mio... Il tuo fiuto investigativo, il tuo sesto senso da esploratore, il tuo... non so più che cosa, insomma, ti hanno permesso di portare alla luce... niente-popodimeno che... -

- Nientepopdimeno che...? - Ori pende come un babbuino dalle labbra del Capo.

- La formula dell'acqua calda! - il tono del Capo da stupefatto si è fatto lievemente ironico, ma Ori non intuisce subito il sadico giochino psicologico del suo anteposto nella catena di comando.

- Mi congratulo! Quasi quasi ti promuovo a Vice Capo-mastro del Cantiere della Voragine. -

- Addirittura! -

- Ma certo, sei arrivato alla dimostrazione parascientifica del *penso dunque sono* di cartesiana memoria! -

- Lei sì che se ne intende - amette Ori - si sente che ha studiato... più di me, voglio dire. Io sinceramente - prosegue il pover'uomo conscio dei suoi limiti intellettuali nonché scolastici - continuo a non capirci niente, però se lo dice lei che ho scoperto l'acqua calda, io ci credo subito. Acqua calda sia! -

A questo punto la situazione cambia radicalmente e il Capo, da faceto che è stato fino a questo momento, si rabbuia passando dal giorno alla notte, come se il suo umore fosse una banderuola al vento.

- E fai bene Ori, perchè ti meriteresti proprio una bella

lavata di testa, ma con l'acqua fredda però, per farti riattivare i neuroni che ti si sono spenti nel cranio come quel lumicino sul caschetto che non da più segni di vita. Deficiente a farmi perder tempo con queste aporie! -

Le metafore e i giochi di parole del Capo sono troppo sofisticati per la mente di un sempliciotto come Ori, tuttavia il tono del suo superiore è altamente esplicito del suo rannuvolato stato d'animo: il Capo è sicuramente incavolato con lui e sta per esplodere. Meglio filarsela, pensa Ori alzandosi lentamente dallo sgabello e appropinquandosi con passi furtivi, felpati come un gattaccio che ha messo la zampina nell'arrosto sbagliato e viene sorpreso a leccarsi i baffi dalla giunonica cuoca armata di scopa. Cerca di sgattaiolare verso la porticina della baracca sperando di raggiungerla e oltrepassarla prima di essere colpito e affondato dal probabile lancio di oggetti contundenti da parte del Capo: fortuna che ho il caschetto di protezione, vedi che serve quando serve? Fa dunque appena in tempo a richiudersela dietro che si ode un tonfo alle sue spalle: si tratta probabilmente di un mattone rabbiosamente scagliato dal Capo in direzione del suo operaio che si sta allontanando di gran carriera come Ulisse dalla grotta di Polifemo.

Infatti il Capo si affaccia alla finestrella e abbaia proprio come il Ciclope: - E non farti rivedere mai più con queste puttanate, signor Nessuno! Ah, ascoltami bene. Se trovi la mappa di un tesoro, puliscitici il sedere: conterrà senz'altro le indicazione per trovare il vasino da notte di tua moglie... come si chiama?, Merda o Gerda, mi confondo sempre! -

- Gerda che sta per Gertrude... ma io cancello il *rude* del nome per addolcirmi la pillola, Capo! - sospira Ori alzando lo sguardo al cielo come lo sfigato di turno che si accorge che si sta rannuvolando e lui si è scordato l'ombrello. Propio così: la nuvola nera avanza come un Cavaliere dell'Apocalisse. Una mano di nera pece si pennella intorno alle loro vacue sembianze umane che sono ormai ridotte a due ombre immerse nell'ombra.

- Dove sei, Ori? Non ti vedo più. -
- Sono qui Capo, è scesa una bella fuliggine. -
- Hai mollato, fetentone? -
- Io non mollo mai, Capo. -
- Bravo. E ricorda: boia chi molla! -

Ori vorrebbe tacere ma non ce la fa. Si ricorda che le sue origini ideologiche sono in netto contrasto col populismo reazionario del Capo. Gli viene così spontaneo omaggiarne il motto fascista con un malizioso strombettamento che taglia a fette la nebbia ovattata in cui è immersa la scena.

- Cos'era? Una pernacchia? - s'indigna il Capo.

- Mi è scappata, Capo! - gongola Ori al quale non scappa mai nulla per caso. Spernacchiare il *boia chi molla!* del Capo è del resto un atto di coraggio civile: ha eseguito con la gioia nel cuore l'operazione di inserimento della linguaccia tra i denti per comporre la melodia con cui i deboli si rivalgono sui prepotenti.

Aspettandosi una violenta reazione padronale, l'operaio si cala il caschetto in testa, i paraorecchie in dotazione gli pendono fino al collo come i padiglioni uditivi di un elefante, cosicché gli insulti del Capo si infrangono come onde sonore su una scogliera di materiale fonoassorbente. Ori si allaccia l'elmetto di protezione sotto il mento per ottenere il massimo effetto di barriera acustica. Appena sfiorata, la lampadina ha un sussulto di vano orgoglio prima di esalare l'ultimo respiro riflettendosi nelle goccioline di sudore freddo che gli colano dalla fronte. Ori deve schivare raffiche di mattoni, sassi, bulloni, pezzi di ferro, calcinacci, bottiglie e altri oggetti contundenti che il Capo tira al suo indirizzo intravedendo il bersaglio nella cappa di nebbia grazie alla lampadina che sembra una lucciola zigazagante nella bruma della sera.

- Ci voleva una bella strigliata per spremerti finalmente un po' di sudore dai pori, anche se si tratta di volgare strizza, non di fatica come ci si dovrebbe aspettare da un onesto lavoratore? Allora te la facevo venire prima, la cacarella! - è lo scontato rammarico del Capo.

Ma Ori non sente più niente, silenzio assoluto, la calma dopo la tempesta. Povero Ori! si autocommisera avviandosi alla fine del turno commentando tra sé e sé la sintesi della giornata con un famoso proverbio: il lavoro nobilita l'uomo e lo rende simile alla bestia! Ecco cosa sono diventato, una bestia!, in questo cantiere in cui non si costruisce più un tubo, tranne il fallimento dei miei sforzi e della mia ormai obsoleta forza-lavoro, mentre da qualche parte mi stanno sostituendo coi robot! Mandateci loro, i robot, a fare la spesa!

Post Scrittum   Ditelo pure a mia moglie. Si chiama Me... cioè Gerda. Gertrude Ciriola. Abita in via degli Scansafatiche senza numero civico.

VII

Il giorno dopo.

Il giorno dopo la Voragine non c'è più.

Non è né finita né infinita, è semplicemente svanita: la buca nel terreno si è dissolta o ritirata come una grande macchia di inchiostro prosciugata da un foglio di carta assorbente.

Ori è in ritardo. Questa volta la scusa che riserva alla moglie per non essere malmenato, perdonami cara l'autobus non passava mai, ce l'ha ora in serbo per il Capo, dal quale in verità non si aspetta scudisciate da Schiavista e Padrone del vapore o della piantagione di cotone, deve solo provarci quel cornuto! ma solo un lisciabbusso verbale che può sempre attutire calandosi sui timpani il paraorecchie del caschetto d'ordinanza. L'importante è presentarsi al lavoro, tanto non c'è niente da fare, vestiti di tutto punto, pronti per darsi una sveglia, una smossa, poi qualcosa succederà. E se non succede, beh... ciccia, non dipende mica da me!

Invece il Capo lo sta aspettando da un pezzo, seduto su due blocchetti di tufo esattamente nel punto cardinale in cui c'era la sua scrivania arrugginita all'interno della baracca, volatilizzatasi anch'essa: è andato a recuperare di persona il materiale alla fermata, dove Ori aveva trasportato, sudando sette camicie, i due blocchi da costruzione che adesso il Capo ha dovuto, con altrettanta fatica, riportare indietro per allestire una specie di posachiappe laddove era posizionata la sua sedia di comando. Fortuna comunque che si siano salvati dalla dissoluzione almeno questi due ultimi mattoni di tufo, altrimenti, se fossero rimasti nel recinto del cantiere spazzato via chissà dove, sarebbero stati inghiottiti nel Nulla che avanza e ingloba ogni cosa come nel romanzo di Michael Ende *La storia infinita*. Del resto, lì alla fermata non servono più, tantomeno ad Ori che potrà risparmiarsi l'attesa del mezzo pubblico da casa al lavoro e viceversa. Ed anch'io, medita il Capo, devo farmene una ragione: la Voragine non c'è più, il cantiere si è dissolto, dileguato: è stato azzerato, azzoppato con tutto ciò che conteneva e che non adoperava perché non aveva nessuna opera da portare al *fine lavori*. Qindi siamo fritti, caro Ori, tutti e due, il che vuol dire entrambi, anche se prima te e poi io, ma comunque insieme, porca miseria!, questo non ci voleva! Non me lo meritavo proprio. Tu sì, ma io no.

Fuma nervosamente, non aveva mai fatto neppure una tirata finora da una sigaretta estratta da un pacchetto acquistato di tasca sua, ligio alle dispotiche direttive della consorte che glielo ha sempre impedito più per una questione economica, butti i soldi dalla finestra, che per preservarlo in salute: se vuoi fumare, fallo, tanto la tua pensione è reversibile nel caso ti pigliasse un accidente, uno sturbo, un canchero da qualche parte, io me ne frego di quello che ti succede. Anzi, sai che ti dico, tanto peggio tanto meglio.

Ohi! Se si fuma le sue, riflette Ori, stiamo messi proprio malino, deve essere successo qualcosa di grave, forse addirittura irreparabile. La moglie lo ha cacciato di casa? Si è pulito il sedere con le dita sporche di peperoncino? Si è chiuso lo scroto nella lampo? Si è pisciato sulle scarpe? Le illazioni di Ori lasciano come al solito il tempo che trovano: troppo banali per essere prese in considerazione in chiave narrativa.

Comunque, Ori subdora che c'è anche il lato positivo della faccenda. Il Capo ha infatti appena cominciato a trasgredire a spese proprie, il che è un'ottima notizia, allora è la volta buona che me ne offre una delle sue! Ma il Capo, a scanso di equivoci - offrirgli una sigaretta, me ne guardo bene, cribbio! - getta la cicca quando scorge il suo dipendente in fase di rapido avvicinamento, attratto dai segnali di fumo che non si sarebbe mai sognato di veder fuoriuscire dalle nari del Capo che piange sempre micragna quando si tratta di fare un salto dal tabaccaio a far rifornimento di cicche. E tocca sempre ad Ori rimetterci la paga che non riceve mai (né sotto forma di salario né di vinario o fumario).

- Come, lei fuma le sue, Capo? Si sente male? Che pasa? –

Buffone, pensa il Capo, ora mi scimmiotta quel castrone anzi quel castrista di Che Guevara. - Ti presenti a quest'ora? - lo apostrofa di primo acchitto.

- Scusi Capo, ho perso l'autobus - si giustifica come da copione l'operaio ritardatario.

- Bella scusa, inventatene un'altra, ché l'autobus passa sempre più dopo di quanto tu possa essere in ritardo. -

Il concetto non è molto chiaro, ma Ori capisce benissimo che il Capo gli sta semplicemente intimando di modificare la sua versione, se vuole passarla liscia.

- Non ha suonato la sveglia, allora. -

- Dì la verità, sporcaccione - il Capo gli affibbia due o tre colpetti col gomito come a dire ci siamo capiti - tua moglie ti ha costretto agli straordinari nottetempo! -

- In effetti - Ori si schernisce come se l'argomento piccante lo avesse realmente visto nel ruolo di protagonista assoluto, quando invece la verità è un'altra: il cane del vicino ha abbaiato alla luna per tutta la notte e lui non ha chiuso occhio, disturbato anche dal ronfare come una sega della consorte in accompagnamento ai fastidiosi bau-bau: neppure calandosi il paraorecchie del caschetto è riuscito a ripararsi dall'improvvisato duetto del cane in fregola e dalla signora Ciriola dal do di petto stonato e scordato come un rospo in amore.

- Ma che è successo qui? - cambia discorso l'operaio lasciando il Capo nel dubbio sul fatto che Ori si sia finalmente comportato da uomo (sarebbe la prima volta da quando ti conosco!).

- Speravo che lo sapessi tu che sei in assoluto la principale fonte di disgrazie e cattive nuove! -

- Non ne so niente... Ma hanno portato via tutto? Proprio tutto? Anche la Voragine? -

- Non c'è più nessuna Voragine, la baracca, gli attrezzi, le lamiere del recinto, il cantiere... non rimane più nulla fino all'orizzonte! - singhiozza il Capo.

Ori solleva lo sguardo che teneva mestamente chino e, schiaffandosi il palmo aperto sulla fronte come un saluto militare, si ripara gli occhi dal raggio di sole spezzato sul nascere da un nuvolone nero come la pece in rapido avvicinamento.

- Che desolazione, non ci resta che piangere! -

Il Capo e il suo operaio trattengono il fiato. Cala un silenzio che definire di tomba sarebbe fin troppo ottimistico. Godot qui sarebbe la citazione letteraria più che appropriata, peccato però che né Ori né il suo Superiore siano mai andati a teatro a vedere il capolavoro di Beckett: se lo avessero fatto, ora saprebbero il significato filosofico dell'attesa di qualcosa che non accade, come quando il cosiddetto scarico di responsabilità si traduce in uno scaricabarile pietoso per dissolversi in un gran polverone!

Poi invece, tanto per contraddire quanto si stava dicendo, la situazione sembra evolversi, anche se si tratta solo di un fulmine a ciel sereno che lascia il tempo che trova: un lampo fa rizzare la peluria del corpo catalitico e catalettico del Capo che comincia a vibrare elettrizzato come un montone alla vista di una giovenca; mentre nel caso di Ori l'effetto elettrostatico si manifesta col caschetto che gli si alzerebbe come una mongolfiera dalla pelata se non fosse allacciato alla pappagorgia.

- Quasi mi strozza, Capo! -

- Sembri il faro di Capo di Buona Speranza, Ori! -

- Buona? Se lo dice lei, io l'ho persa del tutto. Mi sento piuttosto un elettrodo durante un corto circuito. -

La lampadina in effetti impazzisce sotto l'influsso del campo magnetico: si accende e si spegne come un linguaggio morse. Poca roba, d'accordo, ma nell'oscurità è, quel barlume intermittente, l'ultimo, tenue segnale di vita che tuttavia lentamente si spegne come una navicella che si perde nell'immensità siderale, inabissandosi nel nulla creato dallo spazio vuoto lasciato dalla Voragine che è stata azzerata da un colpo di spazzola.

Il Capo si asciuga gli occhi gonfi di pianto, si soffia il naso in un lurido fazzoletto che non ha mai conosciuto i benefici dell'acqua e sapone. Dirò a Ori che per oggi può andarsene a casa e domani può restarci; e pure dopodomani e per tutti i giorni che verranno, fino alla fine del tempo che ci resta da faticare, travagliare e tirare avanti la carretta. Dov'è finito Ori? Dove sei, cretino? Che stai facendo? Ma Ori non risponde, non può più rispondere. Mentre il Capo versava lacrime amare sul destino della Voragine, Ori non ha perso tempo. Senza attendere ordini, tanto lo abbiamo capito che nessuno li vuol dare, ha reperito alcuni materiali da costruzione rimasti miracolososamente sparpagliati sul terreno. Si è costruito (in modo approssimativo come suo solito) un baldacchino di legno utilizzando un paio di palanche, quattro cantinelle e una tavolaccia di cantiere sporca di cemento, con sbruffate di calcestruzzo e i colori dell'arcobaleno spennellati a casaccio tanto per far scolare i barattoli di vernice come in un quadro di Pollock. Per compiere la magistrale opera, neanche fosse la cupola di S. Pietro, l'operaio specializzato in disastri ha rimediato una dozzina di chiodi arrugginiti, alcuni a testa tonda come quella del Capo, altri a testa completamente e tragicomicamente piatta come la sua. Questa sottile differenziazione lo ha per altro indotto al dosaggio della potenza delle martellate che è andato sadicamente menando giù, duro e crudo sulla testa tonda e pelata del Capo, epperò con maggior delicatezza quando a dover essere inchiodata era la forma piatta a lui morfologicamente, sia pur in miniatura, così simile.

Quindi ha piantato un alto palo al centro del patibolo, vi ha issato una corda come se dovesse fare l'ultimo alzabandiera a Sua Maestà la Voragine con le sue mutande sporche. Dopodiché, senza profferir parola, emettere un suono, mandare qualcuno a quel paese o smoccolare acido, si è passato la corda intorno al collo e si è lasciato cadere come un sacco di patate. Gli occhi fuori dalle orbite, la lingua penzolante come un cane al collare a strozzo, la lucetta del caschetto fissa come un lumicino cimiteriale che ha trovato la sua ragion d'essere e può dunque risplendere di luce propria senza essere costretta ad illuminare a giorno la testa di rapa sottostante.

- Ti sei anche pisciato sotto, Ori, da te non mi aspettavo altro! Vergognati anche da caro estinto! - commenta seccamente il Capo. Il quale decide che è suo sacrosanto compito constatare l'avvenuto decesso dell'operaio che penzola come uno straccio bagnato smosso lievemente dal vento. Il Capo si avvicina a Ori con l'espressione distaccata di un detective che ispeziona la scena del crimine. Sotto sotto teme che l'operaio all'improvviso salti in piedi con una pernacchia al suo indirizzo: ehi, Capo, ci è cascato come un pollo! Ma non succede niente di tutto questo. Anzi tastandogli il polso deve prendere atto che il cuore dell'inutile relitto ha smesso di battere.

Comunque, l'improvvisa scomparsa della controparte sociale non lo scombussola più di tanto, tutti dobbiamo morire, prima lui meglio è. E poi, come dice il proverbio, *mors tua vita mea*. E ancora: chi muore giace e chi vive si da pace!

Tocca il corpo non ancora rigido di Ori facendolo ondeggiare come un campanaccio, non si fida ancora.

- Ahò, niente scherzi da operaio: se sei morto davvero, dillo subito, altrimenti taci per sempre. -

Ma perché preoccuparsi tanto, pensa il Capo. Morto un operaio, santo Cielo, se ne fa un altro! Amen, povero fesso!

Se una lacrima gli scende lungo la guancia, possiamo star certi che ne è causa un bruscolino che il vento gli ha soffiato nell'occhio, non si tratta insomma di un segno di commozione o di disperazione per essere rimasto solo, senza più nessun dipendente da comandare.

Non capisco, amico mio, la tua decisione di farla finita. Certo, prima o poi doveva finire, è una legge di natura. Ma perché anticipare il destino? Se scaviamo una buca è per nasconderci, non certo per seppellircici dentro. Hai forse voluto mandarmi un messaggio: vede Capo che succede a trattare come pezze da piedi i dipendenti? No, non può essere questo il motivo del tuo insano gesto, amico mio. Io sono stato fin troppo buono con te, mi sono perfino aggiornato per condurre il nostro rapporto gerarchico sui binari di una collaborazione fattiva per entrambi. O no? Ho accettato le tue critiche, seppure mi abbiano fatto incazzare, o no? Ho sopportato le tue iniziative per uscire dallo stallo, seppure bocciandole di sana pianta, o no? E ancora, amico mio, si domanda il Capo, non ho forse sopportato la tua presenza e la tua inattività nel cantiere, dando ascolto alle tue stupide domande, le tue inaccettabili richieste, i tuoi inutili suggerimenti, vietandoti gentilmente di fare pipì quando ti scappava, e pupù quando invece pure? E allora, perché mi fai questo?

- Il tuo operaio ne ha combinato un'altra delle sue? Un pasticcio? Ha mischiato di nuovo catrame e vernice bianca? - ironizza la moglie del Capo vedendolo rincasare mogio come un moccolo spento.

- No, si è ammazzato. -

- Era ora - commenta laconica la moglie.

Il Capo non arriva fino a questo punto, non si è mai augurato la morte di nessuno, o quasi, tantomeno del suo subordinato, pasticcione sì, ma in fin dei conti mi faceva anche ridere fino alle lacrime. Allora fraintende volutamente l'*Era Ora* pronunciato dalla sua spietata consorte, espressione su cui non concorda, annuendo:

- Sì, era Ori: propio lui, poveretto. -

- E chi se ne importa se muore un operaio? Ce ne sono tanti! -

Non è questo il punto. Il punto è che per sostituire un operaio, a meno di non voler chiudere e liquidare la Voragine, bisogna assumerne un altro. Siccome però gli operai sono tutti uguali, scansafatiche e pecioni, tanto valeva tenersi stretti Ori e il suo maledetto caschetto col faretto malfunzionante in fronte. La sua scomparsa apre un vuoto nel vuoto, un vuoto umano insomma nel vuoto fisico nello spazio lasciato vuoto dalla Voragine che non c'è più e che bisognerà reinventarsi da qualche altra parte. Che casino!

- Forse l'ho vessato un po' troppo, gli ho fatto perdere la fiducia in se stesso, l'autostima. Forse ho scaricato le mie frustrazioni su di lui. -

Lo assale all'improvviso un dubbio: Ori è veramente morto o fa solo scena? Ha mosso un sopracciglio quando gli ho dato del cornuto, era sul punto di reagire. Domani controllerò meglio il suo stato di decomposizione e scaverò una buca per seppellircelo dentro. Per sempre.

Foto di scena: Giulio Turlì e Mario Colucci.

Foto in basso da sinistra: Giuseppe Marini, Mario Colucci, Giulio Turli, Enrico Bernard

INTERVENTI SU *LA VORAGINE*

MARICLA BOGGIO:

La *Voragine* rientra nella dimensione del Teatro Snaturalista, una definizione ideata da Enrico Bernard per la sua drammaturgia che trovo molto interessante. L'autore qui fa a meno dei personaggi dalle caratteristiche precise, realistiche, per muoversi su un piano più astratto, universale, in modo da trasformare il "quotidiano" in una sorta di scespiriano "palcoscenico del mondo".

La scena rappresenta un cantiere, il cantiere della *Voragine*: un buco enorme che inghiotte tutto e tutti e che quindi intende delineare la drammaticità dell'esistenza umana al di là della situazione oggettiva. Abbiamo infatti a che fare con due personaggi in contrapposizione dialettica delineati in modo non naturalistico.

Dice uno dei due: "il mondo sembra un fondale mal dipinto sdrucito e pieno di vento per un palcoscenico insensato". Naturalmente si intuisce subito il richiamo a Shakespeare; ma non è copiato, beninteso, è piuttosto un'espressione che si innesta nel clima di Shakespeare. Questa frase da colore a tutto il testo che poi si apre ad altri orizzonti. Ad esempio i personaggi risentono anche di un clima beckettiano. C'è tuttavia una spoliazione di tutto ciò che è l'iperrealismo nella direzione di quel "snaturalismo" che caratterizza anche gli altri testi di Bernard. Il quale peraltro dichiara che nella *Voragine*, secondo le sue intenzioni: *la realtà snaturata diventa una forma di realtà-della-realtà, non tanto il goldoniano "specchio del mondo" ma la "cartina di tornasole" del mondo, la sua essenza nascosta, la struttura del reale che si fa drammaturgia.*

Nella *Voragine* emergono due entità che rappresentano il più e il meno, il nero e il bianco, il grasso e il magro, il ricco e il povero, sono insomma due poli a contrasto. Ma si tratta di una dialettica che si ribalta nel suo opposto perché i due si scambiano i ruoli: chi era grasso diventa magro, chi era ricco diventa povero, e così via. Perché accade questo? Perché ci troviamo di fronte ad un avvicendarsi delle situazioni umane. E qui più che a Shakespeare arriviamo alle tragedie greche in cui i protagonisti sono soggetti all'imponderabile, non è possibile per loro sapere se si è stati felici al momento della morte. E nella *Voragine* di Bernard succede qualcosa del genere che però non si conclude perché la conclusione suggerisce una nuova apertura che prevede che tutto si ripeta ciclicamente.

Ci sono dunque due personaggi nella *Voragine* di Bernard, uno che comanda e uno che obbedisce. Quest'ultimo scava la *Voragine*, pian piano. E qui il richiamo non è non solo a Beckett ma anche a Remondi e Caporossi per rimanere nell'ambito della storica avanguardia italiana e romana. Uno scava e l'altro comanda, uno impone e l'altro è soggetto per forza di cose, ineluttabilmente, ad obbedire. E ci sono variazioni come in una partitura musicale, perché questo scavare arriva fino ad un certo punto, poi non si va più giù perché chi scava incontra la dura pietra; poi invece si scava ancora come se si fosse dentro un vulcano. E poi c'è l'acqua e poi c'è il fumo, insomma c'è di tutto. Infine arriva il crollo, per cui tutto questo cumulo di detriti che sono stati scavati ripiomba su se stesso per l'enormità dello scavo stesso che ha eretto la montagna minacciosamente in bilico sull'orlo della *Voragine*.

A causa dell'improvvisa catastrofe c'è uno dei due che resta seppellito mentre l'altro rimane fuori, però il sepolto vivo riesce a risorgere così da riaprire il ciclo a parti invertite: colui che soggiaceva agli ordini ora prende a comandare. È interessante questo ineluttabile giro che si ripete e che è soggetto a tutte le varianti possibili dell'interpretazione di questi due personaggi, il linguaggio dei quali acquista forza nella sua essenzialità.

PAOLO FERRARI:

La Voragine me la sono divorata in poco tempo, perché il testo - peraltro complesso - si legge e si beve veramente tutto d'un fiato.

Va da sé che si tratta di un'opera di estrema attualità, il titolo de *La Voragine* è tutto un programma: non ci vogliono molti discorsi per far capire l'emblematicità di un titolo che spiega già tutto. Siamo infatti in una Voragine, e lì disperatamente ci muoviamo proprio come i due personaggi di Bernard.

Quando ho letto la commedia mi sono entusiasmato, e poi mi sono anche chiesto come sia possibile che un testo del genere non sia stato ancora rappresen-tato da un grande teatro. È quasi pirandelliano, non c'è scena. È obbligatorio un riferimento a Beckett, a *Giorni felici*, a Ionesco e a tutto lo stile che ne consegue. Ma mi ha soprattutto divertito l'idea, quando poi me la sono riletta, di pensare che fosse interpretata da due attori che io ho conosciuto nella loro dimensione, nella loro vena di astratta comicità, i fratelli Carotenuto. Perché il dialogo è di una tale immediatezza, di una tale disarmante semplicità nel disperato tentativo di trovare una spiegazione a quello che ci accade da rendere questi personaggi, convulsi nel loro disperato annaspare per chiedersi una ragione della loro vita, emblematici della condizione di noi tutti.

E non solo da un punto di vista intellettuale, ma pure e soprattutto da un punto di vista direi proprio popolare. Le domande che pone e si pone Ori rappresentano infatti il vuoto che lo circonda, mentre le risposte del Capo sono nichilisticamente disarmanti e non lasciano alcuna speranza. Ecco allora che si tratta di una fotografia della situazione generale e, ancor di più e più che mai della situazione di oggi: *La Voragine* si scava con uno stile talmente immediato che è possibile capire subito la chiave della commedia. Cioè il trionfo del non senso, del paradosso.

Ripeto, Ionesco è il primo autore che mi è venuto in mente, ma per godersi questo tipo di racconto sarebbe importante fare come ho fatto io, oltrepassando le stesse facoltà fisiche del teatro, vedersi recitare insomma per constatare come sono stati affrontati i temi della vita di oggi, questo angoscioso interrogativo del perché facciamo tutto questo, del perché e del per come si obbedisce nella sopravvalutazione di un potere privo di senso. Potere che viene infatti esercitato da chi non è in grado neanche di capire quello che ordina di fare; e che cosa o chi glielo fa fare di ordinare di fare qualcosa.

Ci sono battute che alludono esplicitamente ad una situazione in cui ci si chiede appunto: ma chi comanda che cosa deve fare? Niente, non esiste risposta: chi comanda, comanda e basta senza fornire ulteriori chiarimenti. Ma se chi comanda - ecco il problema - non sa dare ordini come si fa? Non importa, basta che si dica che sono ordini: subisci e basta. Insomma, è una situazione stupenda per come è narrata e al contempo divertente. Sì, divertente perché in questa situazione, nella *Voragine* di Bernard si può ridere. Ci sono dei momenti che sembrano veramente frammenti di avanspettacolo, da *vieni avanti cretino*, ma con una base sotto, uno spirito, una intelligenza e una mordacità inaspettata.

Mi piacerebbe molto farla questa commedia. Ma anche se non si potesse fare, secondo me è una cosa che si può anche far leggere a due attori con un leggio. Teatralmente non c'è necessità di una grande scenografia o di movimenti particolari: Ori e Capo sono lì. Uno dentro la buca, nella Voragine, e l'altro al di fuori. Poi scendono tutti e due quasi a venire inglobati dal nulla. Quindi anche la semplice lettura scenica sarebbe godibilissima teatralmente parlando. È chiaro comunque che questa commedia dovrebbe andare immediatamente in mano ad un Teatro Stabile, al Piccolo per esempio che potrebbe rappresentare un'opera come questa che divertendo ti fa guardare in uno specchio la realtà contemporanea, la situazione che stiamo vivendo. Purtroppo in questa situazione di crisi si cercano di mettere in scena operazioni più facili, col nome televisivo, anziché dedicare risorse ed energie ad operazioni più serie. Ma ecco, io dico di "più serio" parlando de *La Voragine*, ma intendo "più serio" in maniera così divertente ed intelligente.

Comunque, dato che la speranza è l'ultima a morire, non so se farò a tempo oppure se mi sarà data la possibilità... ma, ecco, mi piacerebbe tanto fare Ori e avere un Capo che mi dice le "cazzate" - per usare un certo tipo di linguaggio del testo che però non assolutamente non è mai volgare. È semplicemente il modo in cui parla l'uomo della strada, così parla l'operaio: è l'immediatezza del dialogo di Bernard che rende così vivace, così spumeggiante e, al tempo stesso, così angosciosa la dialettica tra i due personaggi.

Ho letto una gran bella commedia ed un gran bel racconto e non posso che augurarmi che qualche cosa succeda.

MARIO MORETTI:

Bernard è saggista, editorepromotore, giornalista, direttore di enciclopedie dedicate al teatro italiano d'oggi, traduttore dal tedesco di Ludwieg Tieck e del romanticismo ottocentesco, autore di teatro, cultore e mentore del teatro nel teatro, a specchio, al quadrato, di un suo teatro che definisce "snaturalista", ed è infine conferenziere in colleges canadesi e americani. A partire da oggi vive la sua ultima incarnazione: con *La Voragine*, è anche romanziere. Un romanziere sui generis, diciamolo subito in testa, senza lasciare nulla ai titoli di coda. Un narratore che scrive un dialogo a due protagonisti unici come un testo teatrale a due attori, senza far precedere la battuta dal nome del personaggio. Un autore di teatro vistosamente truccato da romanziere? O un romanziere che non dimentica di essere soprattutto un drammaturgo? Già: e perché *soprattutto?* Stabilire una priorità nei generi è degenere. E allora, lasciamo all'autore drammatico Bernard la libertà di confondere volutamente i generi: per gusto, per divertimento, per noia delle classificazioni. Derubricare, destrutturare, decostruire: si può anche edificare una poetica su questo prefisso "de" usato in chiave dirompente, e Bernard l'ha fatto. Ma accostiamoci più da vicino alla storia narrata da Bernard *La Voragine* si compone di una prima e di una seconda parte: sottolineo la *prima parte* perché mi sembra che la seconda non sia la continuazione della prima ma ne rappresenti lo sviluppo e al tempo stesso la negazione, l'analisi e la sintesi, la interpretazione semantica e lo scavo simbolico. Due uomini, l'operaio ORI e il CAPO sono i soli al lavoro in un cantiere edile in cui non si costruisce nulla ma si scava un buco nella terra. Di farlo si occupa naturalmente l'operaio: palata dopo palata arriva fino a toccare il fondo. Il lavoro ha portato alle soglie dell'imprevisto, l'operaio risale in superficie e chiede lumi al CAPO. Questi aspetta un ordine che non arriva, anche se un misterioso, perentorio, SCATTARE, di chiara reminiscenza ginnicolittoria, viene a turbare l'ordine delle cose. In realtà il Capo sa solo che l'ordine ricevuto è di mantenere l'ordine e di non obbedire a nessun ordine. E il Capo, naturalmente, ha sempre ragione. L'impianto della prima parte vede alla fine della narrazione una tempesta di sabbia che getta polvere negli occhi sia del servo che del padrone. Quindi piove di nuovo dall'alto l'ordine di SCATTARE: ma non si sa quando, non si sa perché, non si sa se in surplace o verso qualche direzione. Si potrebbe un po' arzigogolare sui due nomi ORI e CAPO. CAPO con un accento sulla "o" può diventare CAPO'. Basta poi anagrammarlo ed ecco che CAPO produce POCA: il CAPO ha POCA testa. Ci si può anche divertire sul fatto che il buco c'è, quindi COSA FATTA CAPO HA. Anche ORI, il nome dell'operaio, si presta ai giochini combinatori. Dal suo anagramma viene fuori un RIO che non può che essere riferito al RIO DESTINO dell'operaio che vede nella Voragine lo specchio della sua vita miseranda. L'autore però interviene e decide senza possibile contraddittorio che l'operaio si chiama ORI perché era destino che ORINASSE nel baratro. La Voragine come latrina, visto che ci si può anche defecare? Come buco nel passato? Come ricettacolo di vecchi oggetti desueti? I simboli si intrecciano, fioriscono, appassiscono. La natura è un tempio baudelairiano dove pilastri animati emettono talora confuse parole:

...'' l' homme y passe à travers des forêts de symboles qui l'observent avec des regards familiers. '' (Correspondances)

Siamo inequivocabilmente dalle parte del Teatro dell'Assurdo, nell'ordine, di Ionesco e di Beckett (*La cantante calva* di Ionesco è del 1950, precede di due anni *Aspettando Godot* di Beckett). È superfluo notare quanto il testo di Bernard debba allo Ionesco del professor padrepadrone della *Lezione* e quanto alla Winnie affacciata dal buco ed emersa nel nulla dei *Giorni felici* di Beckett. O quanto, ancora, allo stesso Beckett: vedi il rapporto padroneschiavo di Pozzo e Lucky in *Aspettando Godot*. Vedi il cieco padrone Hamm e il suo servo Clov in *Finale di partita*. La conclusione è fatale, anche se prevedibile: il romanzotesto teatrale di Bernard è beckettiano. Ma cosa vuol dire, oggi, "beckettiano"? Come si può ancora, oggi, usare un termine cucinato in tutte le salse, logorato dall'uso anche improprio che ne è stato fatto, un termine entrato perfino nel linguaggio quotidiano. "Beckettiano" non è più riferibile a Beckett e al suo teatro: è un termine che ingloba un ciclo vitale, una condizione dell'esistenza umana minacciata. Da cosa? C'è l'imbarazzo della scelta: dalle piogge acide ai ghiacciai che possono sciogliersi e rovesciarci addosso l'onda immane che ci travolgerà, dal meteorite che può pioverci tra capo e collo alla metastasi politica che rischia di mutare l'homo sapiens in homo insapiens e "economicus". Beckettiano è sinonimo di esistenziale-universale: siamo tutti nati sotto la costellazione di Beckett. Anche i brechtiani di stretta osservanza, quelli che pensano ancora che le pièces didascaliche di Brecht siano teatro - teatro vero, come l'*Opera da tre soldi*, come tanti altri capolavori - e non solo mera propaganda. Anche il termine "kafkiano" - anch'esso impronunciabile, distrutto com'è dall'uso abuso smodato - è beckettiano. A rigore, però, i beckettiani sono kafkiani e non viceversa.

La seconda parte del libro di Bernard si apre, a sorpresa, su una sorta di Decalogo dell'Operaio che è una panacea universale in dieci pillole; una guida-antidoto contro le nostre paure reali, le nostre inibizioni e i nostri astratti e puerili timori metafisici. Le parti sembrano improvvisamente invertite: ora non è più il Padrone che conosce più parole del Servo ma è il Servo a farla da padrone, almeno a parole. Quindi la situazione si rovescia e ritorna la posizione di partenza. Il buco c'è ed è quasi incommensurabile: forse bisogna conoscerlo meglio, entrarci in profondità e capirlo. Come al poker, i due "vanno a vedere". ORI ha anche modo di precisare che ORI non viene certo da ORINA, come vuole il padrone ormai ridimensionato, ma da Oreste, il figlio di Agamennone e di Clitennestra. Come a dire: guardati da Oreste, Capo: guardati dal fratello di Elettra, colei che fa luce anche nel buio più cupo.

In grazia della catena gerarchica (destino beckettiano!) ORI deve calzarsi sul capo il fatidico caschetto, scendere nel fondo prima del padrone e poi tendergli la scaletta. È quanto avviene, ma l'azione è al suo termine e ogni connotazione reale si è sbiadita. Ora si tratta di esaminarla al microscopio, la Voragine. Ma prima di tutto: qual è l'atteggiamento di Bernard a fronte della violenta deformazione impressa al nostro vivere quotidiano dalla cosiddetta società civile? Cosa estrae, Bernard, dalla descrizione di una realtà spietata, di una condanna senza perché, di un'attesa senza risposta, di tutto quello che, in definitiva, è parte della eredità esistenzialistica dei Sartre, dei Camus, delle De Beauvoir? Bernard è pessimista ma non si dispera, non si strappa i capelli, non agita l'indice. I suoi racconti sono apologhi assennati, parabole ben costruite e ben dosate bagnate sì nel moderato desiderio di tempi migliori ma, soprattutto, nella soluzione salvifica di un sano umorismo.

Torniamo alla Voragine. Che cosa rappresenta? Vi si può leggere un lontano riferimento alla *Condition humaine*, il bel libro di André Malraux che nel 1933 raccontò la rivoluzione abortita degli operai comunisti cinesi a Shangai? La Voragine è, o può essere, l'aborto delle nostre convinzioni politiche, di quelli come noi che - come si diceva una volta - erano di sinistra? *La Voragine* è silenziosa: mi piace immaginarla vicina alla enigmatica protesta di *Bartleby lo scrivano*, il bellissimo racconto di Herman Melville il cui laconico protagonista replica con un immancabile "preferirei di no" a chi gli offre lavoro e opportunità. La Voragine come contestazione muta.

Fuori di metafora, ma anche dentro fino al collo nella metafora, *La Voragine* è la discarica della nostra coscienza in cui rovesciamo sugli altri i nostri rifiuti, perché è sempre più facile e comodo addossare agli altri le nostre brutture. Ma attenzione: qualcuno, nel fondo, impugna qualcosa: per il CAPO è la bacchetta magica di un vero Capo unto dal Signore che risolverà tutti i nostri problemi. Per l'operaio ORI, invece, non si tratta di una bacchetta magica ma di un manganello, di una clava per niente simbolica che indica la possibilità di un ritorno al nostro passato.

Il romanzoteatro di Bernard esce così dall'assurdo, viene allo scoperto a mordere il presente, nella migliore tradizione del vecchio ma imperdibile impegno politico. La lingua usata da Bernard è volutamente e violentemente sciatta, quotidiana, è una lingua che non fatica a diventare linguaggio: il linguaggio del servopadrone e del padroneservo. di sempre. È un "parlato" che va a ripescare paragoni perfino nel mare magnum dei proverbi e delle frasi fatte, e che usa un solo verbo, SCATTARE, come citazioneincubo che è anche citazionemonito e che può essere, per alcuni, una citazionerievocazione. Per quelli che hanno conosciuto la violenza del linguaggio e sono stati costretti all'obbedienza non solo dagli altri, ma anche dai se stessi indottrinati dagli altri. Per quelli della mia età, quelli compressi nell'unico orizzonte che ci era stato concesso dalla dittatura. Quelli che erano altri da sé ma si identificavano in sé: quelli che, come me, scattavano, eh già, altroché se scattavano. Eravamo piccoli balilla cresciuti nel culto di un Capo che aveva sempre ragione: e così scattavamo, insieme con le giovani italiane e con i giovani avanguardisti, nelle famose adunate oceaniche volute dal duce del fascio che ci stava conducendo allo sfascio.

SILVIA ACOCELLA:
Il movimento dominante della Voragine è quello di una vite infinita che gira senza sosta su se stessa, allargando ad ogni ritorno il perimetro dello scavo. Al centro, due personaggi speculari assistono allo spettacolo della deflagrazione di ogni senso e di ogni direzione. Più il discorso avanza, più si fa serrato e implacabile con la sua andatura a spirale, più le pareti della Voragine sembrano dilatarsi, fagocitando massimi e minimi sistemi, grandi ideologie, ormai morte, e piccoli bisogni, ai limiti del bestiale. Ori e il Capo si legano fino a confondersi attraverso una trama di incessanti giochi verbali, vere acrobazie dei significanti, che aprono il varco all'assurdo. Il dialogo si consuma nelle ripetizioni, nei non sensi e nei doppi sensi, arriva perfino a rovesciarsi completamente, rivelandosi il prodotto di un'opera che, con una levità vaporosa e corrosiva alla Jonesco, si interroga sul proprio statuto. Alle confessioni inattese e laceranti del Capo fa da contrappunto l'intelligenza di Ori, un'intelligenza dissimulata, eretica, costretta a travestirsi, all'interno del rapporto servopadrone,

da trivialità rabelaisiana o da follia giullaresca. Lo scavo del nulla che accompagna la conversazione rallenta l'azione con continui blocchi, fratture, afasie, fino a sospenderla in un grottesco surplace. È il punto di quiete prima della catastrofe finale. In bilico sul baratro, tra pareti tanto sconfinate e surreali da non aver bisogno di puntelli, crolla irreparabilmente il mito della verità, trascinando con sé ogni ragione e ogni significato. Di tanto in tanto, si avverte un rumore sospetto, indecifrabile, che echeggia sinistro nello spazio di questa caverna platonica degradata: invece di ombre proiettate dall'iperuranio, qui, infatti, cadono oggetti concreti, materializzazioni di una vita mercificata. Ma sia le parole che le cose, nell'istante stesso in cui toccano il fondo della Voragine, si polverizzano in astrazioni, così che, in mezzo a rifiuti e resti, da un oscuro epicentro di produzioni metaforiche, tutto possa risorgere e, inesorabilmente, ricominciare.

LUIGI MARIA LOMBARDI SATRIANI

Nella *Voragine* di Enrico Bernard si riscontra una innovazione del linguaggio e va notata anche anche una piena utilizzazione di un'altissima tradizione letteraria, scientifica e teatrale. Letteraria perché qui troviamo riferimenti a Moravia, ma anche ad un certo D'Annunzio, per altro verso a Pirandello: per esempio l'abitudine dell'autore a dialogare coi propri personaggi. Come non pensare insomma ai *Sei personaggi* o ad altre opere pirandelliane in cui il protagonista ad un certo punto si ferma e spiega all'altro quello che l'altro deve pensare! Tutto il teatro di Pirandello è preso da intenzionalità pedagogica, frutto naturalmente dell'esperienza che Pirandello ha fatto in Germania con il teatro, la letteratura e la filosofia tedeschi di cui anche Bernard è fine conoscitore e traduttore.

In Bernard confluisce dunque Pirandello, ma confluiscono anche Freud e tanti altri autori a dimostrazione della contaminazione dei generi operata scientemente dall'autore. Bernard non si accontenta però di rientrare in uno schema, in un settore specifico, di utilizzare insomma una sola tradizione. Ne prende un po' da questo un po' da un altro riuscendo a formulare una sintesi nuova di tutti questi "furti", ma da intendersi il "furto" come "stimoli" che ogni autore trae dalle sue suggestioni ed esperienze. Perché il lavoro dell'autore è una fucina che mette insieme vari elementi, vari strumenti per la comprensione della produzione dell'opera d'arte.

Ora, Enrico Bernard fa questo nei suoi testi, a maggior ragione nella *Voragine*. Da questa pièce emerge infatti l'estremo senso di inutilità del tutto, una dimensione in cui a mio avviso riecheggiano atmosfere leopardiane. Perché qui è inutile la stessa esistenza umana: il terreno sotto i piedi è troppo duro, scavare non serve a niente. È anche inutile fermarsi, non rimane che scavare andando sempre più giù, nel buio delle viscere della terra, nel buio più profondo, annullando la coscienza dell'essere stesso. In questo caso può essere richiamato ancora una volta il Freud dell'immersione nel Sé. Ma c'è molto di più, ovviamente. Si percepisce chiaramente la disillusione dell'artista che sa che la parola è inutile, eppure sa al tempo stesso che l'unico strumento di salvezza lo fornisce proprio la parola. Quindi la parola è sì perdizione, eppure momento di verità e possibilità di salvazione. E alla parola si appigliano allora i personaggi della *Voragine* di Bernard per tentare una via di uscita dall'immane sprofondo in cui sono caduti.

RASSEGNA CRITICA

CORRIERE DELLA SERA ROMA

Facciamo conto che la buca dove alloggia la Wiennie di *Giorni felici* -in assenza della sua legittima inquilina - sia stata trasformata in una Voragine, in una fossa che ha definitivamente "toccato il fondo", come dichiara al suo Capo l'Operaio incaricato dello scavo e ora in attesa di altri ordini. Ordini adeguati ad un simile evento il Capo non è in grado di darli, anche lui resta in attesa di istruzioni dall'alto, che però non arrivano, sostituite da generici comandi a "scattare" senza altre precisazioni. Il Teatro dell'Assurdo ci ha fatto riconoscere le attese vane dei Godot, gli imperativi che regolano atti senza parole e senza senso, le buche in cui sprofondare progressivamente. Con *La Voragine* Enrico Bernard ha ripreso lo scavo iniziato dalla Wiennie di Beckett e gli ha dato la forma compiuta e ben strutturata di un'ampia allegoria, capace di contenere angosce e interrogativi di questo fine millennio. Sotto la superiore sovrintendenza ai lavori di Beckett, ma anche di Brecht, Bernard ha scandagliato la sua Voragine con accuminati strumenti drammaturgici e l'ha puntellata con solidi rife-rimenti alla realtà, trasfigurata in un limpido apologo politico. *(PIETRO FAVARI)*

CORRIERE DELLA SERA NAPOLI

Un Bernard sin troppo beckettiano quello ammirato in queste sere a Galleria Toledo. C'è però da domandarsi: i due personaggi Ori e il Capo non sono forse una versione più aggiornata e per certi versi realistica della famosa coppia di Vladimiro ed Estragone di *Aspettando Godot*? Solo che nella *Voragine*, questo il titolo della pièce in scena fino a domenica, l'apparente insensatezza della vita umana, in cui trionfano incomunicabilità e crisi di identità, diventa qui il vano dimenarsi alla ricerca di un fondo che non c'è, non ci può essere, e che conferma piuttosto l'eterno gioco dei ruoli, del "padrone e sotto". E quindi, sia nella scena al cui centro c'è una simbolica catasta scavata all'interno, che nelle stesse parole, il movimento dominante risulta quello di una vite infinita che gira senza sosta su se stessa, allargando via via le dimensioni della buca. Un addentrarsi nel nulla che accompagna la conversazione, continuamente interrotta sa agenti interni ed esterni alla conversazione stessa. Che decolla soprattutto quando la parola ritrova strali taglienti e salaci come aforismi un po' alla maniera del grande Achille Campanile, della cui cifra ironica ma allo stesso tempo cinica si avverte oggi più che mai l'assenza. (S. DE STEFANIS)

LA REPUBBLICA

Eppure il luogo assurdo e disperante descritto da Enrico Bernard sembra essere il solo possibile, il più adatto ad un'umanità superstite e alla dimensione della sua piatta quotidianità. *"Fra una Voragine celeste aperta sul nostro capo e una Voragine celeste coperta sotto i nostri piedi"*, - diceva *L'uomo senza qualità* di Musil, - *"noi siamo capaci di sentirci tranquilli sulla terra come in una stanza chiusa"*. Questo buco nero può diventare, allora, anche una sorta di ventre che in qualche modo protegge e, paradossalmente, fornisce l'unico spazio al movimento dell'esistenza, riparandolo dal vuoto dell'abisso. *(GIULIO BAFFI)*

IL MATTINO

Scava scava, si finisce per toccare il fondo: duro, impenetrabile. Più oltre non si può scendere. E allora? Si risale in superficie. Si osserva, magari una "pausa di riflessione". Si aspettano ordini dalle autorità superiori, ma questi non arrivano, o giungono tardivi, confusi, equivoci, ristretti in una sola parola urlata. E c'è lì presso quel grosso buco aperto, che spaventa e attrae. Un Capo e un Operaio disputano sul da farsi, il primo sforzandosi di esercitare una residua quanto vacua prerogativa di comando, il secondo preoccupandosi del lavoro forse per sempre perduto, delle incerte prospettive di vita. Man mano, si crea fra i due una strana solidarietà, sino allo scambio delle parti, dopo che la Voragine li avrà prima risucchiati, poi risputati. *(DE CIUCEIS)*

UNITA'

S'intitola appunto *La Voragine* il testo di Enrico Bernard. Il quale tiene in accorto equilibrio ciò che, nella situazione proposta, può rimandare un'eco della drammaturgia dell'Assurdo (Beckett soprattutto), e i riferimenti realistici della vicenda e dei personaggi. Anzi, diremmo che, alla resa dei conti, quei due nostri simili ci porgano un piccolo, lucido specchio in cui riconoscerei, nel tempo attuale. Impegnati come siamo in attività precarie, inutili o devastanti, o in tediosi dissidi verbali, sballottati fra "direttive dall'alto" insensate e contraddittorie, vessati a livelli medio bassi da una burocrazia delle più balorde. Ma s'intende che la metafora, ampliata al quadro mondiale, diventa ben più inquietante. L'opera dunque suscita spesso il riso, ma solleva pure più d'un serio interrogativo. (AGGEO SAVIOLI)

IL TEMPO

La nuova opera di Enrico Bernard porta il titolo metaforico de *La Voragine*. La scrittura è quella tipica del Teatro dell'Assurdo, con la sua corsa ossessiva e dissennata verso il nulla dell'esistenza e dei suoi accadimenti. *La Voragine* è tutto un giuoco di ruoli, cui non mancano richiami beckettiani, nel quale un Capomastro vigila sul lavoro di un suo subalterno che sta scavando una buca. Ma c'è un problema: è stato toccato il fondo, e più giù non si può assolutamente andare. L'evento, inaspettato, genera una serie di ripercussioni di carattere etico e pratico, sostanziando - in primo luogo - un enorme vuoto di potere. In più ci si mette una voce metallica, dall'esterno, che da ordini enigmatici, vaghi e affatto perentori. Che fare? Obbedire ciecamente, oppure riconquistare la sfera dell'autocoscienza? Il finale porterà un paradosso che pare provenire dalla fantasia di Ionesco. Si invertiranno semplicemente i ruoli, per dar luogo all'ennesimo, insensato meccanismo omologante di sopraffazione. *(G. SERAFINI PROSPERI)*

ANSA, ANNUARIO SIAE *(PAOLO PETRONI)*

Beckettianamente sospeso è il dramma tragico e clawnesco *La Voragine* di Enrico Bernard, che pone in scena, vessato da un capomastro, uno scavatore che ha un problema: ha ormai toccato il fondo. Il gioco si fa quasi astratto eppure realistico e metaforico insieme, mostrando tutta la sua assurdità sino al finale a sorpresa, a una ruota della vita che gira e scombina i ruoli.

IL RIFORMISTA

La ricerca di un teatro "snaturalista" porta questa volta Enrico Bernard ad un elemento cardine dei nostri tempi: la Voragine. Questo "nulla" che È scavato giorno dopo giorno inghiottendo fatiche, sforzi, vite intere senza pero' portare a niente. È la maschera della falsa azione, l'illusione del fare che non ha uno scopo propositivo, costruttivo. Ori scava una buca, questo gli È stato chiesto e questo si opera a fare. Per lui È solo un modo per stare dentro l'ingranaggio, per avere un lavoro, fare qualcosa e ricevere uno stipendio. E la stessa cosa si scopre essere per il capo che gli ordina. Un ingranaggio complesso, che si muove, che scava questa Voragine sempre piu' profonda, che non puo' e non vuole fermarsi, ma che non sa dove sta andando. È un buco che ci inghiotte tutti quanti, ci trascina in regole che impariamo a cono-scere, a vivere, ma che forse non hanno una vera ragione di essere, se non per la Voragine stessa. Questa volta, in scena, accade qualcosa. La Voragine sembra avere un fondo, un punto oltre il quale non si puo' andare avanti e Ori con la sua pala l'ha raggiunto. Tutto si ferma, il cantiere, la realta', il tempo. Si scompongono le relazioni, si accavallano le posizioni. L'unico modo per capire cosa sta accadendo È entrare nella Voragine, scrutarne la sua natura misteriosa e sconosciuta nonostante sia vissuta quotidianamente. È qui che l'opera ci porta, dentro la Voragine, per cercare di capirla insieme alla simpatia di Ori e del suo Capo.

GAZZETTA DEL MEZZOGIORNO

Una singolare visione dell'esistenza: le regole attraverso le quali viviamo sono determinate da un sistema di norme che in realtà non hanno una reale ragione di esistere. Questa è la Voragine, vortice che travolge tutti e che determina tale sistema di regole. C'è però un limite oltre il quale la Voragine non può andare avanti; l'unico modo per riuscire a comprenderlo è entrare nella Voragine stessa per coglierne la vera natura.

FORUM ITALICUM

A chi ha avuto modo si assistere alla versione originaria di questo testo, cioè la versione teatrale, della quale questa prova non è affatto un clone in prosa ma solo l'esperimento di comunicare le stesse variegate e coinvolgenti istanze di critica sociale con strumenti diversi da quelli che solitamente fanno breccia in un'attenzione partecipata e attingibili anche a chi il teatro non lo frequenta e neppure è aduso a leggerlo, dichiarava due particolarità: una, la ricusazione di un minimalismo di comodo, l'altra, la pratica di una ideologia sfumatamente nichilista, ma radicalmente contestataria.

Perciò diciamo subito che la rudezza del linguaggio è rimasta intatta in questa versione narrativa, ma in prosa assume una valenza molto più riflessiva che non l'immediatezza coinvolgente, d'impatto violento del teatro, e scopre molto meglio gli svincoli ideologici e teorici che forse nella rappresentazione teatrale tendono ad essere linearizzati dall'esecuzione, assorbiti nella spettacolarizzazione e camuffati nella materia scenica. Ovviamente lo scoperto e compiaciuto turpiloquio non è da ricondurre ad un maldestro tentativo di non lasciarsi riconoscere come scrittore (il rilievo mosso da Cecchi al Pasolini di *Ragazzi di vita*), ma di riportare le espressioni e quindi le riconoscibilità sociale, l'identità remota (quella che oltrepassa i connotati esistenziali), i contenuti politici che le sottendono, e le individuazioni storiche dei personaggi ad un contesto affatto materiale, anzi materico, fatto di sostanza quotidiana e ripetibile, perciò universale.

I personaggi, due, anche se regolarmente iscritti ad un'anagrafe di contemporaneità smaccata con riconoscibilità immediata, uno con nome e cognome, l'altro con sola qualifica, abbastanza universali (come in qualsiasi confronto o contenzioso). Pedigree di corriva e coeva umanità mirabilmente assortita nella sommatoria, nella sintesi e nella esemplarità degli opposti. Il capo è il capo (colui del quale non si può pensare nulla di superiore e alle cui caratteristiche non si può aggiungere niente) ma lui Ori, cioè Oreste (che pur rivendica nobilissime geniture artistiche in qualche rigurgito eschileo) è invece uno che *"in qualsiasi occasione della sua vita, pensa alla pagnotta. Mangiare gli da il senso dell'esistenza e del tempo che passa. Lo scorrere delle cose è per lui solo una perenne attesa del pasto successivo: la colazione anticipa lo spuntino che precede il pranzo che viene prima della merenda cui segue la cena e il rito del divano col digestivo davanti a qualche monnezza in tivvù".*

Tuttavia esemplarmente zelante e ossequiente ai doveri della classe operaia e riassumibili nel binomio eseguire e scattare. Ori scatta e esegue, scava e scava fino a quando dichiara con atteggiamento diffidente e tono vittorioso: - *Abbiamo toccato il fondo, Capo.-*

E che a questo punto non sa più come comportarsi. La consegna o l'imperio della classe egemone è stato attuato. Scavare, scavare: si è scavato e la Voragine è lì, buia, minacciosa, incomprensibile. Ma i problemi sorgono proprio in questa fase, non in corso d'opera ma a realizzazione avvenuta. Indice di equivoco madornale sulla funzione dell'esercizio preposto all'azione vittoriosamente compiuta: evidentemente scavare non era l'obiettivo primario...

Qui l'autore prende le distanze da ogni dimensione minimalista, non che lo sia mai stato lui, minimalista, essendo di quelli avversi per credo e per prassi a questa invalsa consuetudine teatrale narrativa degli utili decenni, che stigmatizza i Reale nel reale senza però costruire sintesi ragionate e consapevoli.

I passaggi immediati diventano percorsi a volta faticosi, i particolari diventano universali, gli aneddoti anche sboccati diventano storia dell'umanità. Come avvertiamo in uno scambio di battute pressoché esemplare:

- Pensi come scavi, Ori: da paleolitico. Anteponi i bisogni primari a quelli intellettuali... Preferisci la carta igienica a quella stampata... -

Ori continua però ad arrampicarsi sugli specchi:

- E non è un punto a favore della nostra civiltà, l'igiene? -

- Ma la civiltà, coglione, è nata con l'invenzione della scrittura, non della carta igienica! Possibile che non sappia riconoscere un fondamento della civiltà da un gadget promozionale? -

Ma a questo punto si invera lo scatto ideologico dell'autore, quando i suoi personaggi arrivano ad un punto morto dove ogni mediazione logicodialettica diventa impossibile. Che fare quando si è toccato il fondo? E purtroppo questo interrogativo diventa tragicamente attuale, sinistro, blasfemo in un'epoca come la nostra. L'autore minimalista avrebbe appunto trovato la risposta a questo interroga-tivo - e la soluzione - nel sospendere il giudizio e rimandare pragmaticamente la soluzione a tempi migliori, Ma il Bernard pensatore sa di dover dare una risposta ai suoi lettori, dopo essersi compromesso con una scivolata ideologica, dopo aver portato i suoi personaggi, cioè un'umanità sintetizzata, sul baratro della indetermina-tezza, quella che causa angoscia e apprensione nell'umile plebeo come nel versatile borghese nel tronfio possidente.

Una volta toccato il fondo che fare, fingere di niente, riempire di nuovo la Voragine come se mai si fosse scavato, chiedere un supplemento di indicazioni? A chi e a che pro? Ecco che ci soccorre di nuovo il buon senso elementare, scontato, dell'uomo semplice e nobile nella disarmante ingenuità (ovvero mancanza di dotta furbizia pragmatica e diplomatica) di Ori che propone:

- Un ordine inverso, Capo. Come prima ordinava di scavare, ora dovrebbe semplicemente ordinarmi di riempire. Riempi, ecco, al posto di scava, ed io riempio. Tutto qui. Poi, a cose fatte, a bocce ferme, gliene riscavo un'altra dalle dimensioni più confacenti alle nostre esigenze. -

Ed è a questo punto che si scopre veramente il gioco crudele del potere, un potere ottuso e inetto, incapace e suicida, e, pertanto, allo stesso tempo omicida, un potere che ignora da dove gli arriva la delega e nega ogni sua responsabilità in merito ai ripieghi tragici, spesso, della sua condotta irresponsabile. Un potere che riassume nelle parole del Capo la sua inadeguatezza di fronte all'emergenza, qualunque essa sia.   (RAFFAELE AUFIERO)

Il BORGHESE

Che cos'è il vuoto? Esiste davvero? Dove si arriva scavando? Esiste veramente un "fondo", una fine? *La Voragine* di Enrico Bernard sembra porsi queste e altre domande. Sono due i protagonisti: Ori (alias Oreste Ciriola) e il suo capocantiere, tra i quali per tutta la durata del "romanzo teatrale", se così posso definirlo - visto che questo testo unisce in modo organico prosa e dramma - si assiste a una serie innumerevole di battibecchi, che hanno a che vedere con i tristi stilemi imposti dalla nostra società e che finiscono per entrare nel panorama dell'assurdo. I due operai sono alle prese con, appunto, una voragine e si ritrovano insieme all'interno di essa a lavorarci e per cercare di trovare quel "fondo" che infine non si trova, anche visto che essa andrà distrutta per un pasticcio di Ori.

Comunque… Toglierselo, il caschetto di sicurezza? Fossi matto! Ori sa bene che il Capo è invidioso della sua condizione di lavoratore e relativa immagine professionale! Pur non avendo nulla da espletare nel cantiere della Voragine, è solo con lui che l'eventuale lavoro in entrata, se mai si presenterà in futuro l'occasione di riattivare la cosiddetta *macchina industriale*, dovrà fare i conti. In questo contesto l'elmetto rappresenta l'ultimo spicchio di dignità professionale di un operaio che non ha più una funzione precisa, e cerca di arronzare.

Sono tantissimi i riferimenti di questo genere al mondo del lavoro cui l'essere umano è sottoposto, in cui viene a galla il conflitto tra l'umanità che interiormente ci rappresenta e la maschera che invece siamo costretti a recitare di giorno in giorno, proprio come accade a Ori, che è indotto a un atteggiamento di subordinazione verso il suo capocantiere, che di conseguenza si compiace dell'autorità del suo ruolo. Bernard però non ci disegna questo conflitto in modo tragico e pesante, ma, anzi, riesce a farlo attraverso il dono della comicità, instaurando tra i due protagonisti dialoghi e discussioni dai ritmi serrati e pulsanti, che manifestano un Ori in parte calato in questa condizione opprimente e macchiettistica di maschera, in parte invece vorrebbe fuoriuscirne, cercando con l'altro un rapporto di parità, che a tratti avviene, a tratti se ne va quando il capo rivendica il suo ruolo sociale.

- Sta fermo, Ori, non ti muovere… -

Ori sussulta, ha paura. Non sa perché, ma stringe le chiappe. Il Capo stigmatizza subito i suoi timori.

- Smettila, Ori. Non c'è niente da temere. Mi serve solo un paletto. E pare che tu sia ben fornito, checché ne dica la tua signora. -

Ori non si fida.

- Perché proprio il mio? -

- Devi solo farmi da punto di riferimento per le misurazioni, cagasotto.

- Io devo farle da punto di riferimento? Che onore!

I dialoghi sono così, rapidi, a cottimo, alternando termini ripresi dal volgo ad altri di alto rango, così come i ragionamenti, a volte di grande precisione filosofica e speculativa, altre più vicino alla mentalità popolare. In questo modo si crea un gioco che da luogo a un conflitto tra istinto e ragione, elemento che aumenta ancora di più quell'assurdità richiamata dall'opera di Bernard, piena tra l'altro di riferimenti e citazioni, che spesso e volentieri emergono.

La "Voragine", per quanto i protagonisti apparentemente non sembrano richiamare direttamente il contatto divino, potrebbe anche essere letta in quanto metafora di Dio, davanti al quale le domande che ci faremmo sarebbero forse le stesse di quelle se ci trovassimo dinanzi al Vuoto: esiste? Da dove nasciamo noi? Veniamo da Dio? Veniamo dal Vuoto? E poi cosa sono Dio e il Vuoto? Potremmo descriverli? Si tratta di domande senza risposte, che *La Voragine*, pubblicata da *BeaT entertainmentart* nel 2016 – insieme a un altro breve testo giovanile di Bernard, dal titolo *Tic Tac* -, così arrivata alla sua terza edizione, ci pone. Una cosa è certa, si tratta delle umiliazioni che Ori è costretto a subire nel suo lavoro in una condizione di sottomissione che arriva nel finale alla negazione estrema di se stesso (vedrete come); si parla di sofferenze che poi sono quelle che migliaia di persone come lui affrontano giorno dopo giorno. Come scrive Ermanno Rea nell'introduzione: *"Tanto, al di là delle apparenze, non ci sono che loro, le ombre, il grande vuoto pneumatico della Voragine, e ci sono le sofferenze e le umiliazioni di Ori per forza di cose senza alcuna prospettiva di riscatto."*
(STEFANO DURANTI POCCETTI)

IL CORRIERE DELLO SPETTACOLO

Enrico Bernard ha realizzato una brillante e riuscitissima trasposizione da genere a genere che ha preso le mosse da un iniziale testo per il teatro degli anni Novanta, *La voragine*, per giungere, oggi, con lo stesso titolo, e pubblicata per le edizioni BEAT, Trogen (Svizzera), alla scrittura di un'opera in forma narrativa. Come osservato dal prefatore Ermanno Rea, e da altri commentatori presenti in Appendice, non è certo usuale compiere il percorso inverso rispetto al passaggio da romanzo, o novella (si pensi al caso fra tutti di Pirandello), al testo drammatico.

La prima problematica che si presenta in questo caso, io penso, è far si che dalla sintesi della stesura drammaturgica si passi in modo opportuno all'analisi che richiede la forma narrativa; nel caso del testo di Bernard la difficoltà aumenta essendoci in ballo, per così dire, solo due personaggi protagonisti (più, se vogliamo, la "Voragine" che è assieme metafora e materialmente enorme buca scavata dall'operaio Ori, su comando e direttive di un anonimo Capo). Bene, a parte qualche lungaggine e qualche ripetitività, direi che la struttura narrativa regge con coerenza e senza stancare il lettore dall'inizio alla fine, ed ha ragione l'autore nell'aver pensato ad una sottotestuale linea "trattatistica", che traccia un percorso anche filosofico (stanti i suoi studi universitari) di notevole valore riflessivo. Inoltre, Bernard ha saputo evitare alcune insidie (annoiare, scivolare troppo nell'astrazione...) grazie ad una sapiente capacità stilistica di costruire espressivamente una vera e propria drammaturgia del linguaggio: metaplasmi, cioè il lavoro di modifica delle singole unità lessicali rispetto al "vocabolario"; uso perfetto della figura dell'antitesi (vera padrona dell'impianto retorico-argomentativo di tutto l'impianto narrativo, e originata ovviamente dall'*imprinting* teatrale); similitudini con il "come" azzeccate, colorite, efficaci; ricchezza dei vari strati lessicali molto ben amalgamati: quello colloquiale, quello colto, il popolare, il dialettale, su registri prettamente umoristici e grotteschi; tutta questa ricchezza, questo gran lavoro stilistico-espressivo garantiscono al passaggio da drammaturgia a narrativa un'effervescenza ed una vitalità di gran valore, rendendo vivi i due protagonisti, il Capo e Ori (ben riuscito il passaggio conclusivo metaletterario...)! Naturalmente l'opera esprime anche una visione delle cose della vita, e del mondo, che il lettore è anche libero di non condividere, ferma restando la serietà di pensiero e di riflessione espressa dall'autore. Un pensiero per nulla accomodante con la condizione umana, e fortemente scettico; direi che l'aspetto che colpisce la mente e forse anche il cuore del lettore è la negazione della possibilità che la persona, l'essere umano, possa "riempire" di un qualche significato e valore la vita, interpretandola oltre il puro dato biologico e materiale. Possiamo scavare e scavare e scavare, ma un minimo tesoro che dia un senso non lo troveremo in nessun fondo di nessuna "voragine".

Se ne può discutere, ma è innegabile che la vicenda e i dialoghi fra i due protagonisti, più gli inevitabili interventi della voce narrante, ci provocano e mettono in subbuglio le nostre certezze; certo, come spesso negli autori della contemporaneità, in specie quelli che potremmo definire "nichilisti", almeno una certezza c'è: la possibilità di esprimersi attraverso un qualsiasi atto creativo (scrittura, musica, arti figurative, arti performative). Ma c'è chi definisce illusione estetica anche questa soluzione. Resta il silenzio, magari quello dei grandi mistici della tradizione occidentale, che sprofondano nel nulla del proprio io per tentare il mistero divino? O dei mistici di formazione orientale che nel vuoto trovano la liberazione? O dovremmo tornare alla mistica alto medioevale che trova un senso solo nella contemplazione della bellezza della Vita, quella con la V maiuscola? La Zoè dei Greci? Mi complimento, dunque, sinceramente con l'autore, e plaudendo al suo ammirevole sforzo sia formale ed espressivo, che tematico.

(GIORGIO TAFFON)

BLOG DI FORTUNATO CAMPANILE

Quanti tipi di sottosuolo conosce la natura umana? Platone, Omero, Hugo e i romanzi d'appendice, Dostoevskij, Cronin e l'Inghilterra vittoriana. E poi Moravia e la sua Ciociara, Pavese, Levi, De Luca e Carlo Bernard, ovvero Bernari. E poi il Cinema e il Teatro con l'altro Bernard, Enrico, figlio esimio di Carlo.

Ognuno di loro ha esplorato quei bassifondi non solo urbanistici, ma in quanto tali luoghi metafisici dell'animo umano. Ognuno di loro ha girato nei meandri più luridi, lugubri, nascosti, pericolosi. E' sceso agli inferi dell'esistenza per trovare la via d'uscita. Ossimoro dell'esistenza eppure nel buio è la luce della vita. Un paradosso palindromo, oserei chiamarlo. Esiste il sottosuolo illuminante della grotta platonica, quello spirituale e religioso, e quello della preghiera dei primissimi catecumeni. Esiste il sottosuolo delle miniere, che costringe a camminare carponi, quasi un simbolo di umiliazione per quello che l'uomo ruba alla terra. Esiste quello della miseria più cupa, quello delle periferie così care a Pasolini e quello, ancora, interiore: forse il più doloroso. Eppure è nei sottosuoli, nei bassifondi; è in quei recessi dell'esistenza, poco frequentati, poco considerati. E' in quei posti sempre all'ombra e mai al sole che pur sventolano i panni stesi di ciò che è vivo. E' in quei posti degradati così isolati, così ai limiti, così paurosi perché forse si teme di incontrare se stessi. E' proprio lì che vive la vera umanità. E' lì che c'è la luce e il vento della crescita; è in quei vicoli chiusi, segregati, abbandonati che vive il germe del nuovo. Di quel che è schietto, verace, genuino. Lì, nella miseria più cupa, il sorriso è di casa.

LA VORAGINE, di Enrico Bernard, è un buco nero che ingoia l'assurdo di questa società, soggetto un uomo disperso e disorientato fra la perdita d'identità e il totale dis-orientamento dei ruoli; una Società nemmeno più industriale ma totalmente asservita alla tecnologia e perché no alla Pubblicità, in un metamondo dove, come in Faharenheit 451, il linguaggio si brucia, controllato a vista da quel fantomatico grande fratello Orwelliano che alla fine scompare gettando nel panico i due protagonisti risucchiati, fagocitati dalla stessa voragine, una voragine cosciente come nel Solaris di Tarkovskji, che ne ruba il ruolo.

Ori e Il Capo, questi gli unici due protagonisti, personaggi emblematici di un "siamo uomini o caporali": il primo operaio addetto allo scavo. Il secondo colui che recepisce e fa eseguire gli ordini di un fantomatico superiore, impegnati entrambi in una dialettica da Teatro surrealista così cara anche a Fo, e in dialoghi che rasentano la Commedia. Bernard è bravo a mettere sulla bocca dei due parole inventate di sana pianta in uno scambio verbale onomatopeico della condizione di ciascuno dei due.

Quello che secondo il mio punto di vista risalta non è solo la condizione dell'uomo ma il problema comunicativo che la esalta: la Comunicabilità, ovvero la Incomunicabilità del post-moderno, ossimoro sociale di una società martellata da messaggi, tangibili o subliminali, che allontanano invece di avvicinare l'uomo. Lo isolano, lo rendono assurdamente avvezzo ad eseguire meccanicamente ciò che gli arriva; interprete passivo, modellato al fine che non debba pensare più ma eseguire. E fin quando esegue la sua già flebile dignità di umano è ancora in

piedi ma è votata a corrodersi, a corrompersi nel momento stesso in cui il lavoro di scavo è compiuto e quel fondo raggiunto. Un fondo emblematico ma reale della sua condizione.
Il problema della Comunicabilità trova la sua realizzazione nel rapporto fra il lavoratore-operaio Ori e un datore di lavoro "aeriforme", passando attraverso Il Capo, a sua volta comandato. Ma allora chi comanda chi? Questa è la domanda da cui scatta e si manifesta nella sua assoluta assurdità l'intera impalcatura narrativa della vicenda: di quella evidente e di quella subliminale.

Ma credo che Bernard non volesse parlare solo di condizione sociale bensì proporre l'importanza delle parole, l'importanza del comprendersi, l'importanza del dialogo e del linguaggio. E la pericolosità stessa, per il fantomatico Capo, del comprendersi. "Tu non devi pensare, altrimenti per me saresti un pericolo e io privato del mio potere. Devo pensare io, per me e per te!". Di questa depauperizzazione indotta della capacità di pensare e di agire da sé si realizzò l'azione ad esempio in parte con l'avvento delle Tv locali fra gli anni'80 e'90, con le famigerate Telenovelas e oggi con palinsensti che non vanno oltre i talent e i reality, e talk precostituiti, frutto di format a pacchetti da consumare e basta. Senza più interagire ma assorbire soltanto. Ad esempio il linguaggio come distinzione sociale, la lingua come arma di potere (temi cari ad Enrico Bernard). Come strumento distanziatore e non di condivisione, di atto sociale.

Oggi le parole son diventate così talmente troppe da esondare dall'Io cosciente, talmente tante da perdere significato e il loro compito. Talmente esagerate da perdere senso e valore... da non parlare più, da non servire più, confusi come siamo, impegnati come siamo a isolarci. Parole che non scivolano più addosso. Assurdità della Società della Comunicazione di massa, dove tutto si scambia, si condivide senza condividere... e così quella integrazione, quella globalizzazione sospirata s'allontana, frantumata dall'isolamento in cui l'uomo si ritrova, fragile, governato, robotizzato. Tanto che riportarlo a parlare s'ottiene appunto l'evidente difficoltà nell'uso delle parole. Eduardo, nel suo "Ditegli sempre di sì" soleva far dire al protagonista "Se c'è la parola adatta perché non la dobbiamo usare?!".

Un "Teatro delle parole", un Teatro del Destrutturalismo dialettico e fonetico" di cui Dario Fo fu maestro e rappresentante. Parole trasformate in suoni che risucchiano l'individuo nella propria Voragine esistenziale. Una sorta di Teatro del genere, proposto ne La Voragine, della realtà, dell'uomo e dell'incomprensione, lo si trova secondo me già in nuce in lavori veristi come ne La Roba di Verga o La Giara di Pirandello, e in Prigioniero della sua proprietà dello stesso Bernard (è lui che mette a confronto Umberto Eco e David Lynch). Credo di poter dire anche in Aspettando Godot di Beckett.

"La Voragine" di Enrico Bernard è somigliante infatti, secondo me, a una sorta di grammelot: una dialettica solo apparentemente priva di senso a chi la legge in superficie ma che riesce al contrario molto chiara a chi invece scende sino in fondo, nella voragine, appunto. In questa grande opera umana infatti non sono secondo me Ori, o Il Capo i protagonisti; la protagonista vera è proprio lei, la voragine, che alla fine inverte i ruoli. La voragine la paragono all'idea di una clessidra dove la sabbia caduta e quindi priva più di un ruolo si riappropria del ruolo, del suo scopo capovolgendola. Ed Ori e Il Capo sono un po' come la sabbia della clessidra. Ma la voragine è surrealmente anche un luogo sicuro dove nascondersi, un ventre dove proteggersi.

Da cosa? ci si può chiedere. Dall'incomprensibilità di una società che non parla. Smarrita. Che parla ma la sua voce è ovattata dal riverbero di parole confuse che vengono dalla Pubblicità, dal prolisso potere spesso vuoto dei giornali, della tv ed ecco che oggi accade che l'individuo preferisce cadere nella voragine dell'isolamento mediatico e tecnologico.

Credo che Bernard, in questo suo eccezionale quanto geniale lavoro, prima libro e poi trasformato in una piéce teatrale dove è evidente tutta la sua personalità di scrittore, drammaturgo e studioso, abbia voluto "parlare di parole", in verso una società sempre più ormai liquida, per usare la definizione di Zygmunt Bauman. Lui, grande studioso della lingua, abbia voluto parlare dell'importanza di comprendersi perché parlare è un organismo vero e proprio, con il suo equilibrio -in un certo senso omeostatico- e le sue regole, proprio come una Società.

E lo fa, magistralmente, usando la sua S-naturale ironia.

Link utili

http://www.archivio.francarame.it/scheda.aspx?IDScheda=15894&IDOpera=8

https://youtu.be/6jqGJ5SucMo

https://www.youtube.com/watch?v=IE4WDOF3-cM&t=2s

https://www.youtube.com/watch?v=y4JXs4UR2Ik

https://www.youtube.com/watch?v=cqLb4G6gns0

https://www.youtube.com/watch?v=1lWKCYbzwZk

www.rivistadistudiitaliani.it/filecounter2.php?id=1392

http://www.dramma.it/index.php?option=com_content&view=article&id=1598:teatro-della-crisi-del-capitalismo&catid=46&Itemid=61

http://elea.unisa.it/bitstream/handle/10556/785/A.%20Acanfora.%20Teatro%20e%20romanzo%20nella%20produzione%20letteraria%20contemporanea.pdf;jsessionid=71C543C807495CB3E0A995F5808D6C8A?sequence=1

http://www.e-performance.tv/2022/11/la-voragine.html

www.ingramcontent.com/pod-product-compliance
Lightning Source LLC
LaVergne TN
LVHW042108190726
843493LV00006B/1404